KB056177

....

눈앞의 광경을 보고 나는 말문을 잃었다.

썩은 목제 울타리.

풀이 무성한 정원.

당장에라도 무너질 것 같은 벽과 얼룩진 유리창.

나라에서 손꼽히는 엘리트라는 것을 나타내는

'연금술(알케미)' 간판은

당장에라도 지붕에서 떨어질 것처럼 기울어 있었다.

여기가, 내 신세계인가⋯⋯?

01

Management of
Novice Alchemist
et My Shop!

Iris Lotze
아이리스 로체
채집자. 사라사가 목숨을 구해주지만,
큰 빚을 지게 된다.

Kate Starven
케이트 스타벤
아이리스의 파트너.
아이리스와 함께 그녀의 치료비를
사라사에게 갚아나간다.

DATE. ○○ / △△

카운터 위에는
내가 손수 만든 '주문 생산 받습니다'라는 간판.
그 뒤로 돌아가서 의자에 앉으면 준비 완료다!
자, 손님! 언제든지 오세요!

Ophelia Millis
오필리아 밀리스
◈━◈━◈━◈━◈
마스터 클래스 연금술사.
사라사의 스승님.

Lorea
로레아
◈━◈━◈━◈━◈
요크 마을 잡화점 딸.
사라사의 가게에서 일을 도와준다.

Sarasa Feed
사라사 피드
◈━◈━◈━◈━◈
초보 연금술사. 학교를 졸업한
다음, 요크 마을에
스승님에게 받은 연금술사의
가게를 낸다.

DATE. ○○ /

우리는 둘이서 나란히, 느긋하게, 편하게 탕에 몸을 담갔
연성구를 만들거나 다른 용도로 쓰는 것까지 고려했는지
꽤 넓단 말이지, 우리 집 목욕탕.

초보 연금술사의 점포경영
1

이츠키 미즈호 지음 | **후미** 일러스트 | **천선필** 옮김

커버 그림, 본문 일러스트 | **후미**

Contents

Management of
Novice Alchemist Get My Shop!

제장
Gfflf ∏y ßhflfh!

가게를 손에 넣었다!

: Y :
: Y :
: Y :
: Y :
: Y :
: Y :
: Y :
: Y :
: Y :
: Y :
: Y :
: Y :
: Y :
: Y :
: Y :
: Y :

01

Management of
Novice Alchemist Get My Shop!

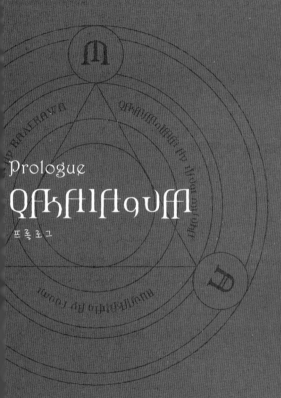

Prologue

"············."

눈앞의 광경을 보고 나는 말문을 잃었다.

썩은 목제 울타리.

풀이 무성한 정원.

당장에라도 무너질 것 같은 벽과 얼룩진 유리창.

나라에서 손꼽히는 엘리트라는 것을 나타내는 '연금술(알케미)' 간판은 당장에라도 지붕에서 떨어질 것처럼 기울어져 있었다.

"여기가, 내 신세계인가……?"

어려운 시험을 여러 번 거쳐서 겨우 손에 넣은 연금술사 국가자격.

스승님의 추천에 따라 가게를 손에 넣고 기대에 가득 찬 상태로, 왕도에서 멀리 있는 이곳까지 왔다.

그 여정은 약 한 달.

그럼에도 불구하고——.

"……이건 너무하잖아~."

아니, 좀 이상하다는 생각이 들긴 했다.

아무리 변경 시골 마을이라고 해도 이 집의 가격은 불과 1만 레어.

왕도에서 방을 빌리면 작은 원룸이라 해도 두 달 월세가 될까 말까.

그런 가격이다.

나라에서 보조금도 나오기 때문에 실제 가격은 좀 더 비싸긴 하겠지만, 그걸 고려해도 저렴하다.

'자신만의 가게'.

그렇게 멋진 문구에 낚여버린 부분이 없다고 할 순 없다.

그럴 순 없지만, 그래도 사실 이런 곳에 올 생각은 없었거든?

도시의 가게에 취직해서 한동안 배우면서 돈을 모은다.

그것을 밑천 삼아 적당한 지방 도시에서 작지만 분위기 괜찮은 가게를 낼 생각이었다.

부자가 되어서 사치를 부릴 생각은 없다.

그냥 그럭저럭 벌어서 지금까지 신세를 졌던 사람들에게 은혜를 갚을 수만 있다면 충분했다.

그런데 어째서 내가 이런 변경 도시──, 아니, 변경의 작은 마을에서 약간의 짐만 챙긴 채 멍하게 서 있게 된 것인지.

그것은 지금으로부터 한 달 전으로 거슬러 올라간다…….

Episode 1

GRADUATION!

졸업했다!

왕립 연금술사 양성학교.

그것은 이 나라에서 유일하게 연금술사 국가 자격을 얻을 수 있는 학교이다.

이 학교를 졸업해서 연금술사 자격만 얻는다면 그 사람의 인생은 순조로워진다.

편하게 놀고먹을 수 있는 생활이 보장된다.

하지만 그만큼 경쟁률도 높아서 입학은 물론, 무사히 졸업하는 것도 매우 힘들다.

그렇게 매우 힘든 학교가 바로 왕립 연금술사 양성학교인 것이다.

애초에 연금술사란 엘리트의 대명사다.

생활에 반드시 필요한 각종 포션(연성약)이나 아티팩트(연성구)를 만들 수 있는 능력을 지니고 있는 데다, 그것들의 공급은 수요와 비교하면 항상 부족하다.

국가에서 가격을 통제하고 있어서 과도하게 가격을 할인해줄 수도 없다.

그래서 이익률이 매우 크고, 만들 상품만 잘 고르면 재고 걱정도 없다.

간단히 말하자면, 짭짤하다.

그렇기에 연금술사가 되면 평생 먹고 살 걱정이 없다──, 그뿐만이 아니라 필사적으로 일하지 않아도 충분히 돈을 벌 수가 있다.

또한, 왕립 연금술사 양성학교의 특징으로 노력하면 누구나——, 평민은 물론이고 고아조차 입학할 수 있다는 점이 있다.

입학 시험에 필요한 지식은 교본으로 배울 수 있고, 그것은 신청하면 무료로 빌릴 수 있다.

게다가 시험을 볼 때 비용도 들지 않는다.

글자를 전혀 읽지 못하는 경우에는 어떻게 해볼 방법이 없지만, 고아원에서도 원하기만 하면 글자 공부 정도는 할 수 있기에 그런 부분도 개인의 노력으로 커버할 수 있다.

또한, 성적 우수자에게는 학비 면제뿐만이 아니라 장학금 지급, 시험마다 보수가 지급되기 때문에 어떤 의미로는 '공부만 해도 되는' 환경이 갖추어져 있다.

하지만, 그렇게 축복받은 환경이기 때문에 그 문턱은 매우 높다.

평민이나 고아에게는 거의 유일하게 자수성가가 가능한 직업이기 때문에 입학 희망자가 많고, 당연히 시험도 어렵다.

게다가 우수한 가정교사가 있는 귀족도 마찬가지로 시험을 보기 때문에 어지간한 노력으로는 경쟁에서 이길 수가 없다.

그리고 겨우 입학 시험을 통과해도 안심할 수는 없다.

4개월마다 치르게 되는 시험.

그 성적이 일정 수준에 도달하지 못하면 사정없이 퇴학 처분을 당하게 되는 것이다.

당연히 재시험 같은 것은 없고, 이건 귀족이라 해도 마찬가지다.

　결과적으로 5년 뒤 졸업식에 나갈 수 있는 사람은 입학 당시의 10분의 1 이하라고 한다.

　그런 학교를 나, 사라사 피드는 오늘 졸업한다.

　아~, 정말 힘들었어!

　졸업하게 된 감상?

　그런 걸 느낄 틈도 없었다고.

　어제까지 졸업 시험을 치렀으니까.

　그리고 그 시험 결과 발표는 오늘 아침.

　만에 하나, 불합격이라면 오늘 학교에 와도 졸업식에 참석할 수 없다는 악몽.

　누가 생각했는지 모르겠지만, 아무리 그래도 이런 일정은 아닌 것 같다.

　뭐, 지금까지 졸업 시험에서 떨어진 사람은 없는 모양이지만.

　이 시험에서 떨어질 만한 사람은 그 전에 퇴학당했을 테니까.

　완전히 방심하면 또 모르겠지만, 졸업식 날에 혼자 교실에 남는 상황을 상상하면 평소에 보던 시험보다 더 신경 쓰는 건 당연하다.

　위험한 건 병 정도? 물론 다들 그 사실을 알고 있기 때문에 건강 유지에 신경을 쓸 테고, 불안한 경우에는 한참 전부터 학교를 쉬어서라도 컨디션을 갖춘다.

물론 나도 필사적으로 노력했지!

그런 보람이 있는지, 졸업증서와 함께 마지막 시험 보수도 받았습니다.

네, 정말 감사하게도요.

생각해보니 여덟 살 때 사고로 부모님을 잃고 고아원에 가게 된 뒤로는 현실 도피를 하는 듯이 꼭 필요한 일 말고는 공부만 했다.

그래서 고아원 사람들에게는 폐를 끼쳤지만, 연금술사 양성학교를 목표로 삼은 아이에게는 모두 함께 응원한다는 암묵적인 규칙이 있었기 때문에 딱히 비난당하지는 않았다.

그 대신 연금술사가 되면 답례로 기부하는 것 또한 암묵적인 규칙이지만.

실제로 고아원 출신 연금술사가 정기적으로 기부를 해주었기 때문에 우리도 그렇게까지 힘든 생활을 하지 않았던 거고.

그렇게 열심히 공부한 보람이 있었는지, 평민으로서는 꽤 우수한 성적으로 입학하는데 성공했고, 학비 무료, 장학금 수령 자격과 기숙사에 들어갈 수 있는 자격을 얻어 열 살 때 고아원을 나올 수 있었다.

그 이후로는 한결같이 아르바이트와 공부만 하는 세월을

보냈다.

다행히도 연금술사 가게에 취직했기에 점장님의 제자로
들어가게 되었다.

그 덕분에 아르바이트 자체가 공부였고, 보수를 받을 수
있을 정도의 학력을 얻을 수도 있었다.

아쉽게도 1등을 한 적은 몇 번에 불과하지만, 다행히 나
보다 순위가 높은 사람들이 모두 귀족이었단 말이지.

어째서 '다행'이냐고? 그건 보수에 관한 관습? 전통? 그
런 게 있었기 때문이다.

일반적으로 시험 보수는 상위 세 명에게 지급된다.

만약 그 규칙이 엄격하게 적용되었다면 아마 내가 받은
보수는 절반 정도?

하지만 귀족이 상위에 들었을 경우에는 사양하는 것이 '
귀족의 의무'라는 전통이 있고, 만약 받으려 한다면 '귀족인
데도?'라면서 손가락질당할 수도 있다.

그리고 그렇게 귀족들이 사양한 보수는 하위 순위인 사람
에게 지급된다.

내가 거의 모든 시험에서 보수를 받았던 것은 이 전통 덕
분이다.

물론 강제하는 것은 아니지만, 귀족의 긍지나 허세 같은
게 있는 모양이다.

하급 귀족일 경우에는 유복한 평민보다 돈이 없는 경우도
있기 때문에 힘들 것 같다.

내게는 정말 고마운 전통이긴 하지만.

그 덕분에 졸업하는 지금 시점에서 내가 저축해둔 돈은 500만 레어가 넘는다.

일반적인 평민은 1년에 50만 레어도 못 버니까 일반적인 연봉의 10배 이상!

응! 열심히 했구나! 나!

절반 이상은 장학금과 보수지만, 나머지는 아르바이트로 번 돈이니까!

기숙사 덕분에 집세와 식비가 무료이긴 하지만, 학교 수업이나 공부를 하는 짬짬이 이렇게 많은 돈을 버느라 정말, **정말** 힘들었다.

고맙게도 스승님에게 받은 내 일당은 평민이 하루 내내 일해야 벌 수 있을 정도로 파격적이었다, 내가 견습 연금술사이기에 가능한 금액이다.

잠깐만 일하는 아르바이트로 이렇게 많이 벌 수 있으니 진짜 연금술사가 얼마나 돈을 많이 벌 수 있는지는 알겠지!

그리고 오늘부터 나도 그런 연금술사야!

방금 졸업식에서 받은 '연금허가증(알케미즈 라이센스)'를 주머니에서 꺼내 바라보았다.

얇은 금속 같으면서도 매우 가볍고 유연해서 신기한 물질.

그곳에 연금술사의 마크와 내 이름, 왕립 연금술사 양성 학교의 졸업증명이 각인되어 있다.

그리고 나 자신의 마력문도 기록되어 있어서 나 말고 다른 사람이 만지면 표시가 사라지는 기능까지 있다. 이것 자체가 어떤 의미로 연금술의 걸작이라고도 할 수 있다.

우후후, 그렇게 나도 모르게 얼굴이 실룩거리는 걸 볼에 손을 대고 참았다.

혼자 문 앞에서 싱글거리고 있으면 수상쩍으니까.

……혼자.

그래요, 혼자입니다.

졸업식도 무사히 끝나고 새로운 출발.

하지만 나는 학교 문 앞에서 덜렁 혼자.

아니, 5년 동안, 진짜, 아르바이트하고 공부 말고는 한 게 없으니까!

그 덕분에 이렇게 학교를 나설 수 있게 되었는데, 인사하러 와주는 사람조차 없다.

그리고 인사하러 갈 사람도 없다.

주위에서는 후배와의 이별을 아쉬워하는 졸업생이나 데리러 온 사람과 미소를 지으며 대화를 나누는 사람들이 있는데, 내 주위만 분위기가 달랐다.

아무도 다가오지 않으니까.

따, 딱히, 쓰, 쓸쓸하진 않거든!

──아니요, 사실 조금 쓸쓸합니다.

난 친구가 거의 없었으니까.

원인은 내게 있으니 어쩔 수 없지만.

역시 공부만 하고 대화를 거의 하지 않으면 친구가 안 생기겠지.

아니, 뭐, 실제로 거의 없을 뿐이고, 진짜로 아예 없는 건 아니었거든?

작년까지는 이런 나를 신경 써주고, 사이좋게 지내준 선배가 두 명 있었다고.

그리고 그 선배 덕분에 사이좋게 지내게 된 후배가 한 명.

하지만 작년에 무사히 졸업한 두 사람은 지금 다른 도시에서 일하고 있어서 왕도에는 없다.

그리고 후배 쪽은 운이 안 좋게도 며칠 전부터 몸이 안 좋아서 졸업식에 참가하지 않았다.

'반드시 갈게요!'라고 했지만, 후배의 정기시험은 졸업식 직후다.

만에 하나라도 불합격하게 만들 수는 없으니 '절대로 오면 안 돼! 몸조리 잘하고!'라고 말했다.

인생에 엄청난 영향이 생긴단 말이지, 시험에 실패하면.

"응, ……얼른 가자."

이런 분위기 속에서 혼자 서 있는 건 조금 괴롭다.

가끔 내게 날아오는 수상쩍어하는 시선은 분명 착각이 아닐 것이다.

나는 돌아서서 5년 동안 지낸 학교 건물을 올려다보았다.

여러 가지 일들이 있었다.

거의 공부한 기억밖에 없지만, 즐거운 일도 있었다.

적어도 공부만 하면 생활하는 데 문제가 없었으니 그리 나쁘지 않은 학생 생활이었던 것 같다.

하지만 지금부터는 혼자서 걸어가야만 한다.

나는 결의를 품고 교문을 등진 채 걸어가기 시작했다.

◇ ◇ ◇

학교를 나서 처음 간 곳은 스승님의 가게.

신세를 많이 졌는데 졸업하고 인사도 하지 않을 순 없었고, 그게 아니라도 스승님에게는 볼일이 있었다.

스승님의 가게는 학교에서 가깝고, 왕도에서도 꽤 좋은 곳에 있다.

그 덕분에 아르바이트하러 다닐 때도 편했고, 시간을 효과적으로 쓸 수 있었다.

땅값 같은 건 잘 모르겠지만, 큰길에 인접해 있으니 아마 비싸겠지?

내가 아르바이트를 할 때도 거의 끊임없이 손님이 왔으니까.

"스승님~, 안녕하세요~."

나는 가볍게 인사를 하며 평소처럼 가게 안쪽으로 들어갔다.

아르바이트는 졸업 시험 전에 이미 그만두었기에 사실 그러면 안 되지만, 이곳 사람들과는 5년 가까이 함께 일하면서 알고 지낸 사이다.

그래서 딱히 막지도 않고 미소를 지으며 '졸업 축하해'라고 하며 안쪽으로 들여보내 주었다.

"그래, 사라사. 졸업 축하한다."

가게 안쪽, 연금공방에서 나를 맞이해준 사람은 엄청 미인인 여자.

그런 외모와는 어울리지 않게 약간 난폭한 말투로 말하는 사람.

겉으로 보기에는 20대 중반 정도?

그런데 5년 전부터 변하지 않은 것 같기도 하다. 실제 나이는 알 수가 없는 연금술사.

이 사람이 내 스승님이다.

실력은 톱 레벨.

놀랍게도 전국에서도 손에 꼽을 정도밖에 없는 데다 어지간한 귀족보다 영향력이 크다고 하는 마스터 클래스 연금술사인 것이다.

게다가 다른 마스터 연금술사는 어느 정도 나이가 있는데, 스승님만 이렇게 어려 보이는 외모다.

내가 나이를 알 수 없다고 한 이유도 알겠지?

그래도 뭐, 그런 외모 덕분에 왕도에서 매우 인기 있는 연금술사이고, 일 의뢰가 끊임없이 들어 온다.

지금도 그런 가게에서 나를 채용해준 게 믿기지 않을 정도니까.

자세한 이야기는 하지 않겠지만, 뭐라고 해야 하나……, 우연과 행운 덕분?

"감사합니다. 스승님 덕분에 겨우 졸업할 수 있었어요."

다시 정중하게 고개를 숙이며 인사를 하자 스승님은 손을 살짝 저으며 대답했다.

"겸손 떨지 마. 들었거든? 성적이 거의 수석이었다면서."

"어라? 그런, 가요?"

시험 보수를 잔뜩 받긴 했지만, 1위가 된 적은 별로 없었는데……?

시험을 볼 때마다 성적 상위 10위까지는 게시되기 때문에 순위 자체는 파악하고 있다.

보수가 걸려있기 때문에 매번 확인했는데, 대부분 내 위에 두세 명은 있었다.

이름은 잘 기억하지 못하지만 귀족인 건 확인했다.

가문 이름을 보면 금방 알 수 있고, 보수가 걸려 있으니까.

"귀족은 뭐, 그거야. 작위에 따라 점수를 후하게 주곤 하니까."

"호오, 그런가요?"

"응? 별로 흥미가 없나?"

태연하게 대답한 나를 보고 스승님이 조금 의아해하며 고개를 갸웃거렸다.

조금 치사하다는 생각이 들긴 하지만, 나하고는 별로 상관이 없으니까.

솔직히, 시험 보수에만 영향이 없다면 1위가 아니더라도 딱히 상관없고.

귀족은 학교에 기부도 하고, 장학금, 보수도 사양한다.

내 장학금이나 보수가 그런 기부에서 나온다고 생각하면 오히려 고맙다고 인사를 해도 좋을 정도다.

점수 정도는 얼마든지 후하게 주라고 하죠.

내가 그렇게 말하자 스승님은 웃으며 고개를 끄덕였다.

"학교의 성적 따윈 연금술사가 되어버리면 상관이 없으니까. 레벨을 올리는 건 노력에 달렸어. ──아, 퇴학 판정은 귀족의 성적도 마찬가지로 평가하니까 수준 이하인 연금술사는 없거든?"

단, 졸업한 뒤에 취직할 때는 성적 순위가 약간 영향을 미치는 모양이다.

하지만 채용하는 쪽도 귀족에게 점수를 후하게 준다는 건 알고 있으니…….

──정당하게 평가받지 못하는 귀족이 오히려 더 힘들지 않나?

학교에는 거만하게 구는 귀족도 있긴 했지만 그렇게까지 심하진 않았다. 게다가 나를 귀여워해준 1년 선배가 후작 가문의 따님이라서 그런지, 괴롭힘당한 적도 없어 그렇게 인상이 나쁘지 않단 말이지.

선배들이 졸업한 뒤에 1년 동안?

그때도 전혀 문제가 없었어.

문제가 좀 있는 귀족은 마지막 학년까지 학교에 남을 수가 없다.

그리고 5학년까지 남아 있는 시점에서 평민이라 해도 연금술사가 되는 것은 거의 확실하다.

연금술사의 사회적 스테이터스를 고려하면 적대시하는 쪽 디메리트가 더 크다.

혹시나 나중에 마스터 클래스 연금술사가 될지도 모르니까.

"그런데 스승님. 같이 나가주실 수 있나요? 큰돈을 가지고 있으면 불안하니까 연금술 대사전을 사러 가고 싶은데요……."

"응? 벌써 가려고? 오늘은 이제 일정이 없으니까 괜찮긴 한데."

'연금술 대사전(전10권)'.

그것은 어엿한 연금술사라면 누구나 가지고 있는 연금술의 바이블이다.

내가 스승님 가게에서 아르바이트를 시작하고 시간이 조금 지났을 무렵, 물어본 적이 있었다.

'연금술사가 되면 제일 먼저 손에 넣어야 하는 게 뭔가요?'라고.

그때 추천받은 것이 이 책, '연금술 대사전'이다.

연금술의 입문이자 가장 심오한 경지. 연금술의 모든 기술이 적혀 있다는 이 책만 있으면 연금술사로서 나아갈 길을 알 수가 있다.

'그렇게 대단한 책을 대체 어디서 손에 넣을 수 있지?!', 그렇게 생각한 내게 스승님이 아무렇지도 않게 말했다. '참고로 학교 매점에서 살 수 있다'고.

가장 심오한 경지를 매점에서 편하게 살 수 있다.

그런 현실에 왠지 석연치 않은 것을 느꼈지만, 나는 다음 날 열심히 모은 돈을 쥐고 신이 나서 매점으로 갔다.

그리고 무너져내렸다.

매점 아주머니가 말한 가격, 놀랍게도 750만 레어.

왕도에서도 나름대로 넓은 단독 주택을 사고도 남을 가격이다.

연금술사라 해도 초보가 간단히 낼 수 있는 금액이 아니다.

하물며 연금술사가 되기도 전인 학생이니 더더욱 그렇다.

이게 매점에서 팔아도 되는 가격인가요?

평소에 내가 여기서 사곤 하는 100레어 정도의 노트나 잉크와의 차이가 너무 큰데요.

장소는 편하긴 한데, 가격은 전혀 편하지 않다고!

나는 당연히 사는 걸 포기하고 스승님에게 투덜댔다.

그러자 스승님은 쓴웃음을 지으며 '그래서 보통은 가게에 견습으로 들어가서 돈을 벌곤 하지. 애초에 10권을 한꺼번에 살 필요도 없고'라고 하면서 꼼수를 한 가지 가르쳐 주었다.

'나를 통해서 사면 500만에 살 수 있지. 졸업할 때까지 모을 수 있다면 싸게 사게 해주마'라고.

500만! 놀랍게도 250만 레어나 할인받을 수 있다!

……아니, 그래도 집을 살 수 있는 금액이긴 하지만요.

그런데 연금술 대사전은 어째서 이렇게 비싼 걸까.

그 이유 중 한 가지는 이 책 자체가 특수한 '아티팩트'이기 때문이다.

연금술사가 아니면 읽을 수가 없고, 연금술사가 아닌 사람들에게는 그냥 백지인 책으로 보인다.

그리고 연금술사라 해도 레벨에 따라 읽을 수 있는 권수가 다르다.

아니, 정확히는 그 반대, 읽을 수 있는 권수에 따라 레벨이 정해진다.

학교를 막 졸업한 졸업생이 읽을 수 있는 건 1권까지이고, 레벨로 따지면 1.

그 이후로 읽을 수 있는 권수가 늘어날 때마다 레벨이 올라가서 10권을 읽을 수 있는 단계가 되면 레벨 10. 일반적으로는 레벨 3까지가 초보이고, 4부터는 초급, 7부터는 중급, 10에 도달해야 겨우 상급 연금술사라 불리게 된다.

그런 상급 연금술사가 될 수 있는 건 연금술사 중에서도 극히 일부이고, 그것을 뛰어넘은 경지에 도달한 자가 스승님 같은 마스터 클래스이다.

그런 물건이기 때문에 이 책의 진가를 판정하기는 힘들다.

평범한 사람은 그냥 백지인 책과 구별할 수 없기 때문에 '이게 연금술 대사전입니다'라고 해도 부정도, 긍정도 할 수가 없다.

초보 연금술사도 마찬가지로 1권 말고 모두 백지라 해도 가짜인지 아닌지 알 수가 없는 것이다.

그럴 때 필요한 것이 보증제도다.

내용을 확인할 수 있는 연금술사가 입회하여 진짜라는 감정 결과를 써주는 것이다.

하지만 10권까지 구입하려면 상급 연금술사 이상이 필요하다.

많지 않은 상급 연금술사에게 입회해달라고 하고 감정 결과를 써달라고 한다.

당연히 보수를 줘야 하고, 그것은 상품 대금에 포함된다.

이게 연금술 대사전이 비싼 또 하나의 이유다.

참고로 연금술 대사전은 가끔 중고 서점에서 팔기도 하지만, 스승님 말에 따르면 '거의 확실하게 가짜니까 절대로 손대지 마라'라고 한다.

물론 폐업한 연금술사가 처분한 책일 가능성도 전혀 없는 건 아니지만, 1, 2권이라면 모를까 10권까지 진짜일 경우는 없다고 한다.

적어도 스승님은 중고 서점에서 진짜를 본 적이 없는 모양이다.

악질적인 경우에는 레벨이 낮으면 확인할 수 없다는 점을 이용해서 초급 연금술사라도 확인할 수 있는 3권 정도까지는 진짜를 넣고, 나머지는 전부 가짜를 넣는 식으로 속이는 경우도 있다고 한다.

그래도 정품의 가격이 너무 비싸니 가끔 손을 대버리는 연금술사가 있고, 울상을 짓게 되는 것 같다.

"그런데 진짜로 500만 레어를 모을 줄이야……."

왠지 스승님이 감동했다는 듯이 나를 보는데, 나도 마찬가지다.

온 힘을 다해 절약했으니까…….

일반적으로는 큰돈이라 할 수 있는 돈을 가지고 있으면서도 5년 동안 기호품을 한 번도 사지 않았던 나, 칭찬받아도 되지 않을까?

응, 대단하다, 나!

"그런데, 사러 가는 건 좋다만. 어떻게 가지고 올 생각이지?"

"네? 그야 여기에 넣어서요."

나는 그렇게 말하고 빙글 돌아서 메고 있던 가방을 스승님에게 보여주었다.

안에 들어 있는 건 필기구와 현금을 제외하면 갈아입을 옷 정도다.

이것이 필수품 말고 다른 걸 사지 않는 내 전재산이다.

구두쇠인 나는 수수하지만 튼튼하고 큼직한 가방을 골랐

기 때문에 아직 공간에 여유도 있고, 어느 정도 무거운 책을 넣어도 괜찮겠지!

그렇게 생각하면서 자신만만하게 보여주었는데, 스승님은 마음에 들지 않았는지 한숨을 쉬어버렸다.

"에휴……. 잠깐 안쪽으로 와봐."

"아, 네."

조금 어이없어하는 스승님을 따라간 곳은 평소에는 올라가지 않았던 2층의 방이었다.

책이 많이 있고, 조금 어두웠다.

방 가운데에는 커다란 책상이 있었고, 물건들이 조금 난잡하게 놓여 있어서 별로 정리를 하지 않은 것 같았다.

"잠깐만 기다려라."

그런 말을 듣고 잠시 순순히 기다렸다.

"이게 연금술 대사전, 3권부터 10권까지다. 1권하고 2권은 너도 본 적이 있지?"

스승님이 그렇게 말하며 책상에 쌓아 올린 것은 책 여덟 권.

"……어라? 왠지 두꺼운 것 같은데요?"

……여덟 권? 이게?

스승님이 내게 일터에서 읽게 해준 연금술 대사전 1, 2권은 겨우 2센티미터 정도 두께에 불과했다.

그런데 지금 책상에 쌓여있는 책의 높이는 전부 합쳐서 50센티미터는 된다.

"이건 말이지, 후반으로 갈수록 두께가 점점 두꺼워지거든. 잠깐 들어봐."

"아, 네."

스승님 말대로 탑처럼 쌓인 책을 들어보았다.

"끄, 끄으으으. 무, 무겁네요."

"그렇지?"

내 날씬한 팔로도 들 수는 있다.

가방에 넣을 수도……, 아마 있을 것이다.

하지만 이제부터 나는 수행할 곳을 찾아다녀야 하고, 거기까지 이동해만 한다.

그리고 그곳은 아마 왕도가 아니다.

그런 여행을 견뎌낼 수 있을지는…….

"어때? 그냥 우리 가게에서 일하지 않을래? 대사전을 살 필요도 없고, 수행할 곳을 찾을 필요도 없는데?"

"으으으으으……, 그, 그건……, 아뇨! 사양하겠습니다!"

씨익 웃으며 나를 꼬시는 스승님을 보고 나는 매우 아쉬워하며 고개를 저었다.

솔직히 스승님처럼 대단한 실력을 지닌 연금술사의 제자가 될 기회는 거의 없을 테고, 여기에서 배우다 보면 순조롭게 재능을 키울 수 있다는 건 거의 확실하다.

스승님도 나를 높게 평가해준 모양이라 아르바이트를 하던 시절부터 자주 그런 제안을 하곤 했다.

하지만, 그런데도 내가 고개를 끄덕이지 않았던 이유는 나 자신의 세계가 매우 좁다는 것을 자각하고 있었기 때문이다.

어렸을 때 고아원에 들어갔고, 그 직후부터 연금술사를 목표로 공부에만 매진했다.

학교에 들어가서도 한 걸 따지면 아르바이트와 공부뿐이다.

행동범위도 학교와 스승님네 가게, 그리고 함께하던 다른 아르바이트 장소 정도밖에 없다.

이대로 스승님의 가게에 들어가 버리면 거의 확실하게 세상 물정을 모르고 성장해버리는 게 아닐까 하는 위기를 느끼고 있었다.

그런 걸 고려하면 적어도 한 번은 독립해야 할 것 같다는 생각이 들었다.

"흐음. 역시 그렇구나. 아쉽긴 하지만, 뭐, 바깥으로 나가는 것도 좋은 경험일 거야. 그런 네게 졸업 선물이다."

지금까지 여러 번 거절했기에 내가 그렇게 대답할 것을 예상했는지, 스승님은 고개를 살짝 끄덕인 다음 배낭 하나를 내게 건넸다.

내가 가지고 있는 실용성만 추구한 것과 비교하면 그 배낭은 꽤 작았고, 좀 멋진 형태였다.

예쁜 붉은색으로 물들어 있어서 귀엽다.

거리로 외출할 때는 좋을 것 같은데, 장기간 여행하기에는 용량이 부족하겠지.

내 가방 안에 넣어두고 쓸 때까지 기다리게 되려나?

"참고로 그것에는 용량 확대와 중량 경감 같은 효과를 부여해 두었어. 거기에 넣으면 대사전을 가지고 여행할 수도 있겠지."

"……네?! 정말요? 받아도 되나요? 엄청 비싸잖아요?"

"사면 그렇겠지만, 내가 만든 거니까 신경 쓰지 마."

"감사합니다!"

멋지기만 한 배낭인 줄 알았는데, 보아하니 아티팩트였던 모양이다.

지금 같은 상황에서 이 가방은 정말 기쁘다.

아니, 이게 없다면 연금술 대사전 같은 걸 가지고 다닐 수조차 없지.

……마스터 클래스 연금술사가 만든 이 배낭이 대체 얼마일지는 생각하지 말자. 무서우니까.

"아, 그리고 도난방지 효과도 넣었지. 너 말고는 못 쓸 테니까 만약 다른 사람에게 주려면 그 부분을 변경할 수 있는 레벨이 될 때까지 열심히 노력해라."

"아뇨, 그런 짓은 안 해요! 모처럼 스승님께서 주신 선물인데!"

우후후, 나는 그렇게 웃은 다음 바로 배낭 안에 손을 넣어 보았다.

"오오~~~."

겉으로 보기에는 내 등에 딱 맞는 크기인데, 내 팔이 통째로 들어갔다.

하는 김에 가지고 있던 가방을 넣었는데도 안에는 아직

여유가 있었다.

겉으로 보기에는 가방이 훨씬 더 큰데 말이지.

"역시 스승님! 대단하시네요!"

"뭐, 이 정도는 해야지. 그건 그렇고, 사러 갈 거지? 너무 늦게 가면 매점 문을 닫을걸?"

내가 눈을 반짝이며 올려다보자 스승님은 아무렇지도 않다는 듯이 눈을 돌리며 다른 화제를 꺼냈다.

"아, 그랬죠. 오늘 안으로 사고, 나간 김에 수행할 곳도 찾아야겠어요! 이제 기숙사에서 잘 수는 없으니까요."

내가 살던 고아원에는 가끔 들르기도 했고, 졸업했다고 보고하러 갈 생각이긴 하지만, '재워주세요'라고 말하긴 껄끄럽다.

그러니 한동안은 여관에서 지내면서 취업 활동을 해야겠다.

그래도 왕도의 여관은 꽤 비싸단 말이지.

물론 장소에 따라서는 저렴한 곳도 있는 것 같은데, 그런 곳에 나 같은 여자애가 머물면 위험하다……고 한다. 이야기를 들어보니까.

"한동안 우리 가게에 있어도 되는데?"

"아뇨, 매듭을 지어야 하니까요!"

일단 올해로 성인이 되었다. 자립해야지!

자칫하다간 지내기가 편해서 질질……, 끌게 될지도 모른다.

나는 스승님을 재촉하며 서둘러 학교 매점으로 갔다.

졸업한 직후에 다시 돌아가는 것도 왠지 멋이 없는 것 같긴 하지만, 실제로 연금술사의 도구를 살 수 있는 건 여기 정도밖에 없다.

　입학 당시에는 몰랐는데, 연금술사의 도구는 기본적으로 주문을 받아서 생산하는 방식이고, 전문적으로 장사가 될 정도로 손님──, 다시 말해 연금술사가 많지 않다.

　결과적으로 학교의 매점에서 전부 다루게 되는 형태가 되었다고 하던데.

　"실례합니다~."

　매점으로 들어가서 말을 걸자 안쪽에서 항상 보던 아주머니가 나왔다.

　"아, 사라사, 졸업 축하해."

　"감사합니다. 덕분에 무사히 졸업할 수 있었어요."

　미소를 지으며 축하한다고 말해주는 아주머니에게 나는 고개를 숙이며 인사했다.

　여기에서는 자주 종이와 펜, 잉크 같은 것들을 사곤 했기에 아주머니와는 사이가 좋다.

　내가 고아원 출신이라는 것도 알고 있어서 가끔 폐기 예정인 상품을 그냥 주기도 하는 등, 여러모로 신세를 졌다.

　이 학교에서는 친구 세 명과 교수님들을 제외하면 슬프게도 내가 아는 사람이 이 아주머니와 도서관 사서 정도밖에 없다.

　물론 축하해줄 사람도……, 말이지.

"저기, 부탁드렸던 그거 들어왔나요?"

"그래. 잠깐만 기다리렴."

아주머니가 그렇게 말하고 안쪽에서 가져온 것은 물론 '연금술 대사전(전10권)'.

좀 전에 스승님의 방에서 본 것과 비교하면 외장이 새것이지만, 중후한 느낌은 똑같다.

이것이 정가 750만 레어.

어지간한 저택보다 비싸다.

"음~, 사라사는 보증이 필요 없다고 했지?"

"네. 그러려고 스승님께서 와주셨으니까요. ──그럼, 스승님! 부탁드립니다!!"

"흐음. 그렇게 긴장할 필요는 없을 것 같은데."

내가 재빨리 길을 양보하며 스승님에게 손을 내밀자 스승님은 살짝 쓴웃음을 지으며 고개를 끄덕이고 책을 하나씩 넘겨보기 시작했다.

그리고 마지막 페이지에 슥슥 서명했다.

그렇게 몇 분 정도 시간이 지났다.

그 서명 옆에 아주머니가 도장을 쾅쾅 찍자 작업이 끝났다.

이제 마스터 클래스 연금술사가 확인했고, 학원이 그 사실을 인정했다고 증명한 것이다.

참고로 보증은 필요 없으니까 서명 없이 팔아달라고 해도 안 통하는 모양이다.

서명이 없는데도 진짜, 그렇게 헷갈리는 물건을 만들지

않기 위한 대책이라던데.

옆에서 보기만 하면 간단한 작업인데, 이 일의 보수가 250만 레어란 말이지…….

그 사실을 생각하니 바라보는 내 시선에도 힘이 저절로 들어간다.

하지만 실제로 이 작업을 스승님이 맡는다 해도 250만 레어를 전부 받는 게 아니다.

적합한 수준의 연금술사를 맞춰주기 위한 사무 수수료로 어느 정도는 학교 쪽에서 떼어간다.

하지만 대부분은 연금술사 몫이 되니……, 상급 연금술사는 정말 대단하지!

일반 서민의 연봉 몇 년 치를 하루……, 아니, 극단적으로 따지면 몇 분 만에 벌 수 있으니까!

──그렇게 생각했는데, 나중에 물어보니 사실 그렇게 짭짤한 일이 아닌 모양이었다.

일단, 거의 모든 연금술사에게 의뢰가 들어오는 기회 자체가 별로 없다.

6권 정도까지라면 학교의 교수님들이 대처할 수 있어서 외부에 의뢰할 필요가 없고, 그 이상이면 상급 연금술사가 필요하다.

이 시점에서 대부분의 연금술사는 대상에서 제외된다.

그리고 의뢰를 받을 경우에는 매매 등으로 인해 소유자가 바뀌었을 때 등, 자신이 서명한 책의 진위 판정을 의뢰했을 때 받아들여야만 한다.

그런 수고까지 포함한 가격인 모양이다.

애초에 10권까지 전부 사는 사람이 거의 없기 때문에 일 자체가 발생하지 않는 것이다.

어라? 10권까지 사는 사람이 별로 없나?

──아니, 아니, 스승님이 나한테 사라고 했지?

그 말을 믿고 돈을 모았는데? 이야기를 들었을 때는 그렇게 생각했지만, 바로 공짜로 서명해주었다는 사실이 떠올랐기에 물론 스승님에게 불평하진 않았거든?

"좋아, 다 됐다. 사라사. 500만 레어야."

"네, 그럼 여기……."

매우 아껴두었던 백금화 50개를 카운터에 놓았다. 이게 내 거의 전재산이다.

5년 동안 노력했던 내 피와 땀의 결정.

필요하다는 건 알지만.

필요하다는 건 알지만!!

"그래, 매번 고맙다~."

내가 마음속으로 부들부들 떨면서 내민 백금화를 아무렇지도 않게 가져가는 아주머니.

터무니없이 큰돈인데도 불구하고 전혀 신경 쓰는 기색이 없었다.

내가 매점에서 산 건 저렴한 것들뿐이었지만, 연금술 도구도 파니까 백금화도 많이 봐서 그랬겠지.

"그런데 정말 열심히 모았구나, 사라사. 보통 졸업생은 사더라도 3권까지밖에 안 사거든? 그 정도라면 그나마 저렴하니까."

아주머니가 말한 대로 3권까지라면 학교 교수님에게 서명을 부탁할 수 있으니 비싼 서명료를 낼 필요도 없고, 사이가 좋은 교수님이 있으면 할인 교섭도 할 수 있다.

그래서 어느 정도 돈에 여유가 있는 졸업생은 그 정도만 사서 수행을 하러 떠나는 것이 일반적이고, 나도 스승님의 가게에서 아르바이트하지 못했다면 그렇게 했을 것이다.

"하하하……, 전부 스승님 덕분이죠."

나는 쓴웃음을 지으며 스승님에게 받은 배낭에 연금술 대사전을 조심스럽게 넣기 시작했다.

이게 없었다면 가지고 다니느라 고생했을 거라는 생각을 하니 정말 스승님이 고마웠다.

배낭에 대사전을 전부 넣은 나는 힘을 주고 일어섰다.

"영, 차! 어, 어라?!"

하지만 무게가 예상한 것과는 달라서 균형을 잃었고, 스승님의 부축을 받아 겨우 일어섰다.

"괜찮니? 사라사. 꽤 무겁지?"

아뇨, 엄청나게 가벼운데요.

역시 스승님이셔. 중량 경감 레벨이 엄청나다.

하지만 일부러 그런 걸 선전해봤자 소용이 없으니 적당히 둘러대자.

"아, 아뇨……, 괜찮아요. 아주머니, 신세 많이 졌습니다."

"아니, 됐어, 사라사는 열심히 노력했으니까. 또 기회가 생기면 오려무나."

나는 미소를 지으며 손을 흔들어주는 아주머니에게 고개를 숙인 다음 스승님과 함께 매점을 나섰다.

"자, 다음에는 수행할 곳을 찾는 건가? 모처럼 나왔으니 나도 함께 좋은 곳을 골라주마."

"네에, 감사합니다. ……아니, 그게 아니라, 이 배낭, 엄청 가벼운데요?!"

애초에 넣어두었던 게 갈아입을 옷처럼 가벼운 것들이라 몰랐는데, 연금술 대사전을 넣어도 전혀 무겁지 않다.

아니, 물론 무거워지긴 했지만, 예상했던 무게의 10분의 1도 안 된다.

아까 넘어질 뻔했던 건 예상했던 것보다 너무 가벼웠기 때문이다.

"중량 경감을 부여했다고 했잖아? 그 정도가 아니면 네가 대사전을 가지고 여행할 수 없을 거 아냐?"

"그야……, 그렇지만요."

자랑은 아니지만, 나는 힘이 없다.

이유?

그야 뭐, 공부만 하다 보니 그렇게 된 거겠지?

애초에 몸집이 작은 편이고, 몸을 단련하지 않으면 어떻게 될지는 뻔하다.

슬프게도 말이지.

"……아뇨, 감사합니다. 솔직히 정말 도움이 많이 되네요."

이 배낭의 효과와 그것을 통해 예상되는 가격을 생각해보고 다시 스승님에게 감사하다는 인사를 했다.

졸업 선물이라고 해도 그냥 받기 무서울 정도지만, 거절하고 돌려줘봤자 스승님은 받지 않을 테고, 감사히 받는 편이 더 기뻐할 것이다.

조금 무뚝뚝한 것 같지만 실제로는 매우 자상하다.

스승님은 그런 사람이다.

"흐음, 뭐, 제자가 새 출발을 하는 거니까. 그 정도는 신경 쓰지 마라."

씨익 웃으며 머리를 툭툭 쓰다듬은 스승님을 보고 나는 쓴웃음을 지으며 학생 지원과로 향했다.

그곳에서는 재학 중인 학생에게 아르바이트를 소개해주거나 졸업한 뒤에 취직 지원도 해준다.

나는 스승님 가게 말고도 몇 군데 아르바이트를 하고 있었기에 이곳 언니와는 이름을 기억해줄 정도로 사이가 좋다.

내가 평소처럼 '안녕하세요~'라고 하며 들어가자 한가해보이는 담당자 언니가 '어서 오세요~'라고 가벼운 대답을 했다.

하지만 스승님을 본 순간, 언니는 몇 초 전에 보였던 모습이 마치 거짓말인 것처럼 등을 쭉 펴고 완벽한 영업 스마일을 보였다.

"오늘은 무슨 용건으로 오셨죠?"

"저, 저기, 수행할 곳을 찾고 있는데요. 구인 공고를 보여주실 수 있을까요?"

"알겠습니다. 잠시만 기다려주세요."

내가 조금 당황하면서 그렇게 말하자 언니는 자리에서 일어나 선반 쪽으로 걸어갔다.

말투가 평소와는 달리 공손한 건 스승님의 효과일 것이다.

평소에 함께 지내다 보면 느끼지 못하지만, 이래 봬도 스승님은 초 엘리트 연금술사란 말이지.

"흐음. 사람이 없군그래?"

카운터에 있던 사람은 언니 한 명이었고, 학생은 아무도 없었다.

평소에는 사람이 좀 있는 편이라 이런 광경은 드물었다.

"아~, 그건 오늘이 졸업식이기 때문입니다."

바인더를 들고 돌아온 언니가 스승님의 질문에 대답했다.

"아, 그렇군. 나도 졸업식을 마친 뒤에 친구들끼리 파티 같은 걸 했었지. 본격적으로 움직이는 건 내일부터인가? 사라사는……."

"모집 항목을 보여주실 수 있을까요?"

스승님의 뭔가 말하고 싶어 하는 시선을 슬쩍 무시하고 언니에게 손을 내밀었다.

네, 어차피 파티 같은 걸 할 친구는 없다고요!

초대받지도 않았고요!

작년에는 선배들이 초대해 주었지만, 모르는 사람들만 있어서 껄끄러웠기에 참가하지 않았고, 그다음날, 후배까지 포함해서 넷이서만 식사를 했을 뿐이라고!

그런 생각을 하면서 바인더를 넘기다 보니 스승님이 왠지 자상해 보이는 눈초리로 내 머리를 쓰다듬기 시작했는데, 그런 건 무시해야지!

"미안하다만, 빈 점포 정보를 보여줄 수 있나?"

"아, 네. 여기 있습니다."

점포 정보는 근처에 있었는지 언니가 바로 스승님에게 내밀었다.

"어라? 스승님, 가게를 늘리시게요?"

장사가 정말 잘 되니까 지점을 늘리거나 점포를 크게 키우는 것 자체는 이상하지 않지만, 스승님은 그쪽 방면으로는 별로 흥미가 없었던 것 같았는데.

"그런 건 아닌데……, 그건 그렇고, 좋은 곳은 찾았어?"

"아뇨, 아직까지는……."

내가 보고 있던 바인더에는 지금 시점에서 제자를 받을 수 있는 연금술사 가게가 나와 있다.

이 안에서 내 조건에 맞는 가게를 찾아서 면접을 거쳐 취직, 그리고 경험을 쌓으며 어느 정도 돈을 모아 자기 가게를 사서 독립한다는 것이 일반적인 연금술사의 경력 계획이다.

취업 활동에 필요한 자금을 고려하면 최대한 가까운 곳.

하지만…… 왕도의 가게는 없구나. 학교가 있어서 인재는 넘친단 말이지.

많은 것은 역시 지방. 선배들이 취직한 곳도 지방이었고.

취직할 수 있다면 장소는 별로 상관없긴 하지만, 문제는 면접을 보러 가는데 드는 시간과 비용이다.

교통비와 숙박비를 썼는데도 합격하지 못한다면 지불한 비용을 낭비하게 된다.

만약 채용된다 하더라도 방을 빌리거나 생활 필수품을 갖추는데도 돈이 든다.

학교의 기숙사에서는 그런 것들을 지급해주었지만……, 연금술 대사전을 사버린 지금은 여유가 별로 없단 말이지.

그런 것들을 고려하면 연줄로 알고 지내는 가게에 취직하는 것이 제일 안심된다.

그러니 사실, 스승님이 내게 오라고 제안한 것은 매우 운이 좋은 것이다.

그런 이야기를 거절한 나를 보고 스승님은 아쉽다는 표정을 지으면서도 조금 기쁜 듯이 내 생각을 인정해주었고, '곤란해지면 돌아와라'라는 말까지 해주었으니…….

"그런데 사라사, 취업활동에 쓸 수 있는 자금은 어느 정도 남았지?"

"윽…….."

모집하고 있는 가게까지의 거리와 그곳으로 가는데 필요한 비용을 필사적으로 계산하고 있던 내게 스승님이 갑자기 물어보았다.

그런 스승님에게 망설이면서 내가 대답하자 스승님은 어이가 없다는 듯이 한숨을 쉬었다.

"연금술 대사전을 산 시점에서 예상하긴 했지만……. 그런 네게 추천할 만한 게 있거든?"

스승님이 그렇게 말하며 내민 것은 팔기 위해 내놓은 점포 정보를 정리해둔 바인더였고, 기본적으로는 폐업한 연금술사의 중고 매물들이었다.

연금술사의 가게는 그 성질상 일반인에게는 필요가 없는 설비가 많기 때문에 학교에서 그런 부동산 중개업까지 맡고 있는 것이다.

"뭐죠? 스승님. 추천하신다니……, 어?! 싸다!"

스승님이 보여준 페이지에 적혀 있던 가게의 가격, 놀랍게도 1만 레어.

연금술 대사전 덕분에 대폭 줄어든 내 재산으로도 충분히 낼 수 있는 금액.

"대, 대체 뭐죠? 이 가게?!"

"가게 부분은 조금 좁지만, 거주 공간이 있고, 약초밭도 있고, 각종 설비와 도구까지 딸려있지. 장소는 시골이긴 하지만 꽤 괜찮은데."

배치를 보니 스승님네 가게처럼 넓진 않지만, 애초에 시골은 손님이 적기에 그렇게 넓은 공간은 필요가 없다.

2층 건물이고, 스승님이 말한 대로 거주 공간이 있고, 우물도 있다.

뒤에는 꽤 넓은 밭이 딸려 있어서 필요하다면 그곳에서 약초도 키울 수 있을 것 같다.

"……아뇨, 너무 싸잖아요! 말도 안 된다고요!"

집이 그냥 싼 수준이 아니라 지나칠 정도로 싸다.

왕도라면 한두 달 집세 정도 금액에 불과해서 면접을 한 번 보러 가는 비용과 비교해도 거스름돈이 남는다.

솔직히 뭔가 위험한 부분이 있지 않을까 하는 의심이 든다.

──학교에서 중개해주는 곳이니 아마 괜찮을 것 같긴 하지만.

"뭐, 그거야 보조금이 나름대로 나오는 거 아닐까?"

"아, 그렇군요. 그렇다면……, 뭐……."

보조금이란 연금술사가 가게를 낼 때 나라에서 지원해주는 돈이다.

나라에서는 각 도시마다 연금술사의 가게를 만들고 싶지만, 어디에 가게를 낼지는 연금술사의 자유다.

가장 인기가 있는 곳은 역시 인구가 많은 왕도이고, 그 주변의 대도시가 그다음이다.

손님이 적고 불편한 시골에 일부러 가게를 내는 건 누구나 피하고 싶다.

그래서 생긴 게 보조금이다.

사람들이 가려 하지 않는 곳일수록 많고, 왕도 같은 도시에는 보조금이 없는 식으로 차이를 두어 어떻게든 사람을 확보하려는 나라의 정책.

수행 중인 초보 연금술사는 가게를 구입할 자금을 모으는
게 꽤 힘들어서 빠르게 가게를 가지고 싶어 하는 연금술사
는 보통 그 혜택을 받는다.

　하지만 반대로 말하자면──.

　"다시 말해서, 이 가게는 1만 레어로 팔아도 상관없을 정
도로 보조금이 나오는 엄청난 시골에 있다는 건가요?"

　일단 주소가 적혀 있긴 한데, 들어본 적이 없다.

　적어도 내가 알지 못할 정도로 작은 마을이라는 건 분명
하지.

　"여긴 대수해 옆에 있는 작은 도시……, 아니, 마을이지."

　"대수해라니……, 여기에서 마차를 타고 한 달 정도 가야
하잖아요?"

　"그래. 하지만 연금술 소재는 얻기 편하니 기술을 익히는
데는 나쁘지 않은 곳이거든? ──손님은 별로 없을지도 모
르겠지만."

　대수해란 이 나라의 변경으로, 남북으로 뻗은 대산맥과
그 기슭에 펼쳐진 수해를 일컫는 말이다.

　정식 명칭은 '게르바 록하 산록수해'이며, 각종 식물, 곤충,
광석 등 연금술 관련 소재가 많이 나는 것으로 유명하다.

　그래서 스승님이 말한 대로 실력을 키우기에는 가장 적합
한 곳이긴 한데…….

　"손님이 없다는 건 치명적이잖아요? 모아둔 돈도 전부 써
버렸으니까 손님이 오지 않으면 생활을 할 수가 없고요."

그렇다.

산지 근처라고 해서 각종 소재를 싸게 손에 넣어도 제품이 팔리지 않으면 소용이 없다.

대사전을 사기 전만큼 모아둔 돈이 있다면 몇 년 동안 그곳에서 실력을 키우는 선택지도 고를 수 있었을지 모르겠지만, 지금 자금 사정으로는 생활할 수가 없다.

"흐음, 괜찮을 것 같다만."

"애초에 저는 오늘 졸업한 참이잖아요? 갑자기 가게를 내다니……."

"그건 문제없어. 아무것도 모르는 문외한이라면 모를까, 너는 몇 년이나 우리 가게에서 일했잖아? 나름대로 해나갈 수 있을 것 같은데. 레벨도 3이 되었고."

"……네? 3?"

"그래. ──사라사, 너, 연금술사의 레벨을 어떻게 올리는지 알아?"

"그러고 보니……?"

연금술사의 레벨이나 마스터 클래스 같은 이야기를 많이 들은 것치고는 학교에서 어떻게 레벨을 올리는지 가르쳐주지 않았다.

연구해라, 노력해라 그렇게 말할 뿐이다.

"흐음. 뭐, 자격을 딴 다음 제자로 들어가서 배우는 게 보통이니까."

스승님이 그렇게 말하며 가르쳐준 것은 '연금술 대사전의

각 권에 나와있는 것들을 전부 만들면 레벨이 오른다'라는 사실이었다.

다시 말해 1권에 나온 것들을 전부 만들면 레벨2, 2권에 나온 것들을 전부 만들면 레벨3이 된다.

학생일 때 가르쳐주지 않는 이유는 레벨을 빠르게 올리기 위해 정식 자격도 없는데도 무리해서 연금술을 사용하지 않게끔 하기 위해서인 모양이다.

"그러고 보니 아르바이트를 하면서 이것저것 만들었었죠. 어? 그러니까, 제가 어느새 1, 2권에 나온 것들을 전부 만든 건가요?"

"그런 거야. 1, 2권에는 가장 자주 쓰는 것들이 나와 있으니까."

스승님의 지도에 따라 꽤 많이 만들긴 했는데……

아니, 아마 그걸 고려해서 시킨 것 같긴 한데.

"그러니까 너라면 가게 정도는 낼 수 있겠지."

"그래도……, 장사에 대해서는 아무것도 모르는데요."

스승님이 말한 대로라면 팔 상품을 만드는 건 문제가 없을 것 같다.

하지만 아르바이트 기간에 내가 했던 건 제작뿐이고, 판매 같은 건 해본 적이 없다.

다시 말해 가격 책정이나 소재 구입, 기타 경영에 대해서는 완전히 초보다.

"음~, 그래……. 좋아, 이렇게 하지. 네가 정기적으로 그

부근의 희귀한 소재를 보내주면 그걸 내가 사주마. 그러면 생활하는 데 문제는 없을 거야."

그렇게 하면 생활비 정도는 벌 수 있을까?

사치를 부리고 싶은 것도 아니고, 수행이라고 생각하면 괜찮을 것 같기도 한데⋯⋯, 아니.

"──스승님, 설마 그걸 노리고 저를 보내려는 건가요?"

"나는 언제나 제자의 장래를 생각한다."

평소에 보여주지도 않는 시원스러운 미소를 지으며 내 머리를 쓰다듬어주는 스승님.

"네에, 감사합니다? ──아니, 방금 부정하지 않으셨죠?"

"아, 자네, 이것 계약은 어떻게 하면 되지? ──여기에서 돈을 내면 권리서를 받을 수 있다고? 그럼 그렇게 해줘."

스승님은 내가 따지는 것도 무시하고 자기 지갑에서 꺼낸 돈으로 권리서와 열쇠를 받아버렸다.

그리고 그 권리서를 빠르게 접어서 열쇠와 함께 내 주머니에 찔러넣었다.

"자, 이제 사라사도 가게를 지닌 어엿한 연금술사야. 축하한다! 아, 그건 내가 주는 선물이야. 받아주렴."

"어, 어, 어어어~."

내 어깨를 툭툭 두드리며 상냥하게 그런 말을 하는 스승님.

왠지 성난 파도 같은 기세로 내 장래가 정해져 버렸다.

어? 나는 여기 취직할 곳을 찾으러 온 거였지?

그런데 어느새 독립한 점장이 되었는데요?

"스승님~, 엄청 불안한데요."

"뭐, 나도 도와줄 테니 열심히 해봐. 빚만 지지 않으면 실패하고 돌아와도 고용해줄 테니까."

"네에……."

그렇다면──, 괜찮은 건가?

왕도로 돌아갈 수 있는 여비만 확보해두면 스승님네 가게에서 일할 수 있고?

견습 아르바이트로도 충분한 임금을 받았으니 취직하더라도 가난하게 살지는 않을 것이다.

나는 이미 연금허가증을 가지고 있으니까!

"알겠습니다. 열심히 해볼게요!"

그렇게 말하고 기합을 넣으며 손을 꽉 쥐었다.

"응! 훌륭한 마음가짐이다!"

그런 내 모습을 보고 스승님이 만족스러워하며 고개를 끄덕이고 나서 격려해주었다.

……어라? 스승님 말에 넘어간 거 아닌가? 내가 착각한 건가?

스승님의 가게로 돌아온 다음, 스승님은 나를 위해 졸업 파티를 열어주었다.

내가 외톨이라는 걸 가엾게 여긴 건 절대 아니고, 순수한 호의……라고 생각하고 싶다.

참가한 사람은 가게에서 일하는 사람들.

다른 사람들은 오지 않았다.

급하게 불러서 일정이 안 맞았겠지. **일정이!** 말이야!

나도 부르면 와줄지도 모르는 사람 정도는 몇 명 있다고!

다른 아르바이트를 하던 곳 사람이라든가!

부르지는 않았지만.

결코 미묘한 표정으로 거절하는 게 겁나서 그런 건 아니다.

"그런데, 스승님. 갑자기 파티를 여시다니, 준비하는데 힘들지 않으셨어요?"

회장의 테이블에는 내가 먹어본 적도 없는 호화로운 요리와 술이 놓여 있었다.

이미 꽤 많이 먹었는데, 전부 정말 맛있어서 얼마든지 먹을 수 있을 것 같았다.

물론 그런 건 불가능하기 때문에 조금씩 여러 가지 요리를 먹고 있긴 하지만.

──비싸 보이는 것부터 먹는 게 기본이지!

"이 정도라면 별것 아니야. 만든 건 저 녀석이고."

스승님이 그렇게 말하며 손가락으로 가리킨 사람은 항상 카운터에서 접객을 담당하는 언니인 마리아 씨.

그쪽을 보니 마리아 씨가 방긋 웃으며 손을 흔들었다.

어? 이 호화 요리를?

프로 요리사가 만든 것 같은데요.

"그, 그래도, 비싸 보이는 식재료나 술이⋯⋯."

"응? 이 정도는 평소에도 먹는데? 어느 정도는 사러 갔다 온 모양이지만."

오오, 스승님 정도가 되면 이 정도 식사가 평범한 거구나!

평소에는 기숙사에서만 먹는 내 식사와는 비교하고 싶진 않지만, 아마 고급 요리겠지?!

"너, 너무 절약하는 거 아니야? 나도 학생 시절에서 돈이 그리 많진 않았지만, 시험이 끝났을 때 같은 경우에는 이 정도 요리를 내주는 가게에 가곤 했는데?"

어라? 그렇게 고급스러운 요리가 아닌가?

"――아니, 스승님이 돈을 모으라고 했잖아요!"

"그랬나? 다 모으면 연금술 대사전을 싸게 살 수 있게 해주겠다고 한 것 같은데."

"마찬가지죠! 반드시 사야 한다고 하면 당연히 모을 수밖에 없잖아요!"

대체 무슨 말을 하는 거죠? 이 스승님은!

그런 말을 하면 필사적으로 모아야 하잖아요!

250만 레어나 이득이니까!

"아니, 딱히 열 권을 한꺼번에 살 필요는 없었잖아? 예를 들어서 5권까지만 사더라도 내가 가면 싸게 살 수 있으니까."

"그⋯⋯, 그런, 가, 요?"

"보증금만큼만. 5권까지면 그리 비싸진 않겠지만."

그런 말은 처음 들었어. 처음 들었다고~~!

"그럼 그렇다고 가르쳐주시지! 그렇게 열심히 절약했는데!"

"아니, 얼마나 모았는지는 몰랐으니까. 그리고 열 권을 한 꺼번에 사는 게 더 저렴한 건 맞거든? 10권만 살 경우에도 상급 연금술사가 필요하니까 보증비용은 비싸거든."

하긴 불러와야 하는 건 마찬가지니까, 한 권만 사서 보증을 받는다고 하면 열 권을 한꺼번에 사는 것과 비슷할지도 모르겠다.

그렇다면 결과적으로 잘된 건가……?

"그러고 보니 좀 다른 이야기이긴 한데요. 9권까지 다 만들면 상급 연금술사인 거죠? 그럼 10권을 전부 다 만들면 어떻게 되나요?" "아, 그 녀석은 바보겠지."

"……네?"

어라? 내가 잘못 들었나?

"바보야. 10권의 내용……은 못 읽겠지만, 두께는 기억하지? 특히 두꺼웠잖아?"

"그러고 보니 그랬던 것 같아요."

대사전을 배낭에 넣을 때, 10권만은 한 손으로 들기 힘들 정도로 두꺼웠던 게 기억났다.

사람 한 명 정도는 간단히 때려죽일 수 있을 정도로.

"10권에는 그에 맞는 고도의 아티팩트도 나와 있지만, 대부분은 아무래도 상관없는 것들, 9권 이하에 넣더라도 낭비인 것들이거든. 그러니까, 만드는 게 어렵지 않더라도 만드는데 들어가는 시간과 소재가 낭비라는 거지. 그런 걸 일부러 만드는 녀석은 바보 정도밖에 없을 거 아냐?"

"그야, 그렇긴 한데요……. 아, 그래도 스승님은 상급 이상인 마스터 클래스죠? 그건 뭔데요?"

10권을 전부 마스터하면 마스터 클래스인 줄 알았는데.

"그래……, 10권 중에서도 중요한 아티팩트를 만드는 게 마스터 클래스의 조건 중 하나이긴 하지. 그것 말고는……."

"그것 말고는?"

스승님이 뜸을 들이는 듯이 나를 바라보며 한 말은…….

"──비밀이야."

"네에~~~? 어째서요~? 가르쳐 주세요~."

"마스터 클래스는 상급과는 다른 역할, 나름대로 중요한 역할이 있거든. 만약 네가 상급이 되고, 기대할 만할 것 같으면 가르쳐줄 테니까 참아라."

"으~, 꼭 가르쳐 주셔야 해요?"

"일단 상급이 될 수 있을지부터 걱정하라고. 거기까지 도달할 수 있는 사람은 극히 일부거든?"

"그야 그렇지만요……."

불만이라는 듯이 올려다보는 내게 스승님은 그렇게 말하고 웃은 다음 들고 있던 와인을 다 마셨다.

"자, 사라사 너도 이야기만 하지 말고 마셔라. 성인이 되었잖아? 술도 즐길 줄 알아야지."

"그, 그렇죠. 첫 도전이에요!"

엄격하게 따지는 건 아니지만, 술을 마실 수 있게 되는 건 열다섯 살 성인부터다.

나도 얼마 전에 열다섯 살 생일을 맞이했지만, 절약하던 나와 사치품인 술은 인연이 전혀 없었다.

하지만 오늘은 공짜 술이다. 마시지 않으면 아깝겠지?

게다가 아마도 고급 술일 것이다.

나는 마침 눈앞에 있던 술을 컵에 따른 다음 곧바로 스승님 흉내를 내며 마셨다.

그 순간, 목 안쪽이 화악 뜨거워졌고, 스승님의 당황한 듯한 표정이 보였…………

◇ ◇ ◇

다음 날, 내가 깨어난 곳은 낯선 침대 위였다.

어제는 분명히……, 스승님이 축하 파티를 열어줬지?

중간부터 기억이 나지 않는데, 그러니까 여기는 스승님네 가게인가?

침대에서 일어나 방 밖으로 나오자 그곳은 낯익은 복도였다.

응, 역시 그렇구나.

들어온 건 처음이지만, 이곳은 가게 2층에 있는 객실인 것 같다.

곧바로 계단을 내려가 인기척이 있는 가게의 거주 공간으로 가보니 그곳에는 테이블 앞에서 느긋하게 차를 마시고 있는 스승님이 있었다.

"스승님, 좋은 아침이에요."

"그래. 깨어났구나. 어제는 정말 웃기던데? 술을 한 모금 마신 순간 테이블에 엎드려서——, 큭, 후후후후……, 아하하하하!"

그때 모습을 떠올렸는지 말하던 도중에 참지 못하겠다는 웃음을 터뜨린 다음 큰 소리로 웃는 스승님.

그러고 보니 어제는 처음 술을 마셨는데……, 스승님이 한 말이 사실이라면 그대로 의식을 잃었다는 건가?

——아니, 너무한 거 아니야?

한 모금 마시고 쓰러지다니, 좀 한심하긴 하지만 그렇게까지 웃을 일은 아니잖아?

내가 멍한 표정을 짓고 있자니 스승님은 웃음을 멈춘 다음 다시 씨익 웃었다.

"게다가 '매듭을 지어야 한다'고 했으면서 결국 우리 가게에서 자게 되었지?"

"크윽……, 그건……."

그랬지.

반쯤 불가항력이라고 해도 자립하기로 결심한 첫날부터 갑자기 스승님에게 신세를 져버린 것이다.

술에 익숙하지 않아서 그랬다고 변명을 해봤자, 만약 술

집에서 인사불성이 되어버리면 아무도 도와주지 않는다.

성인이 된 이상, 그런 부분도 스스로 책임을 져야 하니까.

"그 술이 너무 세서 그런 거예요……."

"도수가 센 술이긴 하지. 참고로 가격도 꽤 비싼 술이거든? 분명──."

"스톱! 말하지 마세요! 더 풀 죽게 되니까……."

스승님에게 '꽤 비싼' 거라니, 듣고 싶지 않아!

분명히 내가 마실 수 있을 만한 가격이 아니겠지?!

그 술의 맛은커녕, 마셨다는 기억조차 없는데, 낭비해버린 돈을 생각하니 마음이 아프다.

"……이제 당분간 술은 안 마실래요."

"그러는 게 좋겠어. 마실 때는 반드시 내게 웃음을 제공해주렴!"

그렇게 말하고 다시 '크흐흐'라고 웃는 스승님.

다시 말해 또 술을 마시고 쓰러지라는 거죠? 저도 알아요.

──적어도 다른 사람들 앞에서 술을 마시는 건 피하자.

나도 일단은 여자니까, 웃어넘길 이야기로 끝날 보장도 없고.

"말씀은 그렇게 하시지만, 점장님께서는 어제 사라사 양이 쓰러진 다음에 꽤 당황하셨거든요? 방으로 데려다준 것도 점장님이셨고, 진정이 될 때까지 곁에 계셨으니까요."

"아, 마리아 씨."

내가 풀 죽어 있자니 부엌에서 컵을 든 마리아 씨가 와서 그런 이야기를 해주었다.

"마리아! 쓸데없는 소리 하지 마!"

"어머, 사실이잖아요. 허둥대면서 포션을 찾으셨죠?"

마리아 씨는 웃으면서 내게 물이 든 컵을 건네주었다.

목이 말랐던 나는 그것을 고맙게 받아 마시면서 스승님을 슬쩍 보자, 방금까지 웃고 있던 스승님이 왠지 언짢은 듯한 표정으로 인상을 쓰고 있었다.

"뭐, 뭐, 우리 가게에서 사람을 죽게 할 수는 없으니까!"

내가 보고 있다는 걸 눈치챈 스승님은 헛기침하고 인상을 쓰며 그렇게 말했지만, 마리아 씨는 아랑곳하지 않고 쓴웃음을 짓고 있었다.

"정말 솔직하지 못하시네요. 뭐, 상관없지만요. 자, 아침 식사 준비가 다 되었어요. 사라사 양도 드실 수 있죠?"

"저기……."

"먹고 가라. 아침 식사 정도는 신경 쓸 필요 없잖아?"

더 이상 신세를 질 수는 없다고 생각하며 조금 망설이던 내게 스승님이 그렇게 말하고는 마리아 씨에게 말해서 3인분 식사를 차리게 했다.

"감사합니다."

솔직히 오늘 안으로 출발할 것을 고려하면 시간적으로도 많이 도움이 된다는 것도 사실이다.

나는 고맙다는 인사를 하고 조금 서둘러 아침 식사를 마치고, 바로 떠날 준비를 하기 시작했다.

준비라고 해도 내 물건은 전부 스승님에게 받은 배낭에 들어 있고, 마련할 물건이 있다면 식량 정도밖에 없다.

  그런 것들도 중간에 가게에서 사면 되기 때문에 몸단장을 마치고 배낭을 메면 끝난다.

  곧바로 스승님에게 인사를 하고 가게를 나서려고 하자 '이것도 가지고 가라, 이별 선물이야'라고 스승님이 준 것은 연금술 관련 도구 세트와 각종 소재, 그리고 경영에 관한 조언이 적혀 있는 것 같은 책자였다.

  책자는 그렇다 쳐도, 연금술 도구는 절대 싸지 않다.

  적어도 일반 서민은 좀처럼 살 수 없는 금액이라는 걸 알고 있다.

  비싼 가방을 받고, 가게 대금도 대신 내달라고 했는데 선물까지 받는 건……. 내가 그렇게 생각하며 망설이고 있자니 스승님은 아무렇지도 않게 '이래 봬도 나는 마스터 클래스 연금술사거든? 그리 비싸지도 않으니 신경 쓰지 마라. 조금 변칙적이라고는 해도 너는 우리 가게에서 독립해서 자신의 가게를 차리는 제자야. 이 정도 선물은 오히려 싼 정도지'라고 말했다.

  서민이 도저히 벌 수가 없는 금액을 '이 정도'라고 하다니, 역시 연금술사, 장난이 아니네요.

  그리고 내가 나설 때 마리아 씨가 몰래 가르쳐준 것에 따르면, 책자도 어제 내가 잠들어버린 다음에 스승님이 밤을 새우며 아침까지 써준 모양이었다.

으음, 오늘 아침에 졸려 보였던 이유가 그거였구나.

그럼 마구 웃어댄 것도 용서해줄 수 있지.

밤을 새우면 기분이 들뜨니까.

아니, 오히려 스승님에게 갚을 수가 없는 은혜가 쌓이기만 하는데…….

연금술 대사전도 생각해보면 스승님에게 수백만 레어를 받은 거나 마찬가지지?

……응, 열심히 노력해서 성공해야겠다. 조금이라도 은혜를 갚을 수 있게끔.

나는 그런 결의를 품고 왕도를 떠났다.

변경 마을에서 기다리고 있는 현실 같은 걸 알지도 못한 채…….

Episode 2
My fhfifh if···

내 가게는······

그리고 지금, 나는 낡은 가게 앞에서 멍하게 서 있었다.

"……에휴, 이러쿵저러쿵해도 소용없겠지. 이미 와버렸으니 어떻게든 해야지!"

그때 품었던 결의를 떠올려 봐라! 나!

스승님에게 은혜를……, 어라? 이 가게를 고른 건 스승님이었지?

──아니, 아니, 스승님도 이런 상황이라는 건 몰랐을 테니까.

그래도 취직이 아니라 가게를 사기로 결정한 것도…….

──아니, 아니, 아니, 스승님이니까. 분명 나를 생각해서 그랬을 거야! 응, 분명 그럴 거야. 안 그러면 마음이 꺾일 것 같으니까…….

"이, 일단 상황 확인부터 해야지!"

마음을 다잡은 나는 다시 가게 외관을 바라보았다.

간판이 기울어서 당장에라도 떨어질 것 같긴 하지만……잘 살펴보니 집 자체는 그렇게 많이 상하지 않은 것 같은데?

황폐해진 정원과 썩은 나무 울타리, 얼룩이 져서 안이 보이지 않는 유리창 때문에 꾀죄죄하게 보이긴 하지만, 지붕은 멀쩡하고, 벽에 금이 가긴 했지만 실제로 무너진 부분은 없다.

문이나 창문도 멀쩡하니 간판을 수리하고 청소만 하면 꽤 괜찮은 곳일지도 모르겠다.

"응! 좋았어! 의욕이 좀 생기네! 우선 안으로 들어가 볼까?"

주머니에서 열쇠를 꺼낸 다음 풀을 헤치며 문으로 가려다가 멈춰 섰다.

"이거……, 약초 아닌가?"

문으로 이어지는 길에도 잔뜩 자라난 풀.

그걸 잘 관찰해보니 연금술의 소재로 쓸 수 있는 약초가 드문드문 자라나 있었다.

그러고 보니 이 집에는 약초밭이 딸려 있었지?

그곳에서 씨앗이 날아왔는지도 모르겠다.

대부분이 그냥 잡초다.

하지만 약초를 밟지 않고 걸어가기도 힘들 정도로 미묘한 비율이었다.

길 말고 다른 곳에도 자라나 있으니 무시하고 가도 되겠지만, 내가 보기에는 잔돈이 떨어져 있는 거나 마찬가지다.

구두쇠인 내가 잔돈을 밟고 걸어갈 수가 있을까?!

"……회수, 회수."

집에 들어가는 건 잠깐 보류하고 우선 길에 난 약초 회수를 시작하는 나.

사람 한 명이 걸어갈 수 있는 범위의 풀을 뽑아나갔다.

"잡초(쓰레기), 약초(돈), 잡초(쓰레기), 약초(돈), 잡초(쓰레기), 잡초(쓰레기), 약초(돈)……."

그렇게 중얼거리면서 뽑아낸 풀을 분류해서 쌓아두었다.

약초 하나하나는 그리 비싸지 않지만, 이대로 문이 있는 곳까지 회수해나가면 서민의 하루 일당 정도는 될지도 모르겠다.

하지만 바로 처리하지 않으면 가격이 내려가니까 연금술사에게만 가치가 있는 풀이지.

그렇게 정신없이 풀 뽑기를 한참 하다 보니.

"어머, 아가씨. 뭐 하는 거니?"

문까지 거리가 절반 정도 남았을 때, 갑자기 뒤에서 누군가가 말을 걸었다.

돌아보니 40대 후반 정도로 보이는 조금 풍만한 여자가 서 있었다.

"저기⋯⋯."

객관적으로 내 상황을 보면⋯⋯, 빈집 앞에서 처음 보는 여자애가 중얼거리며 정신없이 풀을 뽑고 있는 상황.

응, 좀 수상쩍네!

이렇게 작은 마을은 조금 폐쇄적이라는 이야기를 들은 적도 있는데, 혹시 꽤 수상하게 생각하는 건가?!

"그 가게에 볼일⋯⋯이 있는 것도 아닌 것 같은데. 그 가게는 오래전에 문을 닫았거든?"

"아뇨! 그게 아니라요! 여기, 저희 집! 이에요. 이 집을 사서 이사 왔거든요!"

의아해하며 물어보는 아주머니에게 나는 허둥대며 부정했다.

폐쇄적인 커뮤니티에 들어갈 때는 첫인상이 정말 중요하지!

학교에서는 고립되어도 문제가 없었지만, 여기에서 생활

하게 된 이상, 이웃 분과 사이좋게 지내야지!

아주머니 네트워크는 업신여길 수 없으니까, 나는 익숙하지 않은 미소를 필사적으로 지으며 인사했다.

"자, 잘 부탁드립니다!"

"샀다고? 그렇다면 아가씨가 연금술사 님이야?!"

"네, 네! 아직 초보지만 연금술사입니다! 사라사라고 해요."

"어머, 어머, 나는 이웃에 사는 엘즈라고 해. 거리가 좀 떨어져 있긴 하지만, 무슨 일이 있으면 언제든지 오렴."

아주머니——, 엘즈 씨는 가게 왼쪽을 손가락으로 가리키며 방긋 웃고 말해주었다.

다행이다, 첫 만남은 일단 합격점이겠지?

물론 수상쩍은 풀 뽑기 모습을 보였다는 건 머리 한구석에 박아두었다.

"그런데 우리 마을에도 다시 연금술 가게가 생기는구나? 조금 불편했는데 다행이야! 열심히 하렴!"

"네, 감사합니다. ……그런데 이 가게가 왜 문을 닫았는지 아시나요?"

경영에 문제가 있었다면 여러모로 고민해 봐야 한다.

스승님에게 소재를 파는 것만으로도 최소한의 생활은 할수 있겠지만, 연금술사로서는 부족하지.

"아, 이 가게는 나이든 영감님께서 맡고 계셨는데, 허리가 나가버렸거든. 아들이 걱정하면서 데리러 왔어. 그러니 손님 걱정은 할 필요 없을걸?"

"그런가요?"

작은 마을이라 별로 수요가 없을 것 같은데.

그런 내 마음을 느꼈는지, 엘즈 씨가 쓴웃음을 지으며 말했다.

"그야 우리 마을이 작긴 하지만, 포션은 항상 필요하거든. 그리고 이 마을은 대수해로 들어가는 채집자들이 꽤 많이 머무르니까 그 녀석들에게 맞는 약을 만들어두면 장사는 문제가 없을 거야. 매수까지 하면 돈벌이가 괜찮지 않을까?"

'채집자'란 대수해 같은 각종 연금 관련 소재를 채집할 수 있는 곳으로 가서 그것들을 모은 다음 파는 것을 직업으로 삼은 사람들이다.

그런 곳들은 일반적으로 위험도가 높고, 그렇기에 다치는 경우도 많다.

그런 이유로 채집자들은 연금술사에게 소재의 공급원인 것과 동시에 고객이기도 한 것이다.

"채집자가 있다니 다행이긴 한데요, 매수 같은 건 상황을 보고 나중에 생각해야겠어요. 사들인다 해도 팔 곳이나 이곳에서 수송할 방법도 생각해야 하니까……."

"그래? 아줌마는 그런 연금술 장사에 대해서는 잘 모르니까."

이곳처럼 산지 근처에서 소재를 저렴하게 입수할 수 있다는 건 당연하지만, 쉽사리 전부 사들이다가는 파산하게 된다.

우선 사들인 것들을 그대로 보존할 수 있는 경우는 별로 없다.

방치하면 썩어버리는 등, 써먹을 수 없게 되기 때문에 장기간 보존할 수 있게끔 처리할 필요가 있다.

그것도 당연히 내가 해야 하니 처리할 수 있는 분량 이상으로 사들여버리면 폐기물이 발생하게 된다.

그리고 팔 곳까지 수송할 비용, 재고나 수송 시의 파손으로 인한 손실 등도 고려해서 가격을 매긴 뒤 사들여야만 한다.

──스승님이 준 책자에 그렇게 적혀 있었다.

왕도에서 판매하는 각종 소재의 가격이나 매입 가격표까지 딸려 있었는데, 그 가격을 그냥 참고하기만 하면 금방 적자가 난다는 주의사항도 있었다.

"매수는 그렇다 치고, 가게는 언제 문을 열 예정이니?"

"음, 청소하고 준비도 해야 하니……, 1주일 정도 걸릴 것 같네요."

안을 확인해봐야 알겠지만, 아직 상품을 만들지 않았기에 그 정도는 걸릴 것같다.

"그래, 그래. 도움이 필요한 게 있으면 말하렴."

"감사합니다."

방긋방긋 웃으며 그렇게 말하는 엘즈 씨에게 나는 다시 고개를 숙였다.

◇ ◇ ◇

엘즈 씨를 보낸 다음, 다시 풀 뽑기를 시작한 나는 금방 문이 있는 곳에 도착했다.

주머니에서 꺼낸 열쇠를 열쇠 구멍에 넣고 돌리자 가벼운 소리와 함께 자물쇠가 해제되었다.

문을 당겨보니 예상과는 달리 뻑뻑하지 않았고, 자연스럽게 열렸다.

"……생각했던 것보다 더럽진 않네?"

문을 열고 들어간 곳은 점포 공간.

먼지가 떠다니는 것까지 각오했는데, 선반도 바닥도 예상했던 것보다 깔끔했다.

"그러고 보니, 연금술사의 가게니까 '청소'의 각인이 있는 건가?"

일반적으로 아티팩트를 만들 때는 대상을 연금솥에 넣고 연성한다.

그럼 연금솥에 들어가지 않는 아티팩트를 만들지 못하는가, 그렇지 않다.

그럴 때 쓰는 방법이 '각인'이다.

단, 연금솥을 사용할 때와 비교하면 순서가 복잡해진다.

간단한 것이라면 특수한 도료로 문양을 그리기만 해도 만들 수 있지만, 복잡한 것을 만들게 되면 여러 아티팩트를 특정한 곳에 묻어두거나 대상을 각인에 맞춘 형태로 만드는 등, 수고가 많이 든다.

예를 들어 집이라면 방이나 복도의 위치, 방의 용도, 창문과 굴뚝의 유무 등도 각인에 포함되는 것이다.

이로 인해 이론상으로는 도시를 통째로 아티팩트로 만들 수도 있지만, 연금솥을 사용했을 경우와 비교하면 순서가 복잡하다는 것 말고도 디메리트가 크다.

우선 첫 번째로, 효율이 나쁘다.

동등한 효과로 비교하면 필요한 기술과 비용이 몇 배는 더 든다.

그리고 연금술사가 정기적으로 정비를 하거나 마력을 보충할 필요도 있기에 요즘에는 잘 쓰이는 기술이 아니다.

반대로 말하자면, 연금술사의 가게에는 충분히 쓸 가치가 있는 거지만.

"스승님의 가게에는 공방의 벽에 코어가 있었는데……."

코어란 각인의 기점이 되는 물체로 가장 중요한 부분이다.

하지만 한 번 만들어버리면 그 뒤로는 마력을 주입할 때밖에 쓰지 않기 때문에 적당히 걸리적거리지 않으면서도 마력을 주입하기 편한 곳에 설치하는 게 보통이다.

일단 방마다 창문을 열고 환기를 시키면서 코어를 찾기로 했다.

점포 공간 오른쪽 안, 카운터 안에 있던 문에서 이어지는 복도 왼쪽에는 창고, 공방, 빈방과 계단이 늘어서 있었고, 막다른 곳에 있는 게 부엌.

"……아, 코어가 여기 있네."

계단 아래, 벽 안에 파묻힌 마정석.

척 보기에는 평범한 돌 같고 딱히 표시가 된 건 아니지만, 그곳에서 집 전체로 마력이 흐르고 있기 때문에 연금술사라면 바로 알 수 있다.

"그런데 거의 바닥났네."

마정석에서 흘러나오는 마력은 매우 적어서 각인을 유지하는 것만도 벅찬 수준이었다.

1년 정도 지나면 각인 자체의 기능이 정지하지 않았을까?

"……일단 잔뜩 주입해두자."

자랑하는 건 아니지만, 난 마력량만큼은 자신이 있다.

아마 스승님이 채용해준 이유 중 하나는 이것 덕분일 것이다.

코어에 손을 대고 살며시 마력을 흘려 넣자 마정석 주위에 각인 문양이 떠오르기 시작했다.

"응, 역시 '청소'가……, 어라? '방범'도 있네?"

학교 수업으로 간단한 각인만 실습해서 집 같은 대형 각인은 만든 적이 없었지만, 각인을 공부해서 읽을 수는 있다.

실력이 좋은 연금술사가 만들었는지 꽤 복잡한 각인이지만 주요 기능은 '청소', 보조는 '방범'이 있다는 걸 알 수 있었다.

약간 알아볼 수 없는 부분도 있었지만 집주인에게 불이익을 주는 것은 없을 테니 마력을 팍팍 넣었다.

"……음~, 용량이 꽤 크네."

내 모든 마력의 절반 정도를 넣은 다음 일단 손을 떼어냈다.

이걸로도 가득 차지 않다니, 마력량에 자신이 있던 내가 보기에는 꽤 충격적인데…….

연금술사로서는 초보지만, 마력만큼은 스승님이 조금 어이없어할 정도였는데?

"……뭐, 됐어. 동작하는데 문제없으니까 나중에 추가하지 뭐."

각인의 기능만 회복된다면 무리해서 가득 채울 필요도 업속, 마력을 다 써버리면 일할 기력도 사라져버린다.

최소한, 오늘 잘 방하고 부엌만큼은 청소해둬야겠지.

모처럼 새집에 도착했으니까!

2층에는 크고 작은 방이 여덟 개나 있었지만 전부 빈방이었다.

물건이 아무것도~ 없었다.

붙박이 선반처럼 움직일 수 없는 것만이 남아있었다.

유일한 예외는 연금공방.

그곳만은 손을 대지 않은 것 같았고, 오히려 이사할 때 아무것도 가져가지 않은 것처럼 보였다.

청소를 조금 하면 당장 내일부터 일할 수 있을 정도였다.

"보통 이사해도 어느 정도 가구는 남겨두고 가는 법인데……?"

근처라면 모를까, 다른 도시로 이사를 간다면 큼직한 가구는 옮기기 힘드니까 아는 사람에게 주거나 살던 집에 두고 가곤 한다.

내가 기숙사 방에 쓰던 작은 옷장도 그렇게 받았다.

스승님의 지인에게 받은 거라 고급 가구라서 마음에 들었지만, 가지고 다닐 수가 없었기에 두고 왔다.

버리면 슬플 테니까 신입생이 써주면 좋을 텐데.

……아, 혹시 이 마을에 우연히 신혼부부라도 있었던 건가?

결혼해서 새집을 짓는 경우에는 이런 식으로 전부 가져가고 부족한 것만 주문하는 것 같다.

신혼부부라고 해서 한번에 전부 새로 맞추려면 금전적으로 힘들 테니까.

"뭐, 그 덕분에 청소하기가 편한가……."

집을 청소하는 게 매우 편해지는 '청소' 각인도 아쉽지만 약점이 있다.

그중 한 가지는 익스테리어──, 집의 외벽이나 창문, 지붕 같은 곳에는 효과가 별로 없다는 점이다.

약간만 깔끔해지니까 항상 비바람을 맞는 부분에는 효과가 따라잡지 못한단 말이지.

그리고 다른 한 가지는 **집 자체**에는 효과가 없다는 점이다.

가구를 놓으면 그곳에 쌓인 먼지나 얼룩은 깔끔해지지 않는다.

다시 말해, 지금 시점에서 가구가 거의 없는 이 집은 각인의 효과로 며칠 안에 거의 깔끔해질 가능성이 높은 것이다.

"일단 여기를 내 방으로 하고……."

남쪽, 햇빛이 가장 잘 드는 방에 짐을 놓고 다시 1층으로 내려가 부엌으로 향했다.

가장 신경 쓰이는 건 공방이지만……, 지금 들어가 버리면 시간을 잊어버리게 될 것 같아서 눈물을 머금고 참는다. 참아야 해.

"부엌은……, 으앗, 아궁이나 풍로도 없네……. 이래선 요리도 못하잖아."

서민 가정에서 가장 일반적인 열원은 장작이나 숯을 사용하는 아궁이다.

그것을 설치하지 않은 대신 이 집은 연금술사의 집답게 마력으로 움직이는 풍로가 설치되어 있……었던 것 같다.

지금 남아있는 건 그런 흔적인 토대뿐이다.

"뭐, 한동안은 외식으로 때운다고 치고……. 앗싸, 목욕탕 발견! 역시 연금술사야!"

연성고나 포션을 만들 때 몸을 깨끗하게 해야만 하는 일도 있어 연금술사의 공방에는 목욕탕이 딸려 있는 경우가 많다.

물론 스승님네 가게에도 있었기에 나도 자주 이용하곤 했다.

난 목욕을 정말 좋아하니까 이런 건 마음에 드네!

하지만 스승님네 가게처럼 물을 끓이는 아티팩트를 만들지 않으면 장작값이 엄청나게 들 테니 당연히 나도 그것을 목표로 삼는다.

안 그러면 매일 목욕할 수가 없으니까.

"우와~, 왠지 의욕이 엄청 생기는데! 마지막으로는 뒤뜰이야!"

나는 다시 힘을 내서 부엌 안쪽에 있는 뒤뜰로 통하는 문을 밀어서 열었다.

──문 너머는 원시림이었다. ······이렇게 말하면 너무 호들갑을 떠는 건가?

여기는 약초밭일 텐데, 겉으로 보기에는 그냥 덤불이다.

집 주위를 둘러싸고 있는 울타리는 형태 정도만 남아있었고, 대부분 썩어서 파손되었다.

이대로 가다간 바로 뒤쪽까지 다가온 숲에 뒤뜰이 삼켜지는 건 시간문제일 것이다.

"우물은 괜찮겠지?"

문을 나와서 바로 오른쪽에 있던 우물 주위는 돌바닥이라 덤불을 아슬아슬하게 피한 상황이었다.

안에 쓰레기가 들어가지 않게끔 뚜껑을 제대로 덮어두긴 했지만, 두레박 같은 게 없어서 물을 뜰 수가 없다.

"안에는······, 물은 있네. 마르진 않았어. 두레박을 사 오면 쓸 수 있겠는데."

좋았어, 대충 파악은 끝났나?

일단 필요한 가구는 침대와 테이블, 의자.

잡화류는 식기와 이불, 두레박. 이 정도만 있으면 생활할 수가 있다.

어디서 사는지는……, 좋아. 바로 엘즈 씨에게 물어보자.

걸어서 1분 정도 걸리는 이웃집으로 가서 말을 걸었다.

"엘즈 씨~, 잠깐 시간 괜찮으신가요?"

"그래~, 잠깐만 기다리렴. ——도움이 필요하니?"

"저기, 도움이라고 해야 하나, 물건을 좀 사고 싶어서요. 가구나 잡화류를 사려고 하는데, 어디서 사면 될까요?"

거의 바로 나와준 엘즈 씨에게 물어보자 바로 대답해주었다.

"그렇지, 가구는 목수, 가마솥은 대장장이에게 주문해야 해. 어느 정도는 잡화점에서도 살 수 있지만, 잘 팔리는 것 말고는 도시에 주문해야 하고."

아, 작은 마을에서는 그렇겠지.

왕도에서는 그런 문제가 없었는데.

뭐, 나는 보기만 하고 산 적이 별로 없었지만!

"역시 그렇군요. 어디 있는지 가르쳐주실 수 있을까요?"

"그건 상관없는데……."

엘즈 씨는 잠시 생각한 다음 고개를 끄덕였다.

"그래, 내가 안내해줄 테니까 잠깐 집으로 들어와서 기다리렴."

"그래도 되나요?"

"작은 마을이니까. 너도 누군가가 소개해주는 게 낫겠지?

내게 맡겨!"

"그렇게 해주시면 좋죠! 감사합니다."

믿음직한 미소를 지으며 가슴을 두드리는 엘즈 씨에게 나는 고개를 숙이며 인사했다.

"괜찮아, 자, 들어오렴!"

엘즈 씨가 말한 대로 집으로 들어간 다음 그녀가 내준 따스한 차를 마셨다.

잘 생각해보니 마을에 도착한 뒤로 물을 한 방울도 안 마셨구나, 그런 생각을 하면서 숨을 돌리고 있자니 잠시 후 엘즈 씨가 돌아왔다.

"좋아, 준비 다 됐어! 갈까?"

"아, 네! 부탁드릴게요. 차, 잘 마셨습니다."

엘즈 씨의 집을 나서서 안내를 받으며 도착한 곳은 민가한 채.

주위에 목재가 놓여 있어서 작업장 같긴 했지만, 간판 같은 것을 내걸지는 않았다.

다행이다. 안내를 해주지 않았다면 말을 걸기가 껄끄러웠을 테니까.

"게베르크 영감, 있어?"

아무렇지도 않게 집으로 들어가는 엘즈 씨를 따라 나도 조심스럽게 들어갔다.

"뭐야, 엘즈냐? 일이야? 응? 뒤에 있는 아가씨는 처음 보는 얼굴인데?"

안쪽에서 나온 사람은 연세가 꽤 있으신 영감님이었다.

그런 것치고는 정정한 것 같아서 늙었다는 느낌이 들지 않았다.

약간 날카로운 시선과 엄한 표정이 척 보기에도 고집스러운 기술자 같아서 커뮤니케이션이 서투른 내가 혼자 말을 걸기는 조금 무서운 느낌이었다.

"얘는 이사 온 사라사야. 놀랍게도 연금술사님이래!"

"오, 그 가게인가? 그거 잘됐군. 그래서, 집을 수리해달라는 건가?"

"아, 아뇨. 그것도 나중에 부탁드릴지도 모르겠는데요. 오늘은 가구를."

반드시 있어야만 하는 것은 침대.

노숙하던 때를 생각하면 바닥 위에서 잘 수도 있겠지만, 내 집에서 그러는 건 좀 슬프다.

테이블이나 의자도 필요하지만, 가진 돈을 생각하면 우선 보류해야겠지?

"침대를 부탁드릴 수 있을까요? 최대한 빠르게요. 제대로만 만들어주시면 다른 건 필요 없어요."

"흐음. 없으면 자기가 힘들겠지. 그래, 그럼 가격은──."

잠시 생각하다가 입을 연 게베르크 씨의 등을 엘즈 씨가 짝악, 때렸다.

"뭐야, 영감! 귀여운 아가씨, 게다가 연금술사님이 이사를 와줬는데, 침대 하나 두 개 정도는 이사 선물로 주면 어때!"

"아, 아뇨, 돈은 내야죠……?"

"사라사, 그래도 초보인 데다 이런 시골에 올 정도잖아. 여유 자금이 별로 없지 않니?"

"윽……."

"그리고 그 집에는 가구가 아무것도 없었지?"

"……그렇군, 그 집에 있던 가구는 키리크 녀석이 새집을 장만했을 때 전부 가져갔지. 좋아, 알겠다. 침대는 공짜로 만들어주마."

"네?! 저기, 그래도 되나요?"

"엘즈가 말한 대로 손주보다 어린아이에게 이사 선물도 주지 못하면 남자도 아니지. 여유가 생기면 주문하고."

"가, 감사합니다!"

솔직하게 말하자면 쓸 수 있는 돈이 별로 없으니 매우 도움이 된다.

무서워보이던 영감님, 아니, 배포가 큰 영감님은 한쪽 볼을 치켜 올리며 웃었고, 나는 그 영감님에게 고맙다고 인사를 하며 고개를 꾸벅 숙였다.

게베르크 씨의 집에서 나온 다음 안내를 받아서 간 곳이 대장장이인 지즈드 씨가 있는 곳이었다.

이곳은 예산 때문에 소개만 받았다. 주문은 하지 않고 다음 목적지, 잡화점으로.

"이 마을에서 가게는 이 잡화점밖에 없어. 부부가 하는 가게인데, 물건을 들이러 자리를 자주 비우곤 하니까 딸인 로레아가 가게를 보는 경우가 많지."

그곳은 다른 민가의 두 배 정도는 될 만큼 큰 건물이었다.

거주 부분은 다른 곳과 마찬가지일 것 같으니까 점포 공간이 집 한 채 분량인가?

내 가게는 점포 공간을 합쳐도 거의 평범한 집과 비슷하니까, 차이가 많이 나네…….

"안녕하세요~."

게베르크 씨의 작업장과는 달리 간판을 제대로 내걸고 있기 때문에 들어가기가 좀 편하다.

마찬가지로 빠르게 안으로 들어간 엘즈 씨를 따라서 나도 인사를 하며 들어가자 맞이해준 사람은 아마 나와 비슷하거나 조금 연하인 것 같은 여자애였다.

짧게 자른 머리카락에 활발해 보이는 표정, 그리고 미소가 귀여웠다.

"어서 오세요~. 아, 엘즈 씨. 안녕하세요! 물건을 사러 오셨나요?"

"아니, 이 아이를 안내해주러 왔어."

"사라사라고 합니다. 연금술 가게를 낼 예정이니 앞으로도 잘 부탁해요."

나는 엘즈 씨에게 떠밀리는 듯이 앞으로 나와서 자기소개를 했다.

"아, 네! 로레아예요. 잘 부탁드립니다! ……흐아, 도시

애네에."

"네? 도시 애?"

내가 어딜 봐서?

주위 사람들하고 비교하면 저 같은 건 촌스럽거든요?

공부만 하느라 바빠서 멋을 부릴 시간도 없고, 돈도 없었으니까.

"아, 아뇨, 저기……, 옷이나, 행동 같은 게 근처에 사는 아이들하고 다르니까……?"

"그런, 가?"

이 옷은 선배들을 따라갔던 왕도의 가게에서 산 거긴 하지만.

선배들이 너무 신경을 안 쓰는 나를 보다 못했는지 가끔 데리고 다니곤 했지.

내 주머니 사정을 생각해서 귀족 선배들이 평소에 이용하지 않을 중고 옷가게에서 옷을 골라준 좋은 선배였다.

행동 같은 건……, 알아볼 수 있을 정도로 다른가?

"아니, 그게! 이 마을에서는 기본적으로 만들어서 입고, 그냥 입을 수 있기만 하면 된다는 경우가 많으니까!"

"어? 그래도 로레아 양의 옷은 왕도에서도 위화감이 없을 것, 같은데?"

오히려 좀 멋을 부린 편인 것 같다.

왕도에도 '입을 수 있기만 하면 된다'는 사람들이 잔뜩 있으니까, 나처럼.

"왕도! 왕ㆍ도! 대단해, 완전 도시야! 저기, 저기, 시간이 날 때라도 상관없으니까 이야기를 들려주세요!"

"으, 응……."

눈을 반짝이며 달려드는 그녀를 보고 나는 조금 주눅이 든 상태로 고개를 끄덕였다.

도시……, 아니, 뭐, 이 마을과 비교하면 그렇겠지만, 그 정도로 동경하는 건가?

왕도에서도 가난한 사람들은 누더기 같은 걸 입고 다니고, 화려하지 않은 곳이 더 많은데, 그런 걸 있는 그대로 이야기해도 되나?

"자자, 로레아, 일해. 사라사는 물건을 사러 왔으니까."

"아, 응. 그렇지! 뭐가 필요해요? 제가 저렴하게 드릴게요! ……허락되는 범위 내에서."

"저기, 그래도 되나요?"

"응, 그렇게 많이 깎아줄 수는 없지만, 조금 서비스하는 정도?"

"고마워요. 그럼 큼직한 대야하고 이불, 그리고 식료품을 좀 부탁드릴 수 있을까요?"

"대야는 이 근처에 있어요. 목제가 좀 더 싸고요."

그녀가 그렇게 말하며 손가락으로 가리킨 곳에는 한 아름 정도 크기의 대야가 여러 종류 쌓여 있었다.

금속판을 가공해서 만든 것과 나무로 만든 것. 양쪽 다 질이 나쁘지 않았다.

이것들을 게베르크 씨와 지즈드 씨가 만들었다면 실력 걱정은 안 해도 될 것 같다.

"이불은 팔지 않으니까 주문 생산……이라고 해도 근처에 사는 아주머니들이 만드는 거니까, 할 수 있다면 스스로 만들어도 괜찮을 것 같아요. 재료는 다 파니까."

그렇구나. 이런 마을에서는 기본적으로 자기가 만드는 건가?

참고로 저도 만들 수 있습니다.

학교 기숙사에 들어갈 때 고아원 선생님하고 같이 만들었으니까.

이불을 만든 건 그때 한 번뿐이지만, 바느질 자체는 잘하니까 내가 만들어볼까?

이유가 뭔지 알겠지? 한계가 올 때까지 여기저기 고쳐가면서 썼기 때문이라고.

"식료품은——, 일반적인 식사죠? 채집자용 보존 식량은 나름대로 갖추고 있긴 한데, 그것 말고는 곡물 정도? 여기에서는 만드는 사람에게 직접 가지러 가니까 거래 중개를 해줄 수 있긴 한데……."

"아, 그건 내가 할게. 사라사도 이 마을에 살게 되었으니 소개해주는 게 나을 테니까."

아, 이런 부분은 시골 같다.

왕도에서 식료품은 가게에서 사는 거고, 생산자와 직접 교섭을 하진 않으니까.

왜 가게에서 팔지 않는 건지 물어보니 팔릴지 어떨지 모르는 상황에서 수확해버리면 밭에 두는 것보다 오래가지 않기 때문이라고 한다.

부탁하면 필요한 양만큼 수확해서 나누어주는 것 같다.

"그렇군요. 시간이 나실 때라도 상관없으니 부탁드릴게요."

아직 요리할 수 있는 상태가 아니니까.

다른 상품도 이것저것 둘러보았고, 최종적으로 내가 산 것은 목제 대야와 두레박, 이불용으로 천과 솜을 여유 있게 많이, 그리고 식기를 조금 샀다.

하지만 가지고 다니기 힘들어서 일단 놔두고 돌아갈 때 가져가기로 했다.

"음, 이러면 되겠지."

"뭐, 깜빡하고 못 산 게 있으면 언제든지 와! 밤중만 아니라면 언제든지 괜찮으니까!"

오오오, 역시 시골이다.

왕도에서는 시간이 지나면 살 수가 없거든?

"감사합니다. 곤란한 일이 생기면 부탁드릴게요."

미소를 지으며 손을 흔들어주는 로레아 양에게 인사를 한 다음에 간 곳은 식당.

우리집 부엌은 요리를 할 수 있는 상태가 아니기 때문에 이곳을 모르면 굶게 된다.

"이 마을에는 한 곳밖에 없긴 하지만 나름대로 맛있으니 기대해!"

"네! 아, 엘즈 씨도 같이 점심 식사하는 게 어떠세요? 안내해주셨으니 제가 살게요."

슬슬 점심시간이고 신세를 졌으니 보답할 필요가 있겠다고 생각해서 그렇게 말해보았는데, 엘즈 씨가 깔깔 웃으면서 내 등을 팍팍 때렸다.

응, 아파요.

"하하하, 딸 같은 사라사에게 얻어먹으면 아줌마 체면이 말이 아니지! 오히려 아줌마가 사줄게!"

"네?! 아니, 안내해주셨는데 그렇게까지 하시면……."

"젊은 애가 그런 걸 신경 쓸 필요는 없어! 아줌마는 배포가 크니까!"

그렇게 말하며 배를 탁, 두들기는 엘즈 씨.

하긴 배가 좀……, 아니, 물론 비유거든요? 네.

엘즈 씨가 안내해준 곳은 여관 겸 식당인 가게였다.

이런 마을에는 어울리지 않을 정도로 큰 걸 보니 채집자가 많이 모인다는 증거인가?

안으로 들어가자 식당에서 채집자로 보이는 사람들이 여기저기 앉아 식사하고 있었다.

지금 시간대라면 대수해로 들어간 사람들도 있을 테니 내 장사도 그럭저럭 되려나?

"디랄, 먹으러 왔어!"

"어라? 엘즈? 낮부터 오다니, 신기하네?"

엘즈 씨의 목소리를 듣고 안쪽에서 고개를 내민 사람은 엘즈 씨와 비슷한 나이인 아주머니.

방긋방긋 웃고 있어서 쾌활해 보였고, 체격도 엘즈 씨보다 더 컸다.

"디랄, 그러지 마. 그러면 내가 밤만 되면 술을 마시러 오는 것 같잖아!"

"엘즈 덕분에 돈을 많이 벌고 있으니 어쩔 수 없지."

아하하, 그렇게 웃으며 서로 어깨를 팍팍 때려대는 엘즈 씨와 디랄 씨.

으음~, 이 마을 아주머니들의 커뮤니케이션인가? 저 '팍팍'. 내 가녀린 몸에는 꽤 힘든데.

"그런데 무슨 일이야? 낮부터 술을 마시러 온 건 아닐 테고. 뒤에 있는 아가씨하고 관련이 있나?"

"그래. 이 아가씨는 연금술사님이야! 이 아가씨를 소개해주고 점심 식사하러 왔지."

"저, 저기, 사라사라고 합니다. 이 마을에서 가게를 낼 예정이니 잘 부탁드립니다!"

엘즈 씨가 그렇게 말하며 나를 앞으로 밀어내자 나는 허둥대며 인사를 하고 고개를 숙였다.

"호오, 그렇게 젊은 나이에 가게를 내는 거야?! 대단하네. 나는 이 여관의 주인인 디랄이야. 마음에 들면 자주 이용해줘!"

"네, 지금 저희 집은 요리를 할 수 있는 상태가 아니라서요, 한동안은 신세를 지게 될 것 같아요."

"그래, 이사 직후라면 그렇겠지……, 좋아, 알겠어! 아가씨의 이사 선물이야! 오늘은 아줌마가 대접해줄게!"

"가, 감사합니다."

솔직히 대접해주는 건 기쁘지만, 팍팍 맞은 등이 아프다.

"어라, 디랄, 그러면 미안하잖아."

"엘즈, 너는 돈 내!"

"뭐야, 쪼잔하게. 이럴 때는 통 크게 대접하는 거 아니야?"

"저기, 안내해주셨으니 제가……."

"봐, 이런 아가씨가 신경 쓰게 만들고."

내가 조심스럽게 말을 꺼내자 엘즈 씨가 싱글싱글 웃으며 나를 가리키고 그렇게 말했다.

그 모습을 보고 디랄 씨가 혀를 찼다.

"칫, 어쩔 수 없지. 너도 공짜로 먹어도 돼."

"저기, 그래도 되나요?"

고맙긴 하지만 나를 이용하는 건 좀 곤란한데…….

내가 조금 곤란한 듯한 표정으로 두 사람을 살펴보니 엘즈 씨와 디랄 씨는 서로 얼굴을 마주 본 다음 함께 웃어댔다.

"신경 쓸 필요 없어. 엘즈는 소꿉친구거든. 우리는 항상 이래. 그리고 엘즈네 남편에게는 신세를 많이 지고 있거든. 가끔 대접하는 정도는 아무것도 아니지!"

"우리가 이러는 건 장난치는 거나 마찬가지야. 미안하구나, 신경 쓰게 해서."

"아뇨, 그렇다면 상관없지만요."

엘즈 씨의 남편은 사냥꾼이고 이 여관에도 고기를 조달해 주는 모양이었다.

그럴 때 깎아주기도 해서 서로 주고받는 관계라 이 정도 말싸움은 신경 쓰지 않는 사이이기 때문에 그냥 커뮤니케이션 같은 거라고 한다.

음~, 모르겠다!

역시 인간관계에 익숙하지 않아서 그런가?

"아가씨는 못 먹는 거 있어?"

"아뇨, 딱히 없어요. ……지금까지 먹어본 적이 있는 것 중에서는요."

사치를 부릴 만한 환경에서 자라지 않았기에 편식은 그렇다 치더라도 먹지 못하는 건 없다.

이야기를 듣자 하니 세상에는 엄청나게 냄새가 나는 음식이나 썩었는데도 먹을 수 있는 음식도 있는 것 같으니 그런 게 나오면 조금 불안하지만.

"그럼 괜찮겠네. 여기는 채집자 상대로 장사를 하니까. 파는 요리에는 일반적인 식재료만 써!"

그렇구나, 그렇다면……, 응? **파는 요리에는?**

"이 마을에는 특이한 향토 요리 같은 게 있나요?"

"응? 향토 요리라고 할 만한 건 아닌데. 시골에서는 꽤 많이 먹곤 하거든. 곤충이나 애벌레, 상황에 따라서는 송충이를 먹기도……."

으엑! 그건 못 먹어!

죽기 일보 직전까지 굶은 상황이면 몰라도!

"아하하하. 걱정하지 않아도 우리 가게에서는 안 팔고, 마을 사람 중에서도 먹을 수 있는 사람은 일부 별종뿐이야!"

"그, 그렇군요……."

다행이다.

요리를 먹은 다음에 '사실 들어가 있었다'는 걸 알게 되면 입에서 소녀즙을 뿜어낼지도 모르니까.

"그래도 그건 좀 호불호가 갈리지 않나? 그, 절임 말이야."

"아, 그거 말이지. 좋아하는 사람들은 좋아하니까 내주곤 하는데, 따로 말할 때만."

"──?"

약간 의심스러운 이야기를 듣고 불안해져서 자세히 물어보니 엘즈 씨가 말한 '절임'이란 1년 이상, 오랜 기간에 걸쳐서 통에 절이는 조금 특수한 절임인 모양이었다.

흉작 때를 대비해 비상식량으로 만든 음식인데, 이 마을 사람도 그냥 먹긴 좀 힘들 정도라 평범한 사람들은 물에 한동안 담갔다가 먹는다.

하지만 그 신맛과 냄새가 마음에 든 사람도 있고, 그중에는 그냥 먹는 고수도 있다고 한다.

엘즈 씨와 디랄 씨도 '추천할 생각은 없고, 우리도 안 먹는다'는 수준이니 내가 먹을 기회는 아마 없을 것이다.

그런 기회가 없었으면 좋겠네요.

"뭐, 그냥 추천 요리를 가져올게. 잠깐만 기다려!"

그렇게 말하고 주방으로 들어간 디랄 씨는 2인분 요리를 들고 바로 돌아왔다.

"우리 가게 점심 식사는 대충 이런 느낌이야. 오늘은 내가 대접해주는 거지만 평소에는 이게 40 레어고. 마음에 들면 자주 이용해줘!"

"감사합니다. 잘 먹겠습니다."

내 앞에 놓인 것은 고기를 잘게 썰어서 콩과 함께 볶은 음식, 빵 두 개, 그리고 야채를 듬뿍 넣은 수프.

좋은 냄새가 나는데……, 응, 맛있다!

한동안 여행하느라 맵고 짠 육포와 딱딱한 빵, 그리고 물만 먹었으니 음식이 따뜻한 것만으로도 기쁘다.

"마음에 든 모양이지?"

"네! 맛있네요!"

"그거 다행이네! 천천히 있다 가."

디랄 씨는 다시 내 어깨를 팍팍 때리고는 깔깔 웃으며 다시 일하러 갔다.

응, 좋은 사람이긴 한데, 거친 보디 터치는 좀 안 했으면 하네.

난 공부밖에 한 게 없는 연약한 아이니까.

"미안해, 털털한 여자라서. 이런 마을에는 아가씨 같은 가녀린 소녀가 없으니 어떻게 대해야 하는지 모르거든. 이 마을 여자들은 어렸을 때부터 듬직하게 자라곤 하니까."

아, 얼굴에 드러나 버렸나?

"아뇨, 좋은 사람이라는 건 알아요. ──엘즈 씨는 여기 자주 오시나요?"

"응? 낮에는 가끔 오는 정도지. 우리 남편은 사냥꾼이니까. 낮에는 혼자 있거든."

"저기, 자제분은요?"

"딸이 두 명, 아들이 한 명 있어. 딸은 평범하게 시집을 갔는데, 아들 쪽은 남편 뒤를 잇는 건 싫다, 상인이 되겠다면서 마을을 나가버렸거든……."

"그랬, 군요……."

이, 이럴 때는 뭐라고 대답해야 하지?!

인생 경험이 별로 없어서 뭐라고 해야 할지 모르겠어!

"아, 신경 쓸 필요는 없어. 건강한 모양이고, 가끔은 이 마을에도 장사하러 오니까. 나름대로 잘 지내고 있는 거 아닐까?"

다행이다.

먼 곳을 바라보길래 소식이 없나 하는 생각을 해버렸다.

"음, 작은 마을이니까 대충 다 돌아봐 버렸네……, 점심 식사를 마친 다음에는 촌장에게 소개해줄게."

"앗! 필요하죠! 인사. 왕도에서는 그런 걸 한 적이 없어서……."

"아하하, 그야 그렇겠지! 왕도의 우두머리는 임금님이잖아. 인사하러 갈 수 있을 리가 없지!"

우습다는 듯이 웃는 엘즈 씨를 보고 나는 쓴웃음을 지었다.

왕도에서는 이사한 뒤에 인사하더라도 겨우 이웃집 정도다.

그래서 전혀 생각하지 못하고 있었다.

왕국의 법에 따라 이사를 자유롭게 할 수 있지만, 이런 마을에서 우두머리의 심기를 불편하게 하면 생활을 해나갈 수가 없다.

위험했어! 말 그대로 길바닥에 나앉을 뻔했다고!

엘즈 씨! 고마워요!

"저기, 촌장님은 어떤 분이신가요?"

까다로운 사람이라면 인간 관계 경험치가 적은 내게는 강적이다.

"음~, 나이가 꽤 많이 든 영감님이지. 좀 비칠비칠하긴 하지만, 아직 죽을 것 같진 않아."

"……무서운 분이신가요?"

"어? 아, 괜찮아! 느긋한 영감님이니까."

"그, 그렇군요!"

다행이야! 사라사, 대승리!

아~, 이 마을에 처음 왔을 때는 절망만 했는데, 꽤 좋은 마을 아닌가?

엘즈 씨가 소개해준 덕분일지도 모르겠지만, 말재주가 없는 내게 다들 잘해주니까.

살기 편한 게 제일이지!

"봐, 저기가 촌장네 집이야."

엘즈 씨가 손가락으로 가리킨 곳에 있는 것은 딱히 넓지도 않은 평범한 민가였다.

장소가 마을의 중심 부근이긴 하지만, 미리 듣지 않았다면 촌장님 집이라는 걸 모르겠는데?

"이 마을에서는 세금을 거두는 것 정도밖에 할 일이 없으니까 사라사하고는 별로 인연이 없을지도 모르겠다."

"그럴지도 모르겠네요."

촌장이 하는 일은 마을의 세금을 모아서 징세관에게 주는 것이다.

하지만 연금술사는 조금 달라서 매출에 맞는 금액을 알아서 납부해야만 한다.

뭐, 자기신고라서 어느 정도는 속일 수 있긴 하지만, 물론 그건 범죄다.

연금술사만큼 버는 사람은 보통 그러지 않는다.

단, 스승님은 '기록을 남기는 게 귀찮다. 세금을 올려도 되니까 편하게 좀 만들어라'라고 불평했다.

"뭐, 썩어도 촌장이야. 발은 넓으니까 곤란한 일이 생겼을 때는 도움이 되지. 인사해도 손해는 보지 않을 거고."

"네에⋯⋯."

그렇게 적당한 느낌이라도 괜찮은 건가?

"이봐, 이봐, 엘즈. 그건 말이 너무 심하지 않은가."

그런 이야기를 하면서 촌장님 집 앞에 도착하자 집 뒤에서 나온 영감님이 그렇게 말하며 다가왔다.

그렇다면 이 사람이 촌장님인가?

"어라, 영감님, 들었어?"

들으면 안 되는 거 아닌가, 그렇게 생각한 나와는 달리 엘즈 씨는 미안해하지도 않고 그렇게 대답했다.

"예전에는 귀여웠던 엘즈 쨩이 이렇게 되어버리다니……."

"'쨩'은 무슨! 이러니까 영감은 못 쓴다니까. 이 아이는 그가게로 이사 온 연금술사 사라사야."

"처음 뵙겠습니다. 연금술사인 사라사라고 합니다. 앞으로 이 마을에서 살게 되었으니 잘 부탁드립니다."

엘즈 씨에게 소개를 받고 내가 급하게 고개를 숙이자 촌장님은 가볍게 손을 저었다.

"허허허. 그렇게 예의를 차릴 필요가 없다. 연금술사는 엄청난 **엘리트**니까. 우리 마을에 와준 것만으로도 대환영이지."

"아뇨, 그럴 리가요……, 전 아직 어리기도 하고……."

"아니, 아니, 연금술사라는 것만으로도 우리 마을에는 큰 도움이 된단다. 나야말로 잘 부탁하마. 필요한 게 있다면 뭐든 도와줄 테니 마음 편히 의논하려무나."

"네, 감사합니다."

조금 거창하게 구는 것 같긴 하지만, 촌장님이 한 말은 틀린 말이 아니다.

의사가 없는 작은 마을에서는 연금술사의 유무가 사활문

제이기도 하다.

어떤 초보 연금술사라도 어느 정도 포션을 만들 수 있고, 의학 지식도 있다.

오히려 어지간한 의사보다 연금술사를 더 신뢰할 정도다.

뭐, 그렇다고 해서 거만하게 굴면 길바닥 확정이다.

그러니까 나는 겸손하게 굴 거야, 겸손하게.

◇ ◇ ◇

"자! 할 일도 없으니 팍팍 정리해야지!"

한가해 보이는 촌장님의 잡담으로부터 도망친 나는 여행하는 동안 쌓였던 빨래를 한꺼번에 통에 넣고 마법으로 만든 물로 열심히 빨았다.

──응, 사실 생활하는 것만 놓고 보면 우물을 쓰지 않아도 되긴 하지.

그럼 왜 두레박이 필요한가, 연금술이나 약초를 재배할 때 사용할 물, 포션을 사용하는 치료에 쓸 물 등, 마법으로 만든 물이 맞지 않는 경우도 있기 때문이다.

마법은 결코 만능이 아니다. 하지만 빨래를 할 때는 효과적이다.

빨래를 마치고 말리는 것도 마법으로 끝낸 다음에는 청소. 이번에도 마법을 활용한다.

집의 창문을 전부 열고 선반 위에 쌓였던 먼지를 바람 계통 초등 마법인 '브리즈(미풍)'──, 별명, 청소 마법으로 날려보냈다.

"이제 살짝 닦기만 하면……, 아, 걸레가 없네."

기숙사에서 쓰던 걸레는 버리고 왔고, 좀 전에 산 이불용 천을 쓰기는 너무 아깝다. 가방 안에 뭔가 있던가……?

"이건 아직 입을 수 있고. 이건 예쁘니까 다른 데 쓸 수 있을지도 몰라. 그렇다면 이건가?"

고른 것은 평상복으로 쓰기에는 사이즈가 좀 작아진 옷이다.

그런 옷은 중고 옷가게에 팔거나 다른 천 제품을 만들거나, 천이 늘어졌다면 걸레로 쓰곤 하는데, 이 옷은 추억이 있어서 남겨두었다.

내가 학교에 입학하는 게 결정되고 기숙사로 이사를 하려고 준비하던 무렵.

기숙사에 들어가는 날이라 좀 좋은 옷을 입고 있던 내게 원장 선생님이 한 말.

'옷이 좀 초라하구나. 좋은 날이니까 좀 좋은 옷을 입지 그래?'

원장 선생님은 장학금으로 고아원 시절에 입던 것과는 다른 옷을 샀을 거라 생각하고 전혀 악의 없이 했던 말. 하지만 내게는 단 하나 있던 외출복.

하지만 초라하게 보이는 옷을 입고 학교에 처음 가는 건 마음에 걸렸기에 급하게 원장선생님과 함께 가서 열심히 고른 옷 중 하나가 이 걸레 후보다.

그때는 어차피 금방 자랄 거라고 조금 큼직한 옷을 샀는데…….

"얼마 전까지 이 옷을 입었지……."

아니, 아니, 지금은 작아서 못 입거든?

열 살 때 산 옷이니까!

많이 늘어져서 바깥에 입고 나갈 수는 없다.

그 대신 잠옷으로는 괜찮——다고 생각하진 않는다. 절대로.

괜찮아, 성장하고 있으니까.

같은 나이 또래 평균 정도는……, 되겠지?

……그러고 보니 로레아 양 나이를 안 물어봤는데, 몇 살일까?

그녀와 비교하면 내가 좀 작긴 하지만……, 조금, 조금 말이야!

"포션 중에 성장시켜주는 약이 있었나? ……쓸지 안 쓸지는 나중에 생각하더라도."

나는 그렇게 쓸데없는 생각을 하면서 청소를 마치고는 바로 이불을 덮고 새집에서 보내는 첫날을 마쳤다.

"으응~, 오랜만에 잘 잤다!"

다음 날 아침, 깨어난 나는 힘껏 기지개를 켜고 힘을 쭉 뺐다.

오랜만에 안전한 곳에서 푹 자서 그런지 바닥에서 잤는데 도 시원한 기분이었다.

두 군데 있는 창문에서 들어오는 햇살도 밝아서 기분이 좋으니까…….

"그런데, 다시 보니까…… 이 방은 너무 살풍경하구나."

지금까지 지냈던 기숙사 방과 비교하면 두 배 이상 넓은 방.

그런데 가구가 하나도 없으니 더 넓게 느껴졌다.

그런 방 한구석에서 이불을 덮고 자는 나. 정말 미묘한 그림이다.

솔직히 엄청나게 살풍경――, 아니, 이건 살풍경한 게 아니야.

어레인지할 여지가 있는 거다. 응, 맞아. 모처럼 산 집이니까!

고아원에서는 방을 같이 썼고, 기숙사 방에서는 그럴 여유도 없었다.

하지만 이곳은 내가 마음대로 꾸밀 수 있다. 돈이 되는 대로.

그렇게 생각하니 아무것도 없는 것도 나쁘지 않은데?

"자, 그건 그렇고. 오늘은 드디어 공방이야! 우후후후……."

어제는 들어가 보는 걸 참았던 나만의 공방!

이렇게 멋진 느낌, 연금술사라면 분명히 공감해주겠지?

나도 모르게 입에서 웃음소리가 새어 나왔다.

조급한 마음을 억누르고 아침 식사로 어제 저녁 식사를 하고 남은 것을 먹고는 공방 문 앞에 섰다.

"가자!"

문을 열고 안으로 들어가 불을 켰다.

"──오오오오~~~, 크흐, 크흐흐흐."

어이쿠. 남이 들으면 안 되는 느낌인 목소리까지 나와버렸다.

하지만 어쩔 수 없지!

정말 대단하니까! 이 공방!!

우선 연금솥.

이게 없으면 연금술 중 대부분을 쓰지 못할 정도로 중요한 도구.

혹시 딸려 있지 않을 가능성도 생각했는데, 제대로 있는데다 크기도 내가 안에 들어갈 수 있을 정도로 컸다.

내가 스승님에게 선물받은 연금술 세트(서민들은 살 수가 없는 고급품)에 포함된 연금솥이 한 손 냄비 크기라고 하면 어느 정도 대단한지 알 수 있겠지?

그다음으로는 유리 화로.

주된 용도는 포션에 쓰는 약병을 만드는 데 사용하는데, 이게 있다는 건 꽤 중요하다.

포션의 종류에 따라 병에 사용할 유리도 조정할 필요가

있기 때문에 다른 곳에서 병을 들여오게 되면 꽤 골치 아파진다.

그밖에도 자잘한 도구와 각종 소재도 있어서 다른 방이 텅 비어있던 것과 비교하면 너무 충실한 게 신기할 정도——, 아니, 엄청나게 신기하다.

스승님의 공방 정도는 아니지만 학교를 막 졸업한 연금술사가 쓰기에는 꽤 사치스러운 공방이고, 이걸 다 갖추는데 필요한 금액을 생각하면 현기증이 날 것 같다.

"이 집, 1만 레어였는데……."

당연하지만 연금솥 하나만 해도 1만 레어로 살 수 있는 물건이 아니다.

연금솥은커녕, 남아 있는 소재 중 일부만 팔아도 1만 레어는 훨씬 넘을 것이다.

"사실 엄청 이익을 본 거 아닐까? ……아니, 분명히 이익을 본 거겠지."

집을 보고 실망했지만, 예전에 이곳에 있던 사람은 꽤 고위의 연금술사였던 것 아닐까? 영감님이라던데, 어떤 사람이었을까?

연금술사니까 이 방의 가치를 모를 것 같지는 않다.

……설마 엄청나게 문제가 있는 곳은 아니겠지?

왕도에서도 처참한 사건이 일어난 현장이라 원령이 씌여 있는 곳은 매우 저렴하게 나오곤 하는데……, 만약 그랬다면 엘즈 씨가 그런 태도를 보이지 않았겠지.

신경 쓰이긴 하지만 학교가 중개해준 곳이니 그렇게 이상한 곳은 아닐 것이다.

응, 그렇게 생각하자. 안 그러면 신경 쓰여서 살 수가 없으니까.

"여기 청소는……, 그렇게까지 많이 할 필요는 없을 것 같네."

공방이라서 '청소' 효과를 강하게 걸어두었는지 다른 방과 비교해서 더러운 곳이 적었다.

"아, 그렇지! 연금술 대사전을 가져다 두어야지!"

공방 한구석에는 마치 여기에 넣으라는 듯이 책장이 있었다. 아마 여기에 넣어두었겠지, 연금술사니까!

나는 바로 배낭을 가지고 와서 책장에 연금술 대사전을 한 권씩 넣기 시작했다.

그리고 스승님에게 받은 새 도구도 깔끔하게 늘어놓으니 그것만으로도 아름다웠다.

"후후후후……, 이게 바로 연금술사의 공방! 최·고·야!"

이상한 사람이라고 하지 마!

약간 변칙적이긴 하지만 자신의 가게와 공방을 갖는 것은 연금술사에게 하나의 도달점이니까.

기뻐서 어쩔 줄 모르겠다니까!

미소를 짓는 수준을 넘어서 크게 웃어대고 싶을 정도로 나는 지금 신이 났다!

"우후후후, 처음으로 뭘 만들까~~♪"

가벼운 발걸음으로 공방 안을 돌아다니면서 도구를 하나씩 들어보았다.

이런 상황이 되니 바로 써보고 싶어졌다.

당연하겠지?

하지만 간단한 포션을 만드는 건 좀…….

"음~……, 아! 그거라면 지금 같은 상황에 딱 맞겠지!"

나는 내 방으로 뛰어가서 어제 구입한 천을 가져온 다음 그것을 연금솥에 한꺼번에 넣었다.

꽤 여유 있게 산 천도 그 연금솥에는 다 들어갔다.

스승님에게 받은 연금솥으로는 이 작업을 할 수가 없어서 이 공방에서 처음으로 만드는 물건에 어울릴 것 같다.

"이제……."

예전에 만들었던 기억을 떠올리며 연금솥 안에 물과 몇 가지 소재를 넣고 약액을 만든 다음 마력로에 불을 지피고 저으면서 가열하기 시작했다.

'불'이라고 해도 실제로 장작에 불을 붙여서 연금솥을 가열하는 게 아니라 마력을 넣기만 하는 거지만, 연금솥의 크기에 비례해서 마력로가 소비하는 마력도 커진다.

"이거……, 큰 연금솥을 일반적으로 쓰지 않는 이유를 알겠는데."

마력이 많은 나도 꽤 지치니까 연금술사 중 절반 정도는 이 크기의 연금솥을 쓰기 힘들 것 같은데?

마력을 팍팍 소비하면서 그대로 30분 정도 가열한 다음 마력로의 불을 끄고 연금솥을 내려……, 내려……, 내, 려!

"아차, 너무 무거워서 내릴 수가 없어……."

물이 잔뜩 담긴 연금솥의 무게는 상상했던 것보다 더 무거웠다.

──아니, 내 상상력이 부족했던 거지.

내가 들어갈 수 있을 정도로 큰 금속제 솥, 거기에 물을 잔뜩 넣었으니 무게가 100킬로그램이 넘는 건 당연하다. 들어 올릴 수가 없다.

"어쩔 수 없지. 좀 껄끄럽긴 하지만……."

나는 천천히 숨을 고른 다음 마력을 몸 전체에 두르기 시작했다.

그 상태로 기합을 넣으며 솥을 들어 올린다!

"흐으읍!!!"

어이쿠, 창피하게.

여자애로서 글러 먹은 느낌 같은 목소리가 나와버렸다.

그대로 비틀비틀 개수대까지 옮긴 다음 단숨에 뒤집어서 솥을 비웠다.

"휴우우우~~."

숨을 크게 내쉬고 신체 강화를 해제했다.

잠깐 걸었는데도 꽤 지친다. 신체 강화는 잘 쓰지 못하니까.

──아니, 아니, 어쩔 수 없다고. 나는 허약하니까.

힘을 조금 강하게 만드는 것 정도는 그렇게까지 지치지 않지만, 내 근력으로 수백 킬로그램을 들어 올리게 되면 강화폭이 매우 커진다. 꽤 고도의 마력 조작도 필요하다.

스승님은 '몸을 지킬 때도 편리해. 노력해서 익혀라'고 하면서 마치 숨을 쉬듯이 썼는데, 보통은 그러지 못한다.

체격을 생각해도 익혀두지 않으면 여러모로 위험할 것 같긴 하지만.

연금 소재를 처리할 때도 근력이 필요하고…….

"뭐, 차차 해나가야지! 우선 이쪽 처리를 해야겠어."

개수대에 남은 천에 물을 끼얹으며 깔끔하게 빨다 보니 처음에는 갈색 같았던 천이 점점 예쁜 하늘색으로 변하기 시작했다.

"응! 멋진 색이네! 내가 생각했던 대로야!"

내가 방금 한 것은 단순한 염색, 이 아니다.

나는 염색 기술자가 아니라 연금술사니까.

이것은 일반적으로 '환경조절포'라 불리는 온도, 습도 조절 기능을 부가한 천이다.

사람에게 쾌적하게끔 조정되었기에, 이걸로 이불을 만들면 기분 좋은 수면이 약속되는 것이다!

참고로 색은 내 취향이다. 비용이 들지만 보통 환경조절포는 조금 꾀죄죄한 갈색이라 미묘하단 말이지.

모처럼 생긴 내 방에서 그런 이불은 쓰고 싶지 않다.

약액을 벅벅 씻어낸 다음에는 햇빛에 말린다.

척 보기에도 깨끗한 천이니 가게 앞에 널어야겠다.

나무 사이에 쳐진 끈에 천을 널어두니 시원한 하늘색이

바람에 나부껴서 정말 좋은 느낌이다. 오늘도 날씨가 좋으니 몇 시간만 있으면 마를 테고.

생각했던 것보다 내 취향에 맞는 색으로 물들일 수 있어서 기쁜 나머지 내가 고개를 끄덕이고 있자니 길쪽에서 덜컹덜컹, 수레 소리가 들렸다.

"뭐야, 꽤 깔끔한 천이군."

"아, 게베르크 씨."

돌아보니 수레를 끌고 온 게베르크 씨가 서 있었다.

그 수레에는 침대 같은 게 있는데, 왠지 산산조각 난 것 같네⋯⋯?

"그거, 침대인가요?"

"그래, 침대를 만들어서 가져왔다."

"그런가요? 그런데 왠지 모양이⋯⋯."

"아직 조립하지 않았으니까. 완성품은 집에 들이기 힘들잖아? 어디에 두면 되지?"

"아, 그렇겠네요! 2층으로 부탁드릴게요."

커다란 부품──, 아마 눕는 부분인 것 같은 판자를 짊어진 게베르크 씨를 안내하며 안으로 들어갔다.

그대로 2층 방으로 가서 침대를 놓았으면 하는 장소를 알려주자 게베르크 씨는 내가 도울 틈도 없이 부품을 다 옮기고 몇 분만에 침대를 조립해버렸다.

시험 삼아 앉아보니 제대로 만들어졌고, 전혀 덜컹거리지도 않았다.

"평범한 침대니까 별일 없겠지만, 문제가 생기면 연락해라."

"아뇨, 아뇨! 급하게 만들어달라고 했는데, 왕도에서도 충분히 팔릴 만한 침대예요! 감사합니다."

"흥, 아무리 급해도 대충 만들진 않아. 만든 김에 이건 덤으로 주마. 의자도 없으면 가게를 볼 수가 없잖아?"

게베르크 씨가 그렇게 말하며 점포 공간에 내려놓은 것은 의자 두 개였다. 등받이도 없고 매우 단순한 의자였지만 있고 없고 차이는 크다.

정말 고맙긴 한데…….

"받아도 되나요?"

"상관없어. 간단한 거니까. 어린애가 사양할 필요 없다."

계속 공짜로 받을 수는 없다고 사양하려 한 내게 게베르크 씨는 그렇게 말한 다음 손을 살짝 흔들며 바로 돌아가 버렸다.

보아하니 간단한 거라고 했지만, 침대와 마찬가지로 모서리 가공 같은 게 꼼꼼하게 되어 있었다. 소재도 감촉이 부드러운 나무였고, 밝은 색상에 기름칠까지 되어 있었다.

아무리 봐도 적당히 만든 물건이 아니었고, 소박하면서도 온기가 느껴졌다.

"음~, 그야말로 프로. 노련한 장인의 솜씨. 나도 본받아야지!"

그때, 내 배가 '꼬르르륵~', 따지는 소리를 냈다.

"아~, 벌써 낮인가? 아침부터 정신이 없었으니까……."

내 공방이 기뻐서 시간 가는 줄 모르고 있었다.

"밥을 먹으러 가고 싶은데……, 환경조절포는 괜찮을까?"

척 보기에 그냥 하늘색 천이긴 하지만 실제로 환경조절포는 꽤 비싸니까 방치해두는 게 조금 걱정이 된다.

"으음~, 어쩌지? 걷어두고 가야 하나? 하지만 아직 마르질 않았으니……."

"사라사 양~, 안녕하세요~."

내가 고민하고 있을 때 들린 목소리, 잡화점의 로레아 양이었다.

"어라? 무슨 일이에요? 로레아 양."

"저기, 이제 막 이사를 오셨으니까 뭔가 도와드릴까 싶어서요."

"와, 그렇다면 감사하죠!"

딱 좋게 망볼 사람이 왔다!

아~, 인정이 팍팍 느껴지네!

어제 처음 만났는데도 도우러 와주다니, 로레아 양은 좋은 사람이야!

"그렇지! 로레아 양은 점심 식사하셨나요?"

"아, 아뇨. 아직이에요. 부모님이 돌아오시고 바로 뛰쳐나왔거든요……."

로레아 양은 그렇게 말하며 조금 쑥스러워했지만 내게는 잘된 일이었다.

"점심 식사를 대접해드릴 테니까 잠깐 이걸 봐주실 수 있을까요?"

그렇게 말하며 널어둔 천을 손가락으로 가리키자 로레아 양은 고개를 끄덕인 다음 고개를 살짝 갸웃거렸다.

"그건 상관없는데요, 이거 어제 사 가신 천인가요?"

"응, 맞아요. 염색해봤거든요. 꽤 괜찮은 색이죠?"

"네! 정말요! 사라사 양은 염색도 하실 수 있나요?"

그녀가 눈부실 정도로 밝은 미소를 지으며 말했기에 나는 살짝 쓴웃음을 지으며 대답했다.

"이래 봬도 일단은 연금술사니까요. 점심밥을 사 올 테니 잠깐만 기다려!"

나는 로레아 양에게 망보는 역할을 맡기고 디랄 씨의 식당으로 뛰어가기 시작했다.

그리고 몇십 분 뒤, 내가 식당에서 포장용 런치를 들고 돌아와 보니 로레아 양은 예의 바르게 현관 앞에 앉아서 기다리고 있었다.

"아~, 미안해. 집에 들어오라고 할 걸 그랬네."

"아, 아뇨. 괜찮아요. 오늘은 날씨가 좋으니까."

"그래? 뭐, 조금 이르긴 하지만 점심 식사하죠? 날씨도 좋으니까 여기서?"

내가 그렇게 말하며 런치를 살짝 들어 올리자 로레아 양은 웃으며 고개를 끄덕여주었다.

방에서 돗자리를 가지고 와서 현관 앞에 깔고 어제 산 컵에 우물에서 떠온 물을 따라서 내려놓았다.

컵이 필요한 손님이 올 일은 없을 것 같은데? 그렇게 생각하면서도 식기를 2인분 사둔 나, 굿잡. 차도 없고 주전자도 없어서 진짜 그냥 물이지만.

"미안해, 맹물이라. 아직 냄비도 없어서…….."

"아, 아니에요. 평소 집에서도 물을 마시니까요. 이 근처 물은 맛있거든요. 이 집에는 우물이 있죠? 저희 집에서는 공동 우물을 쓰니까 물을 뜨는 게 귀찮은데."

"연금술에는 물이 필수니까. 이 근처는 공동우물을 써?"

"네, 몇 가구가 함께 써요. 이 마을에서 우물을 가지고 있는 곳은 여관이나 대장간, 그렇게 몇 군데밖에 없어요."

바로 옆에 대수해가 있기 때문에 물 자체는 풍부한 모양인데, 비용 때문에 집집마다 우물을 팔 정도로 여유가 있진 않은 것 같다.

우물이 마르진 않을 테니 무리해서 늘릴 필요도 없을 테고.

"이 근처에서는 차를 별로 안 마시나?"

"아뇨, 그건 취향하고 금전 사정에 따라 다르죠. 이곳에서는 숲에서 딸 수 있는 스야라는 나뭇잎을 쓴 차를 많이 마시곤 하는데, 그걸 좋아하지 않는 사람들은 다른 차를 사서 마셔야 하니까요."

"엘즈 씨가 내준 차가 그건가? 로레아 양은 별로 안 좋아해?"

"아뇨, 저는 뭐든 잘 마셔요. 그런데 어머니가 별로 안 좋아하는 모양이라."

"그렇구나."

식탁에 올라가는 것들은 보통 식사를 만드는 사람의 취향이 반영되기 마련이지.

참고로 나는 백탕이 기본이다.

왕도에서는 기본적으로 차를 사서 마셔야 했고, 기호품이라 가격도 저렴하지 않다.

하지만 스승님 가게에서는 마실 수 있어서 품질 좋은 차는 맛있다는 건 알고 있다.

그래서 싸구려 차는 별로 마시고 싶지 않았다.

맛있는 차와 비교해버리게 되니까.

그래도 전혀 다른 차라면 마셔보는 것도 괜찮으려나?

그것도 나름대로 즐거울 것 같고, 무엇보다 공짜라는 점이 좋다.

"그건 그렇고 이 천, 예쁘네요~. 이 근처에서는 이렇게 선명한 색 천은 좀처럼 볼 수가 없어요. 저희 가게에서도 비싸서 들여놓을 수가 없고요."

"그렇구나. 그냥 염색으로는 선명한 색으로 물들이기가 힘드니까. ……그렇지! 제가 이불을 만들 건데 도와줄래? 그러면 로레아 양에게도 이 천을 나눠줄게. 꽤 많이 물들였으니까."

"그래도 되나요?! 아, 그런데 저는 천을 꿰매는 것밖에 못하는데요."

로레아 양은 내 말을 듣고 기뻐하다가 바로 곤란한 듯한 표정을 지었다.

하지만 문제는 없다. 이불을 만드는 과정의 대부분 똑바로 꿰매기만 하는 거니까.

"괜찮아, 괜찮아. 천을 똑바로 꿰맬 수만 있으면 되니까!"

나는 이 마을의 방식에 따라 로레아 양의 등을 툭툭 두드렸다.

이불을 만드는 과정을 간단히 말하자면, 천으로 주머니를 만들어서 솜을 채운다. 그게 전부다.

하지만 그 '솜을 채우는 작업'이 꽤 어렵다.

솜을 예쁘게 이불 형태로 만들고 그것을 주머니 안에 꾹꾹 밀어넣은 다음 비뚤어지지 않게 꿰맨다. 이때 요령이 필요하다.

"호오, 이불은 이렇게 만드는군요……."

"로레아 양, 처음 봤어?"

"네. 쑥스럽지만, 집에서는 이렇게 솜이 많이 들어간 이불을 안 쓰거든요……."

"아~, 그렇구나."

솜은 의외로 비싸서 여유가 없으면 솜을 많이 넣은 이불을 만들 수가 없다.

나도 고아원에서는 얄팍한 이불과 모포를 덮고 서로 몸을 기대며 잤으니까.

기숙사에 들어갈 때 이불을 만든 것도 장학금을 받았기

때문이고, 고아원 선생님이 '좋은 학교에 들어가는 거니까 창피하지 않은 걸 마련해야지!'라고 했기 때문이니까.

뭐, '창피하다', '창피하지 않다', 그런 걸 따지기 전에 5년 동안 학교생활을 하면서 내 방에 온 사람은 없었지만. 후후…….

깔 이불과 덮는 이불을 만든 다음에는 시트와 커버.

이것들은 꿰매기만 하면 되기 때문에 둘이서 수다를 떨면서 계속 꿰맸다.

'천을 꿰매는 것밖에 못 한다'고 했던 로레아 양은 손재주가 매우 좋아서 분명히 나보다 더 잘한다. 나름 잘한다고 생각했던 내 재봉 스킬도 그저 그런 정도에 불과했구나…….

하지만 그 덕분에 저녁쯤에는 예쁜 이불 세트가 하나 완성되었다.

"고마워~! 이제 오늘은 기분 좋게 잘 수 있겠어!"

나는 만세를 하며 로레아 양을 끌어안았다.

솔직히 하루 만에 끝날 거라 생각하지 않았기에 오늘도 이불을 대충 덮고 잘 것을 각오하고 있었는데, 뜻밖이다.

진짜, 로레아 양 덕분이다.

"아뇨, 도우러 왔으니 이 정도는 당연하죠."

내가 끌어안자 로레아 양은 조금 쑥스러워하면서 그렇게 말해주었지만, 내 손이 아픈 걸 보니 그녀도 마찬가지일 것이다.

"좋았어, 이건 보답이야!"

남은 천 중에서 이불 한 세트를 만들 정도를 잘라서 로레아 양에게 건넸다.

　일부러 이불로 만들지 않고 시트나 커버로 쓰기만 해도 환경조절포의 효과는 충분히 있을 테니 분명히 도움이 될 것이다.

　"정말 받아도 되나요? 이렇게 예쁜 천은 꽤 비쌀 것 같은데요."

　"신경 쓰지 마. 우리 가게에서 파는 물건이라면 공짜로 줄 순 없지만, 아직 팔진 않았으니까. 아, 그 천은 환경조절포니까 나처럼 이불을 만드는데 쓰는 게 좋을 거야."

　"네에?! 그건 더 비싸잖아요……."

　"괜찮아, 괜찮아. 내가 쓰고 싶어서 만든 거니까. 친구가 된 기념이야."

　받아도 되나? 그런 표정을 짓고 있던 로레아 양에게 나는 손을 흔들며 은근슬쩍 친구 행세를 했다. 괜찮겠지?

　"그런, 가요? 감사합니다."

　기뻐하며 고맙다는 인사를 하는 로레아 양.

　좋았어, 거부하지 않았다고.

　기뻐해 보이는 건 천 덕분이겠지만.

　"아, 그러면 옷을 만들어도 쾌적하지 않나요?"

　"음~, 그렇게까지 효과가 강한 게 아니라서 옷에 쓰기에는 미묘할 것 같은데? 무의미하진 않겠지만."

　환경 마력이나 잠든 사람의 몸에서 새어 나오는 희미한

마력을 토대로 기능을 발휘하는 천이기 때문에 그렇게까지 극적인 효과가 있는 게 아니다.

안 그랬으면 일부러 솜을 채워서 이불로 만들지는 않았을 것이다.

더 효과가 강한 환경조절포도 만들 수 있긴 하지만, 필요한 비용이 늘어나고 마력도 많이 소비하기 때문에 적어도 이불로 쓸 때는 추천할 수가 없지.

자는 동안 마력을 소비해서 지치면 주객전도니까.

"아, 그렇군요. 알겠어요."

"그런데 솜을 꽤 많이 써버렸네. 로레아 양, 재고 아직 있어?"

"네, 어제 사 가신 정도라면 충분해요."

"그럼 조만간 또 사러 갈게. 쿠션이나 방석 같은 것도 만들고 싶으니까."

"와~, 대단하시네요. 제 용돈으로는 솜 같은 건 못 사는데……."

로레아 양이 감탄하며 그렇게 말하는데……, 아니, 잠깐만?

"로레아 양, 난 성인이거든? 일도 하거든?"

아니, 정확히는 아직 가게를 열지 않았지만, 도와주고 용돈을 받는 로레아 양보다는 경제력이 있을 것 같은데?

"아, 그, 그랬죠. 왠지 동갑 같은 느낌이라."

"저기, 로레아 양은 지금 몇 살이야?"

"지금은 열세 살, 곧 열네 살이 돼요!"

으윽. 두 살 연하, 라고……?

"그, 그렇구나? 호오~, 발육 상태가 좋구나?"

"그런가요? 친구 중에서는 조금 느린가 싶은데요."

천진난만하게, 악의 없이 그런 말을 하는 로레아 양.

응, 그렇겠지. 알고 있었어.

이 마을과는 달리 같은 나이또래가 잔뜩 있는 왕도에서 살았으니까.

내가 다른 사람들보다 **아주 조금** 성장이 느리다는걸.

괜찮아, 아직 성장기니까——, 1년 전과 비교해서 변한 게 거의 없는 건 분명 착각일 테고.

"사라사 양은요?"

"나? 나는 열다섯 살이야."

"아~, 그렇군요."

어라? 방금 시선이 살짝 어디로 간 거지? 로레아 양.

조금만 더 노골적이었다면 바로 적으로 인정했을——, 아니, 아니, 이 정도로 친구를 잃을 수는 없지.

살짝 떠오른 어두운 감정을 미소로 흘려보낸 다음, 우리는 해가 저물 때까지 우리 나이에 맞게 쓸데없는 이야기를 신나게 했다.

◇ ◇ ◇

다음 날, 줄어들었던 천과 솜이 왠지 모르겠지만 원래보다 훨씬 많이 늘어나 있었다.

아니, 딱히 신기한 현상이 일어난 건 아니고, 아침에 로레아 양의 아버지가 와서 새 천과 솜을 잔뜩 놓고 갔을 뿐이지만.

상인인 그는 어제 로레아 양이 가져간 천을 보고 그 가치를 알아본 모양이었다.

'어린애가 한나절 정도 도와준 정도로 이렇게 비싼 걸 받을 순 없다'며 반쯤 강제로 솜을 두고 간 것이다.

하긴, 그냥 팔면 이 천과 솜보다 비싸긴 하겠지만, 일부러 도와주러 온 것에 대한 보답이니까 상관없는데.

참고로 로레아 양에게 준 천은 세 가족의 시트가 된 모양이었다.

정말 기분 좋게 잘 수 있었다고 인사까지 받아버렸다.

뭐, 모처럼 받았으니 이 천은 조만간 다른 색으로 물들이기로 하고.

우선 가게를 열어야 한다. 그러지 않으면 돈이 바닥 난다.

"집안은 일단 됐고, 오늘은 바깥을 확인해볼까."

우선 지붕.

여기가 상했으면 집으로서는 치명적인데……, 괜찮은 것 같다.

표면에 덮어둔 금속판을 연금술로 강화시킨 모양인지 예상했던 것보다 멀쩡하다. 이 정도라면 당분간은 괜찮으려나?

하지만 가게의 간판이 꽤 많이 상했으니 게베르크 씨에게 고쳐달라고 해야겠다.

외벽도 치명적인 부분은 없지만, 가볍게 보수할 필요는 있는 것 같으니 이것도 부탁해야겠다.

"문제는 풀이 무성한 뜰, 그리고 울타리인가?"

너덜너덜해진 울타리는 없어도 곤란하지 않으니 철거해버리는 방법도……, 아, 안 되겠다.

약초밭을 정비하려면 동물을 막는 울타리가 필요하다.

풀은 마법으로 단숨에 처리해버리는 방법도 있지만, 불행인지 다행인지, 약초가 섞여 있단 말이지. 무시하고 전부 없애버릴까?

아니, 구두쇠인 내가 그럴 순 없지.

"……좋아, 해야 할 일을 정리해보자."

· 가게를 연다.

· 가게에서 팔 상품을 만든다.

· 울타리를 어떻게든 한다.

· 뜰과 약초밭을 어떻게든 한다.

· 우물물을 뜨기 편하게 만든다.

· 목욕탕을 가동시킨다.

· 마도 풍로를 만들어서 요리할 수 있게 만든다.

"단기간, 중기간으로는 이 정도인가?"

이제 우선순위를 정해야지.

그래도 딱히 어렵진 않다.

우선 '가게를 연다'는 것을 기준으로 생각하면 '상품을 만든다'는 그 이전이다.

울타리와 뜰도 그 이전인가? 겉으로 보이는 모습이 안 좋으면 손님이 안 올 테니까.

하는 김에 뜰에 있는 약초를 써서 상품을 만들면 되고.

나머지는 서두를 필요가 없으니 시간이 있을 때 하면 된다.

"그럼 처음에는 울타리구나. 상품은 해가 진 뒤에도 만들 수 있으니까."

집 앞에 있는 울타리를 살짝 걷어차 보았다.

따악, 털썩.

⋯⋯응, 쉽사리 쓰러졌다. 이건 완전히 다시 만들어야겠네.

말뚝을 박고 가로로 나무를 연결하기만 한 간단한 울타리니까 목수분에게 부탁할 필요는 없겠지?

지금 절약을 위해서라도 내가 만들어야 하나?

연금술사는 아티팩트를 만들기 때문에 어느 정도 목공술 실력도 있단 말이지.

하지만 목공 도구가 없는데.

학교에서는 실습실에 있는 걸 썼고, 스승님네 가게에서는 가게의 도구를 빌렸으니까.

그래서 왔습니다. 잡화점입니다.

"안녕하세요~."

"아, 사라사 씨, 어제는 죄송했어요! 저, 집에 와서 가격을 듣고……."

"아~, 나야말로 미안해. 보답으로 준 건데, 그냥 주기에
는 좀 비싼 거였던 모양이라. 오히려 나도 천하고 솜을 받
아버렸고."

내 얼굴을 보고 급하게 말하는 로레아 양에게 내가 손을
저으며 대답했다.

"아뇨! 꼭 받아주세요! 아버지가 그걸로도 부족하다고 했
어요. 그 정도는 받아주셔야죠. 안 그러면 저희가 그 천을
쓰기가 껄끄러우니까요."

아~, 응, 그럴 수도 있겠구나.

특히 앞으로 그 천을 가게에서 팔게 되면 한나절 도와주
고 받았다는 게 서로에게 안 좋을 수도 있겠어.

"그럼 고맙게 받을게."

"그러세요. ──그런데 오늘은 무슨 일로?"

"목공 도구 같은 것도 있어? 대충 다 필요한데."

"아, 네. 가정에서 일반적으로 쓰는 것 정도는 있어요. 좋
은 물건은 직접 지즈드 씨에게 부탁하는 게 낫겠지만요. 사
라사 씨, 뭐하시게요?"

"울타리를 좀 수리해볼까 해서."

"네? 직접요? 게베르크 영감님에게 부탁하시지 않고요?"

로레아 양이 놀란 듯이 말하는데, 그렇게까지 뜻밖인가?

울타리를 만드는 것 정도는 간단하잖아?

"음~, 그 정도는 직접 할 수 있을 것 같아서."

129

"아뇨, 그게 아니라. 그럴 시간에 연금술을 하는 게 더 돈을 많이 벌 수 있지 않나요?"

"……오오. 로레아 양은 똑똑하네."

잘 생각해보니 로레아 양이 말한 대로 울타리 수선을 남에게 맡기고 빨리 가게를 열어서 연금 아이템을 파는 게 돈을 더 많이 벌 수 있을 것 같다.

고아원 시절부터 뭐든지 돈을 쓰지 않고 할 수 있는 건 직접 한다는 생각이었기에 일단 직접 고치려고 했는데, 나는 이제 어엿한 연금술사지.

그래, 모두가 부러워할 정도로 수입이 짭짤한 연금술사님.

그게 나야!

나, 열심히 했어! 인생의 승리자!

……아니, 아니, 진정해.

그렇게까지 말하기는 좀 그렇지만, 앞으로는 내 전문이 아닌 건 다른 사람을 고용할 필요도 있겠지. 그러면 연금술 쪽에 전념할 수도 있고?

"응. 맞아. 게베르크 씨에게 부탁할게. 그건 그렇고, 목공 도구 자체는 필요하니까 사 갈게."

"네~, 매번 감사합니다."

"흐음, 이 울타리 말이냐? 그리고 벽하고 간판이라고 했나? 울타리는 지금 같은 느낌이면 되나?"

"음~, 가게 앞은 그래도 되는데요. 측면하고 뒤쪽은 모처럼 만드는 거니 2미터 정도 판자로 해주실 수 있나요?"

게베르크 씨와 함께 집으로 돌아온 나는 바로 이것저것 주문하고 있었다.

"그건 상관없다만, 어째서? 판자로 하면 그만큼 비싸질 텐데."

"아뇨, 저기, 저도 일단은 여자애니까요. 빨래 같은 건 보여주지 않는 게 낫지 않을까 해서요."

"허어! 이런 시골에서 그런 걸 신경 쓰는 녀석 따윈 없다. 애초에 이웃집하고 멀리 떨어져 있잖나. ──뭐, 손님이 주문한다면 만들어주겠지만!"

응, 뭐, 뒤뜰에 빨래를 널어도 보이진 않을 것 같긴 하다.

가장 가까운 엘즈 씨네 집하고도 꽤 떨어져 있고, 주위에는 나무가 울창한 데다 뒤쪽은 코앞까지 숲이 다가와 있어서 시야 자체가 막혔다.

그래도 역시, 기분이 말이지.

그리고 약초밭을 보호하려는 목적도 있다. 동물들이 들어오지 못하게끔.

반대로 가게 앞은 손님들이 들어오기 편하게끔 간단한 울타리를 그대로 쓴다.

그런 요구사항들을 감안한 결과, 뒤쪽과 측면 중간 정도까지는 무릎 높이 정도 돌담을 쌓고, 그 위에 판자, 다른 곳은 개방감을 중시한 울타리로 정했다.

간판이나 벽면은 잘 모르기 때문에 전부 맡기기로 했고.

게베르크 씨라면 괜찮은 느낌으로 만들어줄 거야!

그렇게 말하자 게베르크 씨는 '흥', 코웃음을 치고 '내일부터 공사를 시작할 거다'라고 말한 다음 돌아갔다.

"저건……, 분명히 쑥스러운 거겠지? 응. 기분이 상한 건 아니……겠지?"

조금 신경 쓰이긴 하지만……, 지금은 시간이 없다.

하루 만에 침대를 만들어낼 정도로 작업 속도가 빠른 게베르크 씨니까 단숨에 공사를 마쳐버릴지도 모른다. 그렇게 되면 울타리 주위에 있는 잔돈(약초)을 써먹을 수 없게 된다!

"회수해야지!"

집에서 바구니를 가져와 울타리 주위에 있는 약초를 정신없이 뽑기 시작했다.

"어이쿠, 이건 귀중한 건데!"

꺾어버리면 아까우니 뿌리까지 통째로 파내서 따로 두었다. 나중에 옮겨심어야지.

"풀은 그냥 내버려 둬도 되겠지."

돌담을 만든다면 어느 정도 파낼 테니까. 일부러 뽑을 필요도 없다.

그대로 집 주위를 한 바퀴.

점심 식사와 수분을 보급하는 시간 말고는 저녁까지 계속 풀을 뽑았다.

정말 피곤하지만 그런 보람도 있었는지 매우 거칠었던 뜰이 봐줄 만한 수준까지 회복되었고, 약초도 대량으로 회수할 수 있었다.

"아~, 솔직히 너무 노력한 거 아니야?"

이제부터 상품을 만들어야 하는데.

이번에 회수한 약초는 그렇다 치더라도 첫날 뽑은 약초는 슬슬 쓰지 않으면 효과가 떨어진다.

일단 간단한 보존처리는 해두었으니 내일까지라면 어떻게든 될 것 같지만, 내일은 또 오늘 채집한 것들을 써야 하니까.

"귀중한 약초가 많이 있었던 건 기쁜 오산이었지!"

그냥 사면 꽤 비싼 약초가 여러 종류 있었단 말이야.

물론 예전 주인이 심었기 때문이겠지만, 말라 죽지 않고 남았던 것도 대단하다.

일반적인 약초와는 가치가 다르니 당연히 전부 회수해서 제대로 경작한 밭에 옮겨심었거든.

이제 공짜로 만들 수 있는 포션의 종류가 잔뜩 늘어났다.

공짜라는 말은 정말 좋다니까!

"그래도 지금은 좀 쉬자. 너무 지쳤어……."

나는 집으로 들어가서 몸을 살짝 씻은 다음, 따스한 식사를 하러 식당으로 갔다.

◇ ◇ ◇

다음 날, 평소보다 조금 늦은 시간에 눈을 떠보니 집 앞이 왠지 소란스러웠다.

"으응~~? 뭐지?"

어젯밤에는 꽤 늦게 잤기 때문에 머리가 제대로 돌아가지 않았다.

처음에는 적당히 마무리할 예정이었던 포션 제작.

그런데 중간에 약병이 부족해졌을 때부터 예정이 어긋나기 시작했다.

약병이 없으면 만들 수밖에 없잖아?

만들려면 유리 화로에 불을 지펴야만 하겠지?

그렇게 되니 이미 글렀다. 유리를 한 번 녹인 뒤에 전부 다 쓰지 않으면 귀찮아지기 때문이다.

그래서 정신없이 약병을 만들었다. 식자마자 포션을 넣고 밀봉.

그렇게 반복하고 유리를 전부 썼을 때는 이미 바깥이 밝아지고 있었다.

그 덕분에 상품은 잔뜩 만들었지만…….

"아~, 으~~?"

느릿느릿 일어나서 창문으로 바깥을 내다보니……, 남자들이 잔뜩 있었다.

……아, 그러고 보니 오늘부터 울타리를 만들기 시작한다고 했었지?

역시 게베르크 씨야. 생각했던 것보다 빠르네.

이렇게 아침 일찍 시작하다니……, 이미 자재도 쌓아두

었고.

인사를 해야만 하겠지? 역시.

나는 피곤한 몸을 억지로 일으킨 다음 몸단장을 하고 바깥으로 나왔다.

"좋은 아침이에요, 게베르크 씨."

"그래, 좋은 아침이야, 아가씨. 뜰이 꽤 깔끔해졌는데?"

게베르크 씨가 가리킨 곳은 어제 열심히 '매우 거칠어진 뜰'에서 '손보는 걸 조금 게을리한 뜰'로 클래스 체인지 시킨 우리 뜰이었다.

그냥 풀을 뽑기만 했기에 '손질이 잘 된 뜰'에는 한참 멀었지만, 많이 나아진 건 분명하다.

"네, 뭐, 나름대로 열심히 했어요."

"피곤해 보이는 건 그것 때문인가?"

"아시겠어요? 그것도 원인 중 하나죠."

몸단장을 하고 나왔는데도 알아볼 정도로 피곤하다는 게 드러난 모양이었다.

굳이 말하자면 수면 부족이 더 힘들지만.

"그런데, 저기, 그러니까, 여기 계신 분들은……?"

"이 녀석들은 마을 남자 녀석들이다. 대규모 작업을 할 때 부르곤 하지. 문제는 없겠지만, 쓸데없이 다가서는 녀석이 있으면 내게 말해라. 근성을 바로잡아 줄 테니."

그렇게 말한 게베르크 씨가 오른손에 들고 있던 것은 커다란 망치.

그것을 가볍게 부웅, 부웅, 휘두르고 있다.

그러면 근성을 '바로잡는 것'이 아니라 '박살 내는 것' 아닐까?

게베르크 씨가 한 말을 듣고 사람 중 일부가 새파랗게 질린 건 아마 착각이 아닐 것이다.

"좋은 아침입니다, 여러분. 얼마 전 이사 온 연금술사 사라사예요. 잘 부탁드립니다."

아직 인사를 하지 않았던 사람들이니 이번 기회에 정중하게 인사를 해야겠다.

내가 그렇게 말하자 다들 친절하게 인사를 해주었는데……, 죄송합니다. 이름을 다 기억하지 못할 것 같아요.

"억지로 외울 필요는 없다. 밥을 해먹고 살다 보면 저절로 외우게 될 테니까."

그런 내 생각을 알아챘는지, 게베르크 씨가 도와주었다.

보아하니 지금 와 있는 사람들은 평소에 농사를 짓다가 임시로 고용된 사람들인 모양이었다.

다시 말해, 저번에 엘즈 씨가 안내해줬을 때 나중으로 미룬 사람들이구나.

……응, 열심히 외우자.

"그런데, 작업을 바로 시작해도 되나?"

"네, 부탁드릴게요. 아, 뒤뜰에 있는 밭에는 약초를 심어두었으니 거기만 주의해주세요."

모처럼 귀중한 약초를 파내서 옮겨 심었는데 만약 밟기라도 한다면 많이 슬플 것이다.

"나는 프로, 이 녀석들의 본업은 농사, 다들 안다. 그럼 얘들아, 미리 정한 대로 부탁한다!"

""""네!""""

게베르크 씨의 호령에 맞춰 남자들이 기운찬 목소리로 대답하고 움직이기 시작했다.

너덜너덜한 울타리가 점점 철거되어가고 있다.

게베르크 씨는 집의 벽과 간판을 확인하고 있는 걸 보니 분담해서 작업을 진행하는 건가?

"저기, 제가 뭐 할 거 있나요?"

"응? 자잘하게 주문할 게 없다면 딱히 할 게 없는데."

"그런가요? 그럼 맡길게요."

전부 게베르크 씨에게 맡겼다.

작업 중에 이것저것 따지면서 방해할 생각도 없고, 무엇보다 지금 너무 졸리다.

나는 순순히 방으로 돌아와서 한동안 잠을 즐겼고, 깨어나 보니 해가 완전히 떠오른 점심시간이었다.

다시 느릿느릿 일어나서 창문으로 바깥을 내다보니 벌써 집 앞에 울타리가 설치되어 있었다.

"우와, 역시 빠르네……, 측면은……, 응, 역시 아직 안 끝났구나."

측면에 있는 창문으로 내다보니 그쪽은 돌담을 쌓고 있었다.

이쪽까지 다 끝났다면 이상했겠지.

"점심은……, 적당히 먹을까."

먹으러 나가기도 귀찮았기에 사둔 육포로 아침 겸 점심 식사를 마치고 '좋았어!'라고 하며 기합을 넣은 다음 집 바깥으로 나갔다.

"게베르크 씨, 고생 많으세요. 순조롭네요."

"그래, 아가씨. 그렇지, 오늘 안으로 기둥을 세우는 것까지 끝내고 내일 오전 중으로 판자를 붙여서 문을 만들면 완성될 거다."

"빠르시네요. 덕분에 도움이 많이 돼요."

"벽 쪽도 수리해두긴 했는데, 간판은 며칠 정도 기다려야 겠어."

게베르크 씨가 한 말을 듣고 집 쪽을 보니 몇 군데 칠이 벗겨졌던 부분이 예쁘게 다시 칠해져 있었다.

"──아, 정말이네. 알겠어요. 잘 부탁드리겠습니다."

"내게 맡겨!"

나는 힘차게 대답해준 게베르크 씨가 있는 곳을 떠나 주위를 둘러보았다.

울타리는 내가 도울 만한 게 없을 것 같으니 앞뜰을 '손질이 잘 된 뜰'로 클래스 체인지할 수 있게끔 노력해볼까?

약초는 회수했으니 이제 적당히 나무 가지치기를 하고 풀을 깎은 다음에 화단이라도 만들자.

모처럼 생긴 내 가게니까 이왕이면 귀여운 가게로 만드는 게 낫겠지?

꽃이 예쁜 약초를 심으면 일석이조고.

하지만 꽃이나 잎을 쓰는 약초는 화단에 심기 적합하지 않으니까 꽃이 진 다음에 뿌리나 씨앗을 쓰는 약초를 심어야겠구나.

"우선 나무 가지치기부터."

너무 길게 자란 부분을 착착 잘라나간다……, 마법으로.

톱을 사긴 했지만, 키가 크지 않은 내가 높은 나무의 가지를 잘라내긴 힘들다.

마법으로는 자잘한 작업을 할 수 없지만, 나무에 올라갈 필요도, 받침대를 마련할 필요도 없다.

풀도 마법으로 깎을 수 있거든!

일반적인 마술사에게는 힘든 자잘한 제어도 연금술사에게는 식은 죽 먹기라고!

"후후후, 편리하다니까~, 마법."

내 화려한(?) 마법 시력을 보고 깜짝 놀란 사람들을 힐끗 보며 작업을 진행해 나갔다.

뭐, 화려한지 아닌지는 둘째 치더라도 이렇게 사용하려면 제어 능력이 꽤 필요하니까 할 수 있는 사람이 별로 없다는 건 분명하다.

그렇기에 연금술사는 엘리트고, 숫자가 별로 없는 것이다.

"화단은……, 통로 옆하고 집 벽 쪽에 만드는 게 나으려나?"

위치를 정한 다음, 팍팍 흙을 파내고 뒤쪽 숲에서 잘라온 통나무로 경계를 만들었다.

일단 게베르크 씨에게 확인했기에 나무를 베어도 문제가 없다는 건 알고 있다.

그때, 통나무를 짊어지고 온 나를 보고 남자들이 깜짝 놀랐는데, 이거 신체를 강화한 거라고요?

일부러 말하진 않았지만, 맨몸이면 많이 허약하니까요.

"좋았어, 다 됐다~~!"

가지를 친 나무와 깔끔하게 깎은 풀, 들판 느낌이 물씬 나는──, 소박한 화단.

"이제……, 화단에 뭘 심지……?"

가지고 있는 소재 중에서 꽃이 예쁜 약초를 생각해 보았다.

약초는 전부 꽃이 예쁘지만, 가지고 있는 건 씨앗 자체를 소재로 쓰는 것뿐이다.

내가 가지고 있는 건 어디까지나 연금술 소재다. 잎을 쓰는 약초는 잎밖에 없고, 뿌리를 쓰는 약초도 말린 뿌리밖에 없어서 심어봤자 싹이 나지 않는다.

"시기는 좋으니까 어지간한 건 괜찮을 텐데……."

다행히 지금은 봄이다. 씨앗을 뿌리기에는 딱 좋고, 씨앗을 쓰는 약초라면 꽃이 질 때까지 화단에 심어둘 수 있으니 관상용으로도 나쁘지 않다.

잎이나 꽃을 쓰는 약초는 중간에 뜯어야 하니 소용이 없지.

나는 잠시 생각한 다음 통로 옆에는 작고 하얗고 귀여운 꽃이 피는 약초, 집 앞에는 조금 큼직한 청자색 꽃이 피는 약초를 심었다.

"이건 넝쿨을 뻗으니까 싹이 나기 전에 지주도 준비해둬야겠네."

양쪽 다 강한 약초니까 싹이 나지 않을 일은 없을 것 같다.

내 가게에서 꽃에 둘러싸여 영업하는 것을 상상하며 나는 혼자서 미소를 지었다.

Episode 3

EıfЋff Ћf fill,
H ЋfЋffln my fhЋfЋh!

우선 가게를 열자!

"드디어 가게를 여는구나!"

역시 게베르크 씨의 작업은 빨랐다. 울타리를 만드는데 하루 반, 간판도 그다음 날에 완성시키고 아침에 와서 설치해줬으니까.

낡은 간판을 조금 손보는 정도인가 싶었는데, 지붕에 걸려있는 간판은 예전과는 분위기가 전혀 달라서 부드럽고 조금 귀여운 느낌이 들었다.

솔직히 말하자면 게베르크 씨가 만들었다고는 상상할 수 없을·정도로 센스가 좋다!

일단 예전에 쓰던 간판도 재료로 쓴 것 같긴 하지만, 완전 신작이라고 해도 되지 않을까?

그렇게 간판이 걸려 있는 문을 통해 안으로 들어가 보니 상품을 진열해두었지만 아직 군데군데 비어있는 곳이 눈에 띄는 선반이 눈에 들어왔다. 세 군데 있는 창문에는 장식할 겸 하늘색 커튼을 달았기에 가게의 분위기도 조금 밝아졌다.

그리고 카운터 위에는 내가 손수 만든 '주문 생산 받습니다'라는 간판.

그 뒤로 돌아가서 의자에 앉으면 준비 완료다!

자, 손님!

언제든지 오세요!

"……아무도 안 오네."

가게를 연 지 한 시간 정도.

별로 기대를 하진 않았지만, 역시 손님은 한 명도 오지 않았다.

지금은 너무 한가해서 스승님에게 받은 연금 도구를 카운터 뒤에 늘어놓고 시간을 때울 겸 마정석을 만들고 있다.

이건 손님이 왔을 때 바로 멈출 수 있으니까.

"으득~, 으득~, 으득으득~."

마정석의 원료인 마정석 가루를 망치로 부수고 약사발로 더 잘게 만든다.

천연 마정석은 매우 비싸기 때문에 일반적인 아티팩트에 쓰는 마정석은 연금술로 만든 인공 마정석인데, 조금 큰 걸 만들려면 수고가 많이 든다.

잘게 부순 마정석 가루를 연금솥에 넣고 녹여서 불순물을 빼낸 다음 굳힌다.

모든 공정에 마력이 필요하기 때문에 마력이 적은 사람은 하나를 만들 때도 꽤 힘들다.

참고로 큰 연금솥을 쓰면 소비하는 마력도 크기 때문에 사람에 따라서는 이것 전용으로 손바닥 크기 연금솥을 쓰는 경우도 있다던데.

나는 스승님이 준 한 손 냄비 크기로 만들고 있지만, 학교 실습 때 쓰던 것은 더 작은 소형 찻잔 크기였다.

"부술 때 쓰는, 아티팩트가, 욕심, 나, 네!"

마정석 가루 자체는 저렴하지만 순도가 낮을수록 더 잘게 부숴야 한다.

그렇기에 부술 때 쓰는 전용 아티팩트도 물론 존재한다.

수작업으로 할 수 있으니까 스승님처럼 여유가 있는 사람이나 사는 거지만.

그래서 나는 정신없이 망치를 휘둘렀다.

꽈앙, 꽈앙, 꽈앙.

"안녕하──, 뭐 하세요? 사라사 씨!"

"휴우. 아, 로레아. 어서 와."

가게 문을 열고 들어온 사람은 잡화점의 로레아였다.

함께 이불을 만들면서 수다를 떤 우리는 이미 완전히 친구가 되었다.

호칭도 '로레아 양'에서 '로레아'로 바뀌어서 친밀도 그레이드 업.

나도 그렇게 불러줘도 되는데, 일단 연상이라고 '씨'를 붙여서 부른다. 처음에 말을 좀 편하게 했던 건 연하로 봤기 때문인가……?

"네. 개점 축하드려요. ……아니, 그게 아니라, 뭐 하시는 거예요?"

"이거? 음~, 연성 사전준비?"

의아하게 카운터를 들여다보던 로레아에게 잘게 부순 가루를 보여주었다.

이것 자체도 연성이라고 할 수도 있지만, 잘게 부수기만

한 거니까 누구나 할 수 있는 육체노동이기도 하다.

"호오~, 연금술은 그……, 샤샥하는 이미지가 있었는데 아닌 모양이네요."

"샤샥하는 이미지라는 게 뭔데?"

세련된 느낌이라는 말을 하고 싶은 건가?

그래도 무슨 말인지는 알겠다. 나도 학교에 들어가서 배울 범위가 너무 넓어서 놀랐으니까.

"뭐, 보통 사람들이 생각하는 것보다 이것저것 하는 게 많은 것 같긴 하지. 만드는 물건이 다방면에 걸쳐져 있으니까 목공 작업이나 유리 세공, 대장장이 일, 요리 같은 걸 할 수 있어야 하거든."

실력이 좋다 나쁘다는 별개지만요. 특히 요리. 맛과 성능은 상관이 없으니까.

연금술에는 엄격한 양성학교에서도 직접 상관이 없는 부분에는 그렇게까지 엄격하진 않다.

예를 들어, 목공 작업을 잘 하지 못하면 그런 부분은 목공 기술자에게 부탁하면 된다.

그렇기 때문에 기능적으로 문제가 없다면 조금 실력이 부족하더라도 졸업은 할 수 있는 것이다.

"그렇군요. 역시 연금술사가 되는 건 힘들겠어요……. 아, 이 천은 제게 준 천하고 같은 건가요? 이 색도 예쁘네요! ──아니, 비싸!"

"아~, 그래도 좀 싸게 내놓은 건데? 왕도에서는 2, 3할 정도 더 비싸니까."

로레아가 보고 놀란 것은 내가 조금 저렴한 미끼상품으로 진열해둔 연두색, 분홍색, 하늘색 환경조절포였다.

왕도에서는 염색하지 않아서 꾀죄죄한 환경조절포가 이 정도 가격이고, 예쁘게 염색한 상품은 더 비싸다.

"제가 그런 걸 받아도 되는 건가요?"

"상관없어, 도와주러 와줘서 기뻤으니까!"

개점 축하를 하러 와주기도 했고, 로레아는 진짜 착한 아이야!

"저만 너무 이익을 본 것 같은데……, 감사합니다."

"뭐, 선전도 겸한 거니까 뭔가 필요한 게 있으면 우리 가게에서 사줘."

"네, 물론이죠! ――다른 상품은 아직 포션밖에 없나요?"

"가게에 진열한 건 말이지. 솔직히 이 마을의 수요를 잘 모르겠거든."

"음~, 보통 마을 사람들은 포션 말고 다른 걸 모르니까 수요라고 해도 애매하네요."

"……아, 그렇구나."

생각하면 금방 떠오르는 포션에 비해 아티팩트는 '이런 게 있다'는 사실을 알지 못하면 살 생각도 안 들 테니까.

왕도에서는 귀족이나 부자들이 쓰니까 알 기회가 생기는데, 이 마을에서는……, 이거 의외로 치명적인 문제 아닌가?

"샘플을 놔두는 게 나으려나?"

"있으면 알 기회가 생길지는 모르겠지만, 솔직히 말해서 이 마을 사람들은 돈이 별로 없거든요? 그나마 돈이 있는 사람은 저희 집이나 디랄 씨, 그리고 촌장님 정도밖에 없어요."

자급자족이 가능한 마을에서는 그렇게 되는구나.

돈을 가지고 있는 사람이 채집자 상대로 장사하는 사람과 촌장님 정도밖에 없다면 당장은 마을 사람들을 상대로 장사하긴 힘들지도 모르겠다. 뭔가 따로 생각해야 하나?

"어라? 이 간판은 뭔가요?"

"아, 그거? 일단 마을 사람들하고 이곳을 거점으로 삼고 있는 채집자들에게 주는 혜택이라고 해야 하나?"

로레아가 본 것은 내가 포션을 진열한 선반에 놓아둔 간판이었다.

'본 점포에서 구입한 뒤 사용하신 약병을 가져오신 분께 할인 판매합니다'라고 적혀 있다.

일단 여러모로 생각해서 정한 우리 가게의 어필 포인트?

일반적으로 포션에 쓰는 병은 종류마다 다른 가공을 할 필요가 있어서, 빈 병을 회수해도 단순히 재활용할 수가 없고 만들기 귀찮은데도 가치가 별로 없다.

녹이면 유리 소재로 쓸 수는 있기 때문에 팔 수는 있지만, 그야말로 푼돈이다. 거의 모든 채집자는 가지고 다니기 귀찮아서 바로 버린다.

하지만 그 병이 내가 만든 거라면?

제대로 구별할 수 있게만 해두면 깨끗하게 씻어서 바로

재활용할 수 있다.

솔직히 말해서 초급 포션에 들어가는 수고 중 대부분은 병을 만드는 것이다.

포션은 큰 연금솥으로 한꺼번에 만들 수 있지만, 병은 하나씩 만들어야만 한다.

정말 귀찮다. 그렇기에 견습 연금술사가 처음 맡게 되는 일은 이 병을 만드는 거라고 한다.

선배가 보낸 편지에는 '병만 만들어!!'라는 불평이 적혀 있었고, 나도 아르바이트를 할 때는 자주 만들곤 했다.

하지만 그 옆에서 스승님이 나보다 몇 배나 빠른 속도로 만들었고, 그것 말고도 이것저것 시켜주었으니 딱히 불만은 없지만.

도시에서는 내 가게의 병만 사들이는 게 힘들 수도 있지만, 이곳에서 사 가는 사람— 마을 사람과 이 마을을 거점으로 삼고 있는 채집자 정도밖에 없다. 다시 말해, 사 가는 사람만 사 간다.

그런 상황에서 이 병을 비싸게——, 초급 포션의 절반 가격 정도로 사들인다면?

결과적으로 포션을 절반 가격으로 살 수 있으니 마음 편히 쓸 수 있고, 채집 작업을 안전하게 할 수 있으니 좋다.

나도 귀찮은 병 만들기 작업에서 해방될 수 있으니 좋다.

그 결과 이익이 조금 줄어든다 해도 결과적으로는 해볼 가치가 있지 않을까?

"그렇군요, 그런 뜻이었어요. 하긴, 그러면 마을 사람들도 쓰기 편해지겠네요. 병은 잃어버릴 염려도 없고요."

"보통은 집에서 쓰니까."

"이건 꽤 좋은 생각이에요. 지금까지 저희가 포션을 취급했는데, 좀처럼 쓰지 않는 질병용 포션까지 가져다 놓으려고 하면 비싸게 주고 사 올 수밖에 없었거든요."

"아, 혹시 로레아네 가게의 라이벌이 되어버리나?"

"아뇨, 아뇨. 전혀요. 포션은 이익을 전혀 챙기지 않으니까요. 도시에서 산 가격에 수송비만 얹어서 파는 식으로 마을 사람들을 위한 서비스용 상품이에요."

잡화점은 마을에서도 돈을 많이 버는 편이라 그 정도는 공헌해야 하는 모양이었다. 가끔 수송중에 파손되는 경우도 있으니 완전히 적자.

내 가게에서 팔면 그럴 필요가 없어지니 솔직히 도움이 되는 모양이다.

참고로 돈을 잘 버는 가게 중 다른 쪽인 디랄 씨네 가게는 밤에 휴식처를 제공하고 있어서 괜찮은 모양이다.

으음~, 역시 마을 생활은 어렵구나…….

나도 뭔가 생각하지 않으면 길바닥에 나앉게 되나?

"아, 사라사 씨는 괜찮거든요?"

"그래?"

내가 불안한 표정을 짓고 있다는 걸 눈치챘는지, 로레아가 손을 저으며 웃었다.

"연금술사가 마을에 있다는 것에 가치가 있으니까요. 안심이 된다고 해야 하나."

오, 역시 연금술사. 사람들이 의사보다 신뢰할 만도 하다.

"그리고 연금술사가 돈을 많이 번다고 해서 질투하는 사람은 없어요. 부러우면 너도 연금술사가 되어라, 그렇게 생각하니까요."

"……아, 그렇구나."

완전 실력주의.

고아도 될 수 있는 연금술사는 이 나라에서 성공한 사람의 대명사이고, 일반적으로는 돈을 많이 번다는 이미지인데도 질투를 사는 경우가 놀라울 정도로 적다.

문은 열려 있으니 질투할 거면 차라리 노력하라는 말을 듣곤 한다.

고아 중에서 자격을 얻은 사람이 있는 이상, 환경에 문제가 있다는 변명도 통하지 않는다.

그리고 병에 걸리거나 다쳤을 때, 연금술 덕분에 살아난 사람이 의외로 많다.

"그래도 실제로는 연금술사도 생각보다 돈을 많이 벌지 못하거든?"

"네? 그런가요?!"

"응, 일반적으로 생각하는 정도는 아니야. 취급하는 상품이 비싸긴 하지만."

로레아는 깜짝 놀란 듯한 표정을 지었지만, 나도 그렇게 생각하고 연금술사를 목표로 삼았기 때문에 놀릴 처지가 못된다.

고액 상품을 취급하기 때문에 돈을 많이 벌 것 같지만, 실제로는 그렇게 단순하지 않다.

"예를 들어서 로레아가 비싸다고 했던 저 천."

"네."

"연성에 실패하면 한순간에 가치가 없어져."

"……어? 정말요?"

"응. 실패하면 소재를 써먹지 못하게 되니까. 몇 만 레어를 들여서 준비하더라도 실패하면 다 날아가지."

한 번 연금솥에 넣은 물건은 다시 분리할 수가 없다.

실패한 정도에 따라 다르긴 하지만, 대부분 폐기처분하게 된다.

"100만 레어 정도 하는 아티팩트를 만들다가 실패하면 장난이 아니지~."

게다가 주문을 받은 이상, '실패해서 만들 수가 없습니다'라고 할 순 없다.

다시 소재를 사들여서 만들어야만 하는 것이다.

애초에 대금은 보통 후불이다. 먼저 필요한 소재를 모을 수 있는 자금이 없다면 주문을 받을 수도 없다.

"그러니까, 연금술사는 어느 정도 돈을 모아두지 않으면 뭘 할 수가 없어."

"흐에에, 그렇게 꿈만 같은 직업은 아니네요."

"실력이 좋으면 돈을 많이 벌긴 하겠지만, 그건 다른 직업도 마찬가지니까."

하지만 고아원 출신이 다른 사람들보다 돈을 더 많이 벌 수 있는 직업인 건 분명하니까, '꿈만 같다'는 건 맞는 말이긴 하지만. 고아는 취직하는데 불리할 수밖에 없으니까.

연줄을 통해 채용하는 게 여러모로 안심이라는 것도 이해가 되니까 불평하긴 힘들지만.

"뭐, 솔직히 까놓고 말하자면, 초급 포션만 계속 만드는 게 제일 착실하게 버는 방법일지도 몰라. 위험부담이 적으니까."

"우와, 왠지 엄청난 물건을 만들 것 같다는 연금술사의 이미지가 깨져버렸어요."

"아하하, 이미지를 유지하고 싶으면 조금 멀리서 바라보는 게 좋을지도 몰라. 엄청난 물건을 만들려면 힘들거든. 돈도 그렇고, 위험부담도 그렇고."

어린아이(?)의 꿈을 좀 부숴버린 것 같긴 하지만, 이상과 현실이 다르다는 건 어떤 직업이든 마찬가지, 겠지?

결국 개점 첫날 온 손님은 채집자 파티 몇 개뿐이었다.

나머지는 로레아와 개점 축하 인사를 하러 와준 엘즈 씨, 촌장님, 그리고 로레아를 데리러 온 마리 씨(로레아의 어머니)뿐이었다.

매출은 포션 열 몇 개뿐이니 미묘……하지도 않은가?

"잘 생각해보니 하루 이익으로는 그리 나쁘지 않단 말이지."

우리 가게에서 가장 저렴한 상품은 초급 생채기약이고, 500 레어다.

거의 모든 소재를 뜰에서 얻을 수 있기 때문에 도시와 비교해서 많이 싸게 내놓았다.

채집자도 기뻐하며 사 갔고, 할인제도도 설명해주니 더욱 기뻐했다.

"반값으로 사 간다 해도 200 레어는 남으니까."

디랄 씨네 가게에서 점심을 주문하면 40 레어.

나한테는 양이 충분하고, 술도 마시지 않으니 추가요금은 들지 않는다.

아침, 저녁 식사는 빵으로 간단히 때우거나 먹으러 나간다.

가격도 비슷하니까 초급 생채기약 하나만 팔아도 하루 생활비는 나온다.

어제 로레아에게 그런 이야기를 했었는데, 계속 이렇게만 하면 생활은 안정적이겠어.

뭐, 나는 더 성장하고 싶고, 신세를 진 고아원에도 돈을 보내고 싶으니까 열심히 돈을 벌 생각이지만.

가게를 열고 2주일. 내 가게는 그럭저럭 매출이 올랐고, 이 마을을 거점으로 삼고 있는 채집자들과도 대충 알고 지

내게 되었다.

제공하는 할인 서비스도 꽤 평판이 좋아서 '다칠지 모른다는 불안함이 사라졌다', '쓰는 돈이 늘어나긴 했지만, 버는 돈이 더 늘었다'고 기뻐하신다.

뭐, 다치면 그동안 일을 할 수 없게 되니까 어설프게 절약하는 것보다 포션을 쓰는 게 더 이득이긴 하지.

하지만 싼 물건이 아니니까 큰마음을 먹고 사용 여부는 평소 벌이에 달려 있었는데, 할인 서비스 덕분에 그 허들이 내려간 모양이다.

그리고 채집품을 우리 가게에서 사들이게 되었기 때문에 더 많은 것들을 채집 대상으로 삼게 되어서 벌이도 늘어난 모양이었다. 다른 마을까지 가는 동안 상해버리는 것들까지.

상품 중에서 채집자들에게 맞는 아티팩트 몇 가지를 만들어서 가게에 진열해 보았다.

그 중에서 꽤 많이 팔린 게 벌레 퇴치 아티팩트.

2만 레어나 하니까 절대로 싸진 않지만, 우리 가게에 오는 거의 모든 파티가 '도시에서 사는 것보다 싸다!'라고 하면서 사 갔다.

그만큼 대수해 안에서는 벌레 때문에 고생하는 모양이다.

뭐, 무슨 심정인지는 이해가 된다. 학교에서도 채집 실습 같은 수업이 있었으니까.

그 과정에서 채집의 기본적인 지식이나 실습도 하기 때문에 실제로 채집을 하러 간다.

물론 나도 경험해보았는데……, 솔직히 힘들었다.

왕도 근처, 비교적 안전한 곳에서 흉내 내는 것에 불과하다고는 해도, 실제로 숲에서 들어가 보니 더위, 추위 말고도 짐승과 벌레 때문에 고생했다.

인솔하는 사람이 있으니 덜 위험하긴 하지만, 그건 일종의 서바이벌이었어.

그때를 생각해보니 벌레 퇴치 아티팩트가 얼마나 유용한지 알 수 있었다.

그 반대로 팔리지 않았던 것은 조명 아티팩트.

나는 편리할 거라고 생각했는데, 이 마을의 채집자는 기본적으로 당일치기로 다녀오는 모양인지 아침 일찍 나서서 어두워지기 전에 돌아오는 게 기본 패턴이다. 다시 말해 조명이 필요 없다.

채집할 것들이 풍부해서 일부러 시간을 들이며 안쪽까지 가지 않아도 돈을 벌 수 있는 모양인데……, 연금술사로서는 조금 아쉽다.

진짜 희귀한 것들은 더 안쪽에만 있으니까, 스승님에게 보낼 희귀한 소재도 얻기 힘들다.

그리고 희귀한 것들은 진짜로 비싸니까 잘만 하면 채집자들도 일확천금을 노릴 수 있다.

뭐, 위험하다는 걸 무시하고 부추기는 건 무책임한 짓이니 그럴 생각은 없지만.

"이봐~, 사라사. 잠깐 시간 괜찮아?"

"네, 무슨 일이죠?"

평소처럼 카운터에서 간단한 작업을 하며 가게를 보고 있자니 가게 앞에서 귀에 익은 목소리가 들렸다.

작업을 멈추고 가게 밖으로 나가 보니 그곳에 자리 잡고 있었던 것은 거대한 곰.

그 앞에서 의기양양한 표정을 짓고 있던 사람은 베테랑 채집자인 안드레 씨였다.

"안드레 씨, 어서 오세요. 멋진 앵거 베어네요."

"그렇지? 마을 근처에서 쓰러뜨려서 쉬지 않고 곧바로 끌고 왔는데, 사줄래?"

말 그대로 쉬지 않고 곧바로 왔는지 파티 멤버 두 사람은──길 씨하고 그레이 씨였나?──곰을 묶은 밧줄을 내던지고 그 옆에 축 늘어져 있었다.

"네, 괜찮아요. 주된 상처는 머리. 눈알은 하나가 뭉개졌네요. 신선도는……, 문제없을 것 같아요. 모피가 조금 상했으니 4만 3천 레어 어떠세요?"

"정말?! 그렇게 많이?"

내가 제시한 금액을 듣고 안드레 씨가 소리치자 축 늘어져 있던 두 사람도 눈을 반짝였다.

"네. 이 정도면 제가 처리할 수 있으니까요. 죽은 지 하루도 안 지난 것 같고요."

"우와~, 지금까지는 고생하면서 쓰러뜨려도 고기 정도밖에 써먹을 게 없었는데……."

"어설프게 해체하면 가치가 없어지는 경우도 있으니까요. 잡기 힘든 사냥감이지만요."

앵거 베어 중에서 가장 돈이 되는 건 심장, 간장, 눈알, 이 세 가지다.

하지만 뭐든 함부로 꺼내다가는 써먹지 못하게 된다.

이번처럼 전부 가져와 주면 연금술사가 처리할 수 있지만, 앵거 베어의 크기 때문에 짧은 시간 안에 가져오기가 힘들단 말이지.

가장 좋은 건 연금술사가 채집하러 가는 거지만……, 뭐, 그렇게 기특한 연금술사는 거의 없지.

기본적으로 두뇌 노동자니까 체력도 약하고, 위험을 무릅쓰지 않아도 돈을 벌 수 있는 직업이니까.

"4만 3천 레어라……, 사라사, 이 마을에 와줘서 진짜로 고마워!"

"아뇨, 아뇨, 제게도 이익이 되니까요."

안드레 씨 일행이 감격했는지 번갈아 가며 악수를 청했다.

기뻐해하는 건 좋은데, 힘이 너무 세서 손이 좀 아프다.

살짝 신체 강화를 걸어서 미소를 지으며 견뎠다.

"그럼 돈을 가지고 올게요."

가게 안쪽으로 들어가서 가져온 돈을 안드레 씨에게 건네자 활짝 웃으며 받은 그는 돈을 쥐고 소리쳤다.

"좋았어어어어! 이 돈으로 한잔하러 가자!"

"'그래!'"

"그럼 안녕! 사라사! 또 부탁할게!"

"네~."

내 말을 대충 흘려넘기고 달려가는 남자 세 사람.

아직 해가 지지도 않았는데 술을 드시러 가시나요?

경사스러운 날이니 괜찮겠지만……, 나는 바로 처리를 해야지.

모처럼 상태가 좋은 걸 샀으니까.

우선 약하게 '프로즌(냉동)'을 써서 시체를 적당히 식힌다.

만약 얼어버리면 못 쓰게 되니 위력을 조절할 필요가 있다.

어느 정도 식힌 다음에는 곧바로 집 뒤쪽으로 끌고 간다.

물론 뒤뜰이 아니라 울타리 바깥쪽으로.

예쁘게 정비해둔 뜰을 피로 더럽히고 싶진 않고, 가게 앞에서 해체쇼를 벌이면 너무 자극적이다. 로레아가 놀러 왔다가 울어버릴지도 모르니까.

공방에서 가져온 도구를 써서 해체하며 필요한 부위를 떼어내기 시작했다.

여기서 실패하면 다 망치는 거니까 신중하게, 신중하게.

처음 떼어낼 부위는 역시 심장, 간장, 눈알.

모두 바로 처리해야만 하니 좀처럼 얻기가 힘든 귀중품이다.

그다음에는 위장과 내장, 발톱 같은 것도 써먹을 수 있으니 확보한다.

모피와 고기는 다른 짐승과 마찬가지니까 엘즈 씨에게 사 달라고 할까?

일단 소재를 공방에 놓고 나머지 부위를 질질 끌고 이웃인 엘즈 씨네 집으로 갔다.

"안녕하세요~."

"어라, 사라사. 무슨——, 커다란 사냥감이구나."

밖에서 말을 걸자 바로 나온 엘즈 씨는 내가 가져온 앵거베어를 보고 조금 놀란 듯이 말했다.

"이거, 사주실 수 있나요?"

"——아, 소재를 떼어내고 남은 고기하고 모피 말이니? 상관없어."

엘즈 씨는 내가 한 말이 무슨 뜻인지 한순간 생각하는 것 같더니 바로 이해해주었다.

"덕분에 살았어요. 전문가에게 맡기는 게 여러모로 나을 것 같아서요. ——귀찮기도 하고."

"아하하. 그야 그렇지! 그래, 알았어. 내게 맡기렴! 8천 정도면 어때?"

"그렇게 많이 주셔도 되나요? 더 싸게 해주셔도 돼요."

솔직히 말해서 내게는 군더더기나 마찬가지니까 그냥 넘겨도 손해는 안 보겠지만.

"문제없어. 생고기는 인기가 별로 없지만, 요즘은 채집자들이 훈제 고기를 많이 사 가거든. 잘 처리하면 이 고기도 꽤 맛있고."

"그런가요? 그럼 그렇게 하죠. 옮겨드릴게요."

"그래, 고맙다."

엘즈 씨네 집은 사냥꾼의 집이라 그런지 뒤쪽에 해체 작업용 오두막이 있다.

나는 그 오두막 안에 커다란 앵거 베어를 넣은 다음, 우리 가게로 돌아와 가게 앞에 '용건이 있으신 분은 종을 울려주세요'라는 팻말을 걸고 문을 잠궜다.

영업 시간인 낮에도 공방에 있을 수 있게끔 1주일 정도 전에 호출용 종을 설치한 것이다. 요즘처럼 손님이 뜸하게 올 때는 계속 가게를 보기만 하면 효율이 안 좋으니까.

연성만 하는 거면 가게 문을 닫은 뒤에도 할 수 있고, 카운터에서도 어느 정도 작업을 할 수 있긴 하지만, 약초밭은 해가 떠 있을 때만 손볼 수 있다.

손님이 늘어나면 가게를 볼 사람을 고용할 수도 있겠지만, 한참 나중에나 가능하겠지.

"자, 빠르게 처리해버릴까?"

발톱은 씻기만 해도 되겠지만, 다른 부분은 제대로 처리하지 않으면 가치가 떨어진다.

특히 심장, 간장, 눈알은 처리가 까다롭다.

"그런데, 나도 참 익숙해졌구나……."

이런 내장 계열 처리를 학교에서 실습할 때 새파랗게 질리고 구역질을 하는 사람이 많았다.

나도 구역질까진 하지 않았지만, 겁을 많이 먹고 처리하곤 했다.

하지만 그것도 처음에만 그랬을 뿐이다. 시간이 지나자 다들 익숙해져서 아무렇지도 않게 동물을 해체하고 태연하게 내장을 꺼내게 되었다.

아니, 모두가 그랬다는 건 과장인가? 익숙해지지 못한 사람은 학점을 따지 못하고 사라졌으니까.

'나아, 무서워어~'라든가, '기분 나빠~'라고 하는 사람이 졸업할 수 있을 정도로 어설프진 않다. 뭐, 그런 말을 하는 사람은 사실 전혀 문제없이 해내지만.

그건 이성에게 보여주는 퍼포먼스니까.

진짜로 위험한 사람은 그런 말을 할 여유도 없이 쓰러진다.

동기 중에서도 성적이 좋았는데 이걸 하지 못해서 그만둔 사람이 있었지…….

아깝지만, 그녀의 집은 부유한 것 같으니 연금술사가 되지 않더라도 괜찮겠지.

고아에게는 그런 여유 같은 건 없으니까 이것 때문에 그만두는 사람은 없었다.

"——음, 이걸로 끝."

심장과 눈알은 병에 담고 나머지 소재는 말리거나 가루로 만드는 처리를 하면 꽤 오랫동안 품질이 떨어지지 않게끔 보관할 수 있다.

이런 처리에 대해서는 스승님네 가게에서 꽤 많이 배웠으니 잘하는 분야일지도 모르겠다.

"그러고 보니……, 혹시 이런 것까지 예상한 건가?"

스승님은 '희귀한 소재가 생기면 보내줘'라고 했는데, 이런 처리를 할 수 없다면 보낼 수도 없다.

으음? 스승님은 내가 아르바이트를 하던 시절부터 나를 변경으로 보낼 생각이었나……?

"……아니, 너무 깊게 생각한 거겠지."

소재를 사들이는 것은 연금술사에게 중요한 일이고, 보관할 수 있게끔 처리할 수 있어야 사들일 수도 있다. 그렇기 때문에 꼼꼼하게 가르쳐준 거겠지.

"자, 이 소재는 어떻게 할까?"

이 소재를 써서 포션을 만들어도 되겠지만, 그리 자주 필요한 물건은 아니기 때문에 여기에 진열해도 아마 사갈 사람은 없을 것이다.

애초에 평범한 마을 사람이 살 수 있을 만한 가격도 아니고.

"경험을 위해 만들어도 되겠지만……, 이제 슬슬 팔러 가지 않으면 위험할지도 몰라."

당연하게도 우리 가게에서 사들인 소재를 전부 소비할 수는 없다.

그래서 지금 내 가게에는 소재가 잔뜩 쌓이는 반면, 현금은 줄어들고 있다.

슬슬 내다 팔지 않으면 자금이 불안해진다.

제1후보는 이 마을에서 가장 가까운 '사우스 스트러그'라는 도시.

걸어서 가면 이틀에서 사흘 정도 걸리는 거리. 내가 이 마을에 올 때도 그곳까지는 승합 마차를 타고 왔고, 그 뒤로는 걸어서 왔기 때문에 어떤 곳인지는 조금 알고 있다.

왕도와는 비교도 할 수 없긴 하지만, 변경에서는 나름대로 크고 인구도 많은 곳이다.

아, 참고로 우리 마을의 이름은 '요크 마을'이야.

아무도 쓰진 않지만.

나도 학교의 점포 정보 서류로 본 것뿐이고, 사우스 스트러그에서 길을 물어봤는데 아무도 모를 정도였다.

'대해수 근처의 작은 마을'이라는 정보를 더하고 나서야 '아, 그 마을 말이지?'라고 이해했을 정도로 알려지지 않은 이름이다.

마을 사람들도 이름 같은 건 거의 의식하지 않는 것 같다.

아무리 그래도 이름을 모르진 않겠지만……, 알고 있겠지?

뭐, 그 정도로 알려지지 않은 마을이니까 사우스 스트러그의 연금술 가게에 인사하러 가서 소재를 사달라고 이야기를 해두는 게 좋을 것 같거든.

내가 한 번 다녀오면 그다음부터는 다른 사람에게 수송을 부탁할 수 있을지도 모르니까.

예를 들어서 잡화점의 다르나 씨에게 물건을 사 올 겸 매각을 부탁한다고 해도 뭘 모르는 문외한이라고 생각하고 속이려 들지도 모르잖아?

하지만 연금술사의 대리라는 사실을 알면 괜찮을 테니

까…….

내가 어리다고 얕잡아볼 가능성도 있긴 하지만, 그럴 경우에는 스승님의 권위를 빌리는 것도 마다하지 않겠어!

"응, 그렇게 하자!"

나는 그렇게 결심하고는 스승님에게 받은 배낭을 꺼낸 다음, 지금까지 사들인 소재를 담기 시작했다.

◇ ◇ ◇

변경에서는 그나마 도시 같은 곳, 사우스 스트러그.

그런 도시 한 구석에 내 목적지가 있었다.

그렇다, 조금 멋진 카페.

저번에 왔을 때는 이사하기도 전에 갈 수는 없다고 눈물을 머금고 포기했지.

어? 소재를 파는 거? 그런 건 나중에 해도 돼. 우선 배부터 채워야지.

"조금 비쌀 것 같긴 하지만, 괜찮겠지?"

누구에게 하는 건지도 모르는 변명을 늘어놓은 나는 눈독 들이고 있던 그 가게로 돌격했다.

조금 붐비는 시간대라 '조금 기다리셔야 하는데 괜찮으신가요?'라는 말을 들었지만, 순순히 기다리기로 했다.

그 가게는 비교적 넓어서 테이블도 많았기에 금방 내 차례가 되었다.

"홍차……, 으앗, 종류가 많네! 으음~, 이번에는 조금 대담하게……, 중간 정도 되는 걸로!"

거기! '어? 비싼 거 안 마셔?'라고 하지 마.

이 가게에 오는 것 자체가 내게는 꽤 노력한 거니까.

"과자를 먹고 싶긴 하지만, 점심 식사하러 온 거니까……, 이번에는 '얇은 빵을 구워 채소와 치즈를 얹어서'라는 걸 주문해볼까?"

잘 모르겠지만 왠지 멋진 느낌이 든다.

"그렇게 하면 150 레어구나. 꽤 돈이 들긴 하지만……, 으으으으음, 이번에는 큰마음 먹고 후르츠 케이크도 주문하자!"

모두 합치면 평소에 먹던 점심 식사 다섯 끼 금액. 꽤 많이 썼다!

돈은 있긴 하지만, 한동안은 절약해야겠다는 느낌?

점원분에게 주문하고 숨을 돌린 나는 다시 가게 안을 둘러보았다.

분위기를 중시한 건지 가게 안은 깨끗하게 청소를 해두었고, 식물 화분이나 그림, 창문에는 예쁜 커튼까지 걸려 있었다.

당연하지만 일반적인 식당에 그런 건 별로 없다.

인테리어에 비용이 든다는 건 물론이고, 이렇게까지 청소를 깔끔하게 하려면 어떤 의미로 손님을 잘 골라야만 한다.

디랄 씨네 식당도 열심히 깔끔하게 하고 있긴 하지만, 채집자들은 진흙투성이가 되어 돌아오는 일도 있어서 한계가 있는 것이다.

너무 심하면 가게에서 쫓아내 '씻고 와!'라고 소리치지만.

"멋진 곳이니까 따라하고 싶긴 한데……, 내가 할 수 있는 건 화분 정도?"

우리 고객들도 주로 채집자들이니까 이런 분위기를 내긴 힘들겠지.

커튼은 이미 달아주었고, 그림을 장식해도 '이 아티팩트의 효과는 뭐야?'라고 물어볼 것 같다.

"그래도 작은 테이블 정도는 놓아도 괜찮을 것 같은데?"

요즘 로레아가 자주 놀러 오니까.

내가 소재를 사들이기 시작했기 때문에 다르나 씨가 도시로 팔러 갈 필요가 없어져서 마을에 있는 시간이 늘어난 모양이거든.

그만큼 로레아가 가게를 볼 필요가 없어졌기에 우리 가게에 놀러와서 한동안 도시 이야기를 하다가 간다.

게베르크 씨에게 받은 의자가 있긴 한데, 테이블까지 있으면 좀 느긋하게 차 같은 걸 마실 수 있을지도 모르겠다.

앞으로도 계속 놀러 온다면 사도 괜찮을까……?

왕도 이야기가 바닥나면 이제 볼일이 없다면서 놀러 오지 않는 건 아니겠지?

이왕 왔으니 친구 레벨을 올리기 위해서 선물을 사 가야 하나?

하지만 다르나 씨도 이곳에 자주 오는 것 같으니 로레아가 기뻐할 만한 건 없으려나?

"오래 기다리셨습니다."

그런 생각을 하다 보니 점원 언니가 주문한 음식을 가져다주었다.

그리고 그것들을 테이블에 다 올려놓은 다음 방긋 웃으며 고개를 숙였다.

"천천히 있다 가세요."

"아, 네. 감사합니다."

호오. 역시 비쌀 만도 하다. 접객도 정중하네.

기본적으로 '나왔어!'라고 하면서 탁 놓고 가기만 하는 식당과는 다르다.

우리 가게에서도 저런 느낌으로 접객을……, 할 필요가 없겠구나. 손님이 다르니까.

먹자, 먹어.

"이게 얇은 빵을 구운 거구나. 얇긴 하네. 그래도 방금 구운 거라 냄새가 좋아."

홍차와 케이크는 일단 놔두고 처음 먹어보는 얇은 빵을 관찰해보았다.

빵 자체는 딱히 특별한 게 아니었다. 빵을 얇게 펴서 구운 것뿐인가?

오븐이 없는 우리 집에서도 프라이팬이 있으면 만들 수 있을 것 같은 느낌이다.

——아니, 애초에 아직 풍로 자체가 없단 말이지.

"채소하고 치즈, 얇게 썬 고기를 얹었고……, 이 붉은 소스는 좀 특이하네."

반대로 말하자면 소스 말고는 평범하다. 한입 크기로 잘라서 입에 넣었다.

"냠냠……, 응! 맛있다! 구체적으로는 점심밥 두 끼 정도!"

나도 잘 모르겠지만! 그래도 생김새로 상상했던 것보다 맛있다.

치즈의 식감과 소스의 신맛, 거기에 조금 단맛이 채소, 고기와 잘 어울렸다.

부풀다 만 것 같은 빵도 이 요리에는 잘 맞는다.

"이 소스는 토마토에 향신료를 넣은 건가? 음~, 향신료가 어렵겠네."

소스만 낼름 핥으면서 재료를 생각해보았지만, 요리를 자주 하지 않는 내가 만들기는 좀 어려울 것 같다. 마을에서도 먹을 수 있으면 좋을 텐데…….

"응. 가지고 온 소재를 비싸게 팔면, 이곳에서 얻을 수 있는 향신료를 대충 사 가야지."

그리고 치즈도. 마을에서는 얻기가 힘드니까.

홍차(점심밥 한 끼 금액)로 입안을 개운하게 만든 다음, 먹은 것은 케이크였다.

내 돈으로 살 수가 없었으니 오랜만에 먹는 단 과자다.

스승님네 가게에서 쉴 때 내준 과자는 맛있었는데…….

그건 마리아 씨가 만든 거겠지?

요리도 잘하고 과자도 프로급으로 만들다니, 너무 유능해!

"어이쿠, 지금은 그런 것보다 이 케이크를……."

조금 단단한 케이크를 포크로 잘라서 꿀꺽.

약간 묵직하고 쫀득한 타입 케이크. 잔뜩 들어가 있는 과일의 단맛과 신맛이 절묘하다.

마리아 씨가 만든 과자를 먹었을 때처럼 놀랍지는 않지만, 맛있다.

구체적으로는 점심밥 두 끼 정도!

……응, 뭐든 돈으로 비유하지는 말자.

학생 시절에 구두쇠 생활하던 버릇을 없애야지!

"모처럼 멋진 카페에 들어왔으니 느긋하게 즐기자."

가게의 분위기도 음식값에 포함되어 있으니까.

얇은 빵은 와구와구 먹어버렸으니 홍차는 홀짝홀짝, 케이크도 조금씩 먹으면서 느긋하게 우아한 시간을 보낸다……, 점원이 흘겨보지 않을 범위에서.

뭐, 괜찮겠지. 점심시간이 지나서 그런지 이제 줄을 선 사람도 없고?

하지만 먹다 보니 케이크가 없어졌고, 홍차도 완전히 식으니 맛이 없다.

그리고 여기 온 원래 목적은 일 때문이다. 나는 어느 정도 먹고 마신 다음 가게를 나섰다.

"응, 맛있었어. 비싸긴 했지만."

가끔 부리는 사치? 그런 느낌이 드는 가게다.

이제 막 영업을 시작한 연금술사인 내 지갑에는 대미지가 꽤 크다.

"여기를 마음 편히 이용할 수 있을 정도로 돈을 벌어야지!"

나는 '좋았어!'라고 기합을 넣은 다음 돈을 잘 버는 연금술사를 목표로 한 발짝 내디뎠다.

"음. 이 도시에는 연금술사 가게가 두 군데 있지."

그런 부분은 마을에 있는 채집자들을 통해 조사해두었다.

이 마을에 세 군데 있는 문 중 우리 마을에 가까운 쪽 문 근처에 한 군데.

마을 가운데에 있는 광장, 그곳에서 조금 떨어진 곳에 다른 한 군데.

채집자들의 평가로는 양쪽 다 비슷해서 '가까운 쪽을 이용하는 경우가 많다'고 하던데…….

"우선 가까운 쪽으로 가볼까?"

지금 있는 곳에서도 가까우니 우선 그쪽으로 간다.

몇 분 정도 걸어가자 보인 그 가게는 우리 가게와 크기가 거의 비슷했다.

물론 시골과 이 도시를 비교하면 점포의 가격이 전혀 다를 테니 우리 가게처럼 매우 저렴하게 팔지는 않을 것이다. 그런 걸 고려하면, 정석적으로 어떤 가게에서 수행한 다음 독립한 연금술사의 가게일 테고.

음~, 가게 주위가 조금 더러운 것 같긴 한데, 도시에 있으면 원래 이런가?

스승님이라면 분명히 화를 내면서 청소하라고 시킬 텐데.

가게 관찰을 마친 나는 조금 낡은 문을 밀고 안으로 들어
갔다.

"어서 오세요."

가게를 보고 있던 사람은 조금 무뚝뚝해 보이는 서른 살
정도 남자였다.

값어치를 매기려는 듯한 시선이 신경 쓰이긴 하지만……,
일단 상품을 살펴보았다.

기본은 역시 포션이다. 라인업은 우리 가게와 거의 비슷
하네.

아티팩트도 있긴 한데, 숫자도 적고 수준이 높은 건 없다.

우리 가게처럼 주문 생산을 하는 건지, 아니면 연금술사
의 실력이 부족한 건지.

……응, 좋았어! 조금 기합을 넣고 카운터로 갔다.

"저기, 이거 팔고 싶은데요."

"으응? 어디."

내가 카운터에 놓은 것은 병에 넣은 앵거 베어의 심장이
었다.

그것을 들고 눈썹을 움찔거린 점원은 불만스럽게 말했다.

"조금 오래되었고 처리도 잘되지 않았어. 1만 2천 정도
겠군."

호오, 오래되었다고? 그리고 처리가 잘되지 않았어? 호

오, 호오…….

──장난 치는 건가?

나는 마음속에 생긴 불만을 억누르고 다음 소재를 테이블에 놓았다.

"──그런가요? 이건요?"

이번에는 간장인데…….

"이쪽도 마찬가지야. 합쳐서 2만. 알겠지?"

알긴 무슨.

"그런가요? 실례했습니다."

병을 들고 가려던 점원의 손에서 양쪽 다 재빨리 가로챈다음 배낭에 넣었다.

"앗, 이봐! 잠깐만 기다려!"

기다릴 리가 없다. 뒤쪽에서 들리는 잡음을 차단하고 재빨리 가게를 나섰다.

잠시 걸어간 다음, 뒤쪽을 확인.

──역시 쫓아오지는 않는구나.

휴우, 숨을 돌리자.

"양쪽 다 비슷하다던데, 최악의 가게였어. 우리 마을의 채집자 중에서 이용하는 사람은 별로 없겠지만, 일단 주의를 줘야겠는데."

내가 가게를 열었으니 일부러 여기까지 오는 사람은 이제 없겠지만, 바가지를 쓰면 불쌍하니 가르쳐주는 게 좋겠지?

결코 방금 그 점원이 마음에 들지 않아서 괴롭히려는 건 아니거든?

채집자를 위해서 그러는 거예요. 네, 물론이죠.

"아직 저런 연금술사가 있구나. ——혹시 나를 얕본 건가?"

우연히 소재를 얻었다고 생각한 건가?

내가 연금술사라는 걸 알면서도 그런 태도를 보인 거라면 그냥 바보겠지.

조금 겁을 주면 어떻게든 될 거라 생각한 건가?

그 정도로는 박력이 전혀 없었지만.

이웃집에 사는 엘즈 씨 남편은 서 있기만 해도 몇 배는 더 박력이 있으니까.

처음에 소개받았을 때는 나도 모르게 뒷걸음질 쳤고.

실제로는 매우 좋은 사람이지만 밤길에 딱 마주치면 바로 도망치겠지.

"다른 한 군데가 괜찮은 상점이면 좋겠는데. 설마 양쪽 다 '비슷하게' 질이 안 좋은 건 아니겠지?"

나는 조금 우울한 기분으로 다른 쪽 연금술사 가게를 향해 걸어가기 시작했다.

조금 불안해하며 찾아간 다른 쪽 가게.

이쪽이 조금 더 넓었고, 가게 앞도 깔끔하게 청소되어 있었다.

"이쪽은 기대해볼 만하겠는데?"

내 기분도 조금 좋아져서 가벼워진 발걸음으로 가게에 들어갔다.

"어서 오세요."

맞이해준 사람은 마흔 살 정도 되어 보이는 여자.

부드러운 미소를 지으며 인사해주길래 나도 모르게 고개를 숙여 인사했다.

"안녕하세요. 좀 볼게요."

"네, 천천히 보세요."

상품 경향은 비슷한데……, 포션 종류가 조금 더 많나?

조금 특이한 점은 다이어트 약이나 피부 그을림 방지약 같은 것도 있다는 점이었다.

전자는 그렇다 치고, 후자는 마을에서는 안 팔릴 것 같은데.

피부가 그을리는 걸 신경 쓰다가는 농사를 지을 수가 없으니까.

아니, 사실 쓰고 싶을지도 모르겠지만, 매일 밭에 나갈 때마다 약을 바르는 건 농가의 수입으로는 힘들다. 부자들을 위한 상품이지.

아티팩트도 모자나 숄 같은 게 있어서 조금 여성스러운 라인업이었다.

용도에 따라서는 내 가게에서도 팔 수 있을지도 모르겠다.

문제는 디자인이나 기반으로 삼을 물건을 어떻게 마련할 것인가인데.

마을에는 전문 기술자가 없고, 나도 그냥 만드는 게 가능한 수준일 뿐이니까.

그런 쪽 센스에는 별로 자신이 없다.

──좋아, 상품 조사는 이 정도만 해도 되겠지. 이제 상품을 어떻게 사들이는지 보자.

"저기 이걸 사주셨으면 하는데요."

"호오, 뭐지? ……이건, 앵거 베어의 심장이구나. 신선하고 처리도 나쁘지 않아. 12만 정도면 어때?"

"……꽤 높은 가격이네요?"

내가 예상한 것보다 2할은 비싸다.

부당하게 깎으려는 것도 곤란하지만 시가에서 너무 많이 벗어나는 것도 의아한데…….

"요즘에는 좀처럼 얻을 수가 없거든. 너, 연금술사니?"

"네, 요크 마을……, 아시나요? 게르바 록하 산록수해 옆에 있는 마을에서 최근에 가게를 냈는데요."

"와아! 거기서?! 그거 다행이네. 거기 영감님이 가게를 닫은 이후로 좋은 소재가 들어오지 않아서 곤란했거든."

"혹시 그게 가격이 높은 것도 그래서 그런가요?"

"그래. 양이 많이 줄어들었거든. 게다가 이거 바로 처리한 거지? 이 정도 물건은 좀처럼 얻을 수가 없으니까."

운 좋게 마을 근처에서 쓰러뜨리지 않는 한, 이런 품질은 나올 수가 없으니까.

그리고 품질, 다시 말해 내 기술을 평가해주니 조금 기쁘다.

"너, 어린데 실력이 좋구나. 어디서 수행했니?"

"……스승님을 물어보시는 거라면 오필리아 밀리스인

데요.”

오랜만에 말한 스승님의 본명을 듣고 점원분이 눈을 동그랗게 뜨며 일어섰다.

“뭐?! 오필리아 밀리스라면, 그 오필리아 님?”

“아마도요? 마스터 클래스인 그 사람요.”

“정말? 그 사람의 제자가 이런 변경에?”

수상쩍긴 하겠지만, 거짓말이 아니니까.

제자로서 작별 선물도 받았고, 가르침을 받은 것도 사실이다.

일반적인 독립과는 좀 다르지만, ‘졸업해서 바로 가게를 냈다’고 하면 조금 안 좋게 보일 수 있으니 이 정도는 말해도 문제없겠지?

“네, 뭐. ‘가게를 줄 테니까 희귀한 소재를 보내라’고 하셔서요. 그리고 ‘수행하기에도 딱 좋다’고⋯⋯.”

“음~, 역시 마스터 클래스 스승님이야. 꽤 엄하시구나.”

내가 한 말을 듣고 점원분이 끙끙대며 쓴웃음을 지었다.

하긴, 이 말만 들으면 변경 마을로 내쫓은 것처럼 느껴지겠구나.

“아, 아뇨. 제가 원하기도 해서요.”

“어린 데도 향상심이 강하구나! 마음에 들었어!”

“하하하⋯⋯.”

설마 그런 시골에 가게를 낼 줄은 몰랐지만요.

내가 원한 건 그냥 어딘가 가게에 취직하는 거였으니까.

"나는 레오노라야. 이 가게의 점장이지. 너는?"

"아, 네, 사라사예요. 앞으로 잘 부탁드립니다."

"나야말로 잘 부탁해. 사라사처럼 실력이 좋은 연금술사가 있으니 채집자도 더 늘어나지 않을까?"

"아하하, 그렇게 되면 좋겠는데요."

연금 소재 중에는 채집한 다음 바로 처리할 필요가 있는 것도 많기 때문에 만약 근처에 연금술사가 없다면 품질이 크게 떨어지거나 가치가 아예 없어질 수도 있다.

마을에서 여기까지 걸어서 오면 며칠이 걸린다. 그만큼 시간이 지나면 품질이 열화되는 건 어쩔 수 없고, 사들이는 가격도 푼돈에 불과하다. 그 결과, 채집자들도 마을을 떠나갈 것이다.

"처음에는 좀 힘들지도 모르겠지만, 어떻게든 될 거야. ──그립네. 나도 독립해서 가게를 냈을 때는 날마다 줄어드는 저금을 보고 불안했거든. 사라사도 뭔가 곤란한 일이 생기면 이야기를 들어줄게. 할 수 있는 범위 내에서 도와줄 테니까."

"감사합니다."

"뭐, 이 심장을 판다면 문제가 없을지도 모르지. 심장을 가져온 걸 보니 다른 부위도 있는 거지?"

"네, 눈알은 하나밖에 없지만요."

내가 다른 앵거 베어의 소재와 따로 사들인 소재까지 합쳐서 카운터에 올려놓자 레오노라 씨는 하나씩 꼼꼼하게 살펴보고 고개를 끄덕였다.

"응, 전부 다 잘 처리했구나. ──그 배낭도 꽤 좋은 것 같은데."

"네, 스승님께서 주신 작별 선물이에요."

자랑스러운 물건이죠.

물론 팔진 않을 거라고요?

"역시 마스터 클래스야. 내가 만드는 것과는 수준이 다르구나. 이것들을 전부 팔려는 거지?"

"네. 그리고 몇 가지 사 가고 싶은 소재가 있는데……."

내가 메모지를 건네자 레오노라 씨는 '잠깐만 기다려'라고 말한 뒤 안쪽으로 들어가서 그것들을 전부 모아 가져다주었다.

그것들의 가격과 내가 판 소재의 가격을 계산하고 최종적으로 내가 받은 돈은 대충 38만 레어 정도. 예상했던 것보다 앵거 베어의 소재를 비싸게 팔 수 있었다.

"레오노라 씨, 솔직히 덕분에 살았어요."

"응? 뭐가? 오히려 나한테 더 도움이 되는 것 같은데."

내가 판 소재를 카운터 안쪽 선반에 넣고 있던 레오노라 씨가 돌아서서 내 얼굴을 보고 의아하다는 듯이 고개를 갸웃거렸다.

"이 도시의 연금술사 가게는 양쪽 다 비슷하다고 들어서 먼저 다른 쪽 가게에 들렀는데요……."

"아, 그 녀석 가게 말이구나. 어땠어?"

"심장 가격이 1만 2천이라고 했어요."

흥미로워하는 표정을 짓는 레오노라 씨에게 내가 쓴웃음을 지으며 그렇게 말하자 그녀는 크게 웃음을 터뜨렸다.

"아하하하하, 진짜 답이 없는 녀석이네!"

"웃을 일이 아니라고요. 이쪽 가게도 마찬가지였다면 다른 도시까지 갈 뻔했어요."

"하하하, 말리진 않겠지만, 꽤 멀거든? 앵거 베어 소재가 있다면 한꺼번에 스승님께 보내는 게 그나마 나을지도 모르지."

"네, 여기가 몹쓸 곳이라면 그럴까 하는 생각도 했죠."

스승님이 희귀한 소재를 보내라고 했으니까.

이 정도 품질 앵거 베어라면 뭐, 합격점은 받을 수 있을 것이다.

"같은 업계 사람 험담은 별로 하고 싶지 않지만, 소문을 듣자 하니 조금 악질이라는 모양이던데."

"조금요? 시가로 쳐도 절반 이하인데요?"

"그 녀석은 사람을 보거든. 사라사라면 속일 수 있을 거라 생각한 거 아닐까?"

"'보기만' 하고 '보는 눈'은 없는 것 같네요."

내가 실망스러운 표정을 지으며 어깨를 으쓱이자 레오노라 씨는 다시 즐겁게 웃었다.

"그 말이 딱 맞네! 아하하. 덕분에 내가 좋은 소재를 얻을 수 있게 되었으니 나로서는 보는 눈이 없는 그 녀석에게 건

배를 해야지."

"뭐, 그쪽하고 이제 거래할 일도 없으니까 상관없는데요.
앞으로 제 대리로 다른 사람이 소재를 거래하러 와도 괜찮
을까요?"

"아, 멀긴 하지. 연금술사 본인이 매번 오긴 힘든가? 물론
적당한 가격으로 거래하도록 할게. 함께 잘해보자."

나는 그녀가 방긋 웃으며 내민 손을 잡고 안심했다.

교섭을 하려면 내가 오는 게 더 낫겠지만 가게를 자주 비
울 수는 없으니, 다르나 씨에게 대리를 부탁할 수 있으면 꽤
편해질 것이다.

"그런데 그 마을로 오가는 승합 마차는 없었던 것 같은데,
말이라도 가지고 있니?"

"아, 아뇨. 걸어서 왔어요. 한나절은 걸리긴 하지만, 말보
다 빠르니까요. ──뭐, 말을 살 여유도 없지만요."

말은 비싼 데다 키우는데 비용과 수고가 든다.

그리고 일반적으로 파는 말은 내가 뛰어가는 것보다 느리
니까……

스승님에게 받은 배낭이 없었다면 짐을 옮기는 데 필요했
을지도 모르겠지만.

"아, 그렇구나……. 응? 아니, 아니, 한나절 거리가 아니
잖니?!"

"물론 신체 강화를 써서요. 저는 잘 못 쓰는 편이니까 두
시간마다 휴식을 취하면서 오는 거죠."

포션을 써도 지금은 그게 한계다. 적어도 지금의 두 배 정도 유지할 수 있게 되면 당일치기로 오가는 것도 염두에 둘 수 있을 것 같은데, 지금은 중간에 해가 져버리니까.

비교적 안전한 지역이라고는 해도 혼자 밤에 가도를 달리는 상황은 피하고 싶다.

"아니, 아니. 그것도 이상하거든? 애초에 신체 강화 같은 건 몇 시간이나 걸 수 있는 게 아니잖아."

"네? 스승님은 아무렇지도 않게 종일 쓰던데요? 연성하면서."

"마스터 클래스하고 비교하지 마! 보통은 몇십 초, 길어도 몇 분 정도밖에 못 써. 다른 작업을 하면서 신체 강화 마력 조작을 계속 진행하다니, 무슨 집중력이 그래……."

레오노라 씨가 어이없어하는 눈초리로 바라보았기에 나는 고개를 갸웃거렸다.

으음, 아무래도 잘 못 쓴다고 생각했던 신체 강화가 일반적으로는 꽤 잘하는 부류에 드는 것 같은데?

"익숙해지면 꽤 무의식적으로 할 수 있게 되는데요……. 물론 피곤하니까 쉴 필요는 있지만요."

"너도 오필리아 님께서 제자로 삼을 만한 아이라는 거구나."

"그래도 저는 애초에 신체능력이 미묘하니까……, 체격이 좀 더 컸다면 좋았을 텐데요. 요즘에는 어느 정도 단련하고 있긴 한데."

흐읍, 그렇게 힘을 주며 팔을 구부렸지만 알통 같은 건 나오지 않았다.

말랑말랑하다. 성과가 전혀 나오지 않는다.

아침저녁으로 하는 체조만으로는 역시 부족한가?

"어어~~? 모처럼 귀여운데!! 너무 우락부락해지면 아까워!"

"아니, 아무리 그래도 우락부락해질 것 같진 않은데요. 조금이나마 기본 능력을 올리면 편해질 것 같으니까요."

"뭐……, 사라사는 아무리 봐도 공부밖에 안 했어요 같은 느낌이니까."

네, 맞아요. 실습 말고는 야외 활동 같은 건 거의 안 했으니까요.

도서관에 틀어박혀서 공부만 했어요.

그에 비해 레오노라 씨는 몸집이 좀 크고 꽤 다부진 체격인 것 같다.

"레오노라 씨는 많이 단련하셨나요?"

"그렇지. 신인 시절에는 직접 소재를 채집하러 간 적도 있었어. 아, 사라사는 그러지 않는 게 좋을 거야. 대수해는 초보가 들어갈 만한 곳이 아니니까."

"저도 알아요~. 학교 실습 때 간 숲에서도 힘들었으니까."

그런데 직접 채집하러 가다니, 레오노라 씨는 정말 활동적인 것 같다.

내가 직접 채집하러 가지 않는다 해도 역시 어느 정도는 단련하는 게 나으려나?

학교 수업 때는 했었는데, 요즘은 게을리했던 것 같으니까.

"——아, 다른 이야기인데요. 이곳에서 안심하고 머물 수 있는 여관 아시나요?"

"오늘은 자고 갈 생각이구나? 음~, 그러면 우리 집에서 잘래? 방도 있는데."

잠시 생각하고는 위층을 손가락으로 가리키는 레오노라 씨.

우리 가게처럼 점포 겸 주택이고 손님 방도 있다는 건가?

"저기……, 그래도 되나요?"

"남자라면 재워주지 않겠지만, 사라사는 여자애니까. 앞으로 거래처가 될 테니 상관없어. 공짜로 재워줄게."

"저야 좋긴 한데요……."

"그렇게 신경 쓰이면 내가 너희 마을에 갔을 때 재워줘."

"오실 예정이 있나요? 저희 마을에."

"당장은 없네."

그리고 분명 나중에도 없을 것이다.

내가 소재를 사들이고 있으니 딱히 그녀가 소재를 사러 올 필요도 없으니까.

그래도 모처럼 그렇게 말해주었으니 호의를 받아들여야겠다. 세상 물정을 잘 모르는 내가 고른 여관보다 분명히 안전할 테니까.

"감사합니다. 그럼 신세 좀 질게요."

"괜찮아, 괜찮아. 후배를 도와주는 것 정도는 아무것도 아니니까. 그리고 오필리아 님 이야기도 듣고 싶고."

결국 그날은 레오노라 씨네 가게에서 머무르며 이 도시 이야기를 듣거나 스승님 이야기를 하면서 시간을 보냈다.

　내가 점심 식사한 가게에 대해서도 물어보았는데, 평판이 꽤 좋은 가게였는지 레오노라 씨도 '그곳은 추천할 만해'라고 했다.

　하지만 돈을 좀 쓰면 더 좋은 가게도 있는 모양이라 '기회가 생기면 데리고 가줄게'라고도 했다.

　돈을 내주겠다는 건가요?

　저는 그런 고급 가게에 갈 만한 여유가 없거든요?

　……응, 레오노라 씨하고는 사이좋게 지내자.

　맛있는 식사를 위해서!

　아니, 그게 아니지.

　가까운 곳에 있는 연금술사로서 서로 협력할 수 있게끔!

　밥을 사주는 걸 기대하는 건 아니거든요? 네, 전혀요.

　다음 날 아침, 레오노라 씨네 가게를 일찍 나선 나는 아침 시장에서 치즈와 향신료, 그리고 봐두었던 맛있어 보이는 것들을 산 다음 가벼운 발걸음으로 마을을 향해 뛰어가기 시작했다.

　솔직히 예상했던 것보다 더 비싸게 팔았기 때문에 발걸음도 가볍고 마음도 가볍다. 그리고 지갑은 무겁다.

　더할 나위가 없지!

그렇게 내 마음이 가벼워서 그랬는지, 마을에 도착한 것은 점심시간이 되기도 전이었다.

아침 시장에서 시간을 들인 걸 생각하면 확실히 갈 때보다 빨랐다.

모처럼 일찍 도착했으니 손님이 올지는 모르겠지만 일단 가게를 열었다.

"맞아, 맞아. 전단지를 만들어볼까?"

태도가 불량했던 그 연금술사에게 바가지를 쓸 위험이 있다는 걸 알려야겠다.

절대 복수하거나 원한이 있어서 그런 건 아니거든?

손님을 위해서 도움이 되는 정보를 주려는 거야.

"그런데 전단지를 붙이려면 게시판도 필요하겠구나."

벽에 직접 붙여도 되겠지만, 왠지 분위기가 별로다.

그 카페 정도까지는 아니더라도 내가 생각하는 이상적인 가게로 만들어가고 싶다.

분위기가 좋은 가게라는 것뿐이고, 딱히 확실하게 생각한 건 아니지만.

"항상 그랬듯이 게베르크 씨에게 부탁할까?"

간판을 봐도 알 수 있듯이 게베르크 씨의 능력은 기술만이 아니라 디자인 면에서도 트집을 잡을 데가 없을 정도로 매우 훌륭하다.

'가게의 분위기에 맞춰서'라고만 해도 분명히 좋은 느낌으로 만들어줄 게 분명하다고! ──그렇겠지?

"그리고 이왕 주문하는 김에 작은 테이블, 침대도……, 두 개 부탁할까?"

두 개가 있으면 레오노라 씨 말고 다른 일행이 있어도 자고 갈 수 있을 테니까.

마을에 올 가능성은 낮은 것 같지만, 만약 왔을 때 '침대가 없어요'라고 하면 너무 미안하다. 나는 침대와 이불을 빌려서 잤는데.

"이불도 만들어둬야겠네. 솜은 있고, 슬프지만 환경조절포가 팔리지 않았으니 그걸 쓰면 되겠지."

다르나 씨에게 보답으로 받은 솜이 남아있으니 이불 두 세트 정도는 만들 수 있다.

모처럼 만드는 거니까 방마다 이불하고 커튼을 분홍색하고 연두색으로 맞출까?

내 방 커튼도 지금은 분홍색이지만 이불하고 맞춰서 하늘색으로 바꾸고…….

코디네이트야, 코디네이트.

디자인 같은 걸 거들떠보지도 않고 싼 것만 사던 시절의 내가 아니라고!

"우후후후, 왠지 즐거워지는데!"

"저기~~, 사라사 씨?"

내가 그런 상상을 하고 있자니 약간 머뭇거리는 목소리와 함께 어깨를 두드리는 사람이 있었다.

돌아보자 그곳에 조금 곤란한 듯한 표정을 짓고 있는 로레아가 있었다.

"헉?! 로, 로레아. 어느새!"

"아뇨, 말을 건 다음에 들어왔는데요."

눈치채지 못했다. 방범 목적으로 문을 열면 소리가 나는 장치라도——, 말을 걸었는데 눈치채지 못했으니 의미가 없나?

껄끄러운 미소를 짓는 나를 보고 로레아는 신경 쓰지 않는다는 듯이 방긋 웃었다.

"어서 오세요. 일찍 오셨네요?"

"으, 응. 일이 잘 마무리되었거든. 아, 선물 있어. 먹을래?"

일하러 간 건데 비싼 선물을 사긴 좀 그럴 것 같았기에 이 마을에서는 볼 수가 없는 과일을 아침 시장에서 사두었다.

조금 단단한 녹색 껍질로 덮여 있는 5센티미터 정도의 구형 과일이었고, 겉으로 보기에는 별로 맛이 없을 것 같지만, 시험 삼아 먹어보니 과육이 정말 달았단 말이지.

"와아, 감사합니다."

그냥 껍질을 벗기긴 힘들기 때문에 나이프로 칼집을 넣어서 건넸다.

나도 내 과일 껍질을 벗겨서 한입.

음~, 달다. 이게 열다섯 개에 100레어(흥정 결과).

매일 먹기에는 조금 사치스러울지도 모르겠지만, 가끔 사러 가는 정도라면 괜찮겠지?

"맛있다~. 오랜만에 먹었어요. 가아끔~, 아버지가 선물로 사 오시는데요, 진짜 가끔 사 오시거든요."

로레아는 방긋방긋 웃으며 과일을 입에 넣고는 기분 좋은 표정을 짓고 있었다.

기쁘게 먹어주니 나도 사온 보람이 있네.

"그런데 사라사 씨, 아까는 왜 그러셨어요? 왠지 기뻐 보이시던데."

"아, 아, 그거? 별거 아닌데? 그냥 이불하고 커튼을 두 세트 정도 만들까 생각하고 있었어."

"왜요? 파시려고요?"

"아니, 누가 자러 와도 괜찮게끔 침실을 쓸 수 있게 해둘까 해서. 저 천도 안 팔리니까."

나는 살짝 쓴웃음을 지으며 선반 위에 자리 잡고 있는 환경조절포를 손가락으로 가리켰다.

"그 쾌적함을 알아버리면 욕심이 날 텐데, 꽤 비싸니까요."

이 마을의 평균적인 가정에서는 일반적인 솜이불도 가족들 숫자만큼 갖추고 있는 가정이 별로 없다고 한다.

환경조절포라면 시트 하나만 해도 솜이불 이상의 효과가 있지만, 일반적인 이불 한 세트보다 비싸니 안 팔릴 만도 하겠지.

"누가 자러 올 예정이 있나요?"

"아니, 없는데……. 없긴 한데, 온다고 해서 바로 마련할 수 있는 게 아니잖아, 침대나 이불 같은 건."

"그건 그렇네요. 이 마을에서는 주문받은 다음에 만드니까요. ……제가 도와드릴까요? 혼자서 만들면 힘들잖아요."

"그래도 돼? 가게 일은 안 도와드려도 되고?"

"괜찮아요! 지금은 가게에 부모님이 계시고, 저희 집에는 밭 같은 것도 없으니까요."

정확히는 텃밭이라서 일부러 로레아가 도울 필요도 없다고 한다.

농가 아이라면 '시간이 나면 도와라'라는 게 보통이고, 장사하는 집에서도 마찬가지다. 하지만 잡화점 일은 기본적으로 가게를 보는 것뿐이다. 부모님이 계시면 할 일이 없다.

그 대신, 부모님이 물건을 사러 간 동안에는 계속 가게를 봐야 하는 모양이지만.

"도와주면 고맙지. 보답이라고 하긴 뭐하지만, 디랄 씨네 식당에서 점심 식사를 좋아하는 걸로 주문해도 돼. 무제한으로."

내가 보기에는 디랄 씨네 식당은 꽤 저렴한 가게지만, 마을 아이들이 마음대로 주문할 수 있을 정도로 싸진 않다. 그래서 그런지 '무제한'은 성장기인 로레아에게 충분히 매력적인 보수인 모양이었다.

"사라사 씨, 어서 가요!"

기쁜 듯이 내 손을 잡아당기는 로레아를 따라나선 나는 가게 앞의 팻말을 '점심시간'으로 바꾸어놓았다.

◇ ◇ ◇

아무리 성장기라 해도 여자애가 먹는 양은 뻔하다.

내 몫까지 포함해도 평소의 세 배 정도밖에 안 되는 돈을 내고 가게로 돌아온 우리는 가게 앞의 팻말을 '초인종 모드'로 전환하고 내 방으로 이동했다.

"로레아는 이불 커버 쪽을 부탁해도 될까?"

"네! 두 번째니까 좀 더 잘할 수 있을 거예요!"

"저번에도 충분히 잘했으니까 괜찮아."

솜의 형태를 잡는 건 이번에도 내가 맡고, 커튼 쪽은 방법을 가르쳐주면서 함께 꿰맸다.

솔직히 커튼에 환경조절포를 쓰는 건 아깝지만, 다시 염색하는 것도 수고가 드니까 큰마음 먹고 쓰자. ……어차피 팔리지도 않으니까.

우리는 적당히 잡담하거나 중간에 차를 마시기도 하면서 느긋하게 작업을 해나갔다.

정신을 차리고 보니 바깥이 조금 어두워지기 시작하고 있었다.

"로레아, 슬슬 어두워지는 것 같은데 괜찮아?"

"음, 어떻게 하죠? 모처럼 시작했으니 완성하고 싶은데요……."

작업은 절반 이상 끝났지만, 조금만 더 열심히 하면 끝날 정도는 아니었다.

"음~, 혹시 생각 있으면 자고 갈래? 저녁 식사를 대접하는 것 정도밖에 못 하겠지만."

"그래도 되나요?! 그럼 아버지에게 말하고 올게요!"

로레아는 그렇게 말하자마자 바로 일어서서 달려가 버렸다.

"……어머나."

역시 친구 집에서 자는 건 즐거운 건가? 나는 경험이 없지만.

오늘은 도와주었으니 보답으로 뭔가 맛있는 거라도 대접해주고 싶은데, 나는 마리아 씨와는 달리 과자 같은 걸 만들 수가 없으니…….

사우스 스트러그에서 사 온 과일이나 치즈 정도?

디랄 씨네 가게에 좀 좋은 재료를 가져가서 만들어달라고 할까?

"돌아왔어요!"

──그렇게 생각하던 동안에 로레아가 돌아왔다.

빠르다. 얼굴이 조금 빨갛고 숨을 헐떡이고 있는 걸 보니 계속 달려왔을지도 모르겠다.

"어서 와. 저기, 로레아, 저녁 식사 말인데──."

"아. 저녁 식사를 하고 오는 게 나았을까요……?"

기쁜 듯한 표정이 단숨에 어두워진 로레아를 보고 나는 허둥대며 고개를 저었다.

"아니! 그건 내가 대접할게. 할 건데, 또 디랄 씨네 가게에서 먹어도 될까? 내가 '대접'하는 건 아니지만."

193

"네! 물론이죠! 디랄 씨 요리라면 충분해요."

"그렇구나. 그럼 밤이니까 포장해달라고 할게. 잠깐만 기다려."

취한 사람이 많은 밤 시간대 식당은 아이들이 갈 만한 곳이 아니다.

"아, 제가 갈까요?"

"괜찮아, 로레아는 쉬고 있어. 좀 지쳤지?"

"아, 아하하……."

쑥스러운 듯이 웃으며 볼을 붉히는 로레아에게 집을 봐달라고 하고 나는 조금 신기한──, 이 마을에서는 얻기 힘든 식재료를 들고 디랄 씨에게 갔다.

그 재료를 써서 만든 요리를 디랄 씨(정확히 말하자면 남편인 더들리 씨)에게 만들어달라고 해서 가지고 돌아오자 로레아는 기특하게도 작업을 계속하고 있었다.

"다녀왔어, 로레아. 밥 먹을까? 따뜻할 때가 더 맛있으니까."

"아, 네……, 와아, 맛있을 것 같아요!"

작업하던 손을 멈춘 로레아가 조금 신기한 요리를 보고 미소를 지었다.

소재를 적당히 가져다주었는데 확실하게 맛있을 것 같은 요리를 만들어주다니, 더들리 씨는 요리를 꽤 잘한단 말이지.

"그럼 먹을까?"

"네! 잘 먹겠습니다!"

모양처럼 맛이 있는 요리를 먹고 디저트로 과일까지 해치운 우리는 다시 이불을 만들기 시작했다. 영양을 보급한 덕분인지 몇 시간 정도만에 이불이 완성되었다.

이제 자기만 하면 되는데…….

"로레아, 목욕할 거지?"

"그래도 되나요?! 목욕탕 같은 건 촌장님네 집에도 없는데요?"

"응, 물론이지. 연금술사에게 목욕은 필수거든."

"그, 그럼 할게요!"

물어보니 로레아는 지금까지 목욕탕에서 목욕을 해본 적이 없는 모양이었다.

음~, 뭐 일반적인 서민은 그럴지도 모르겠다.

나는 부모님이 큰 거래를 하기 전에는 꼭 목욕해서 경험이 있지만.

아버지가 말하기로는 '몸을 깨끗하게 하지 않으면 성공할 거래도 실패한다'던데.

그 이후로 부모님을 여의고 고아원에 간 뒤로는 당연히 목욕 같은 건 하지 못했다.

그 뒤로 목욕을 할 수 있게 된 건 학교 기숙사에 들어갔을 때다.

그것도 며칠에 한 번 정도였지만.

그 대신, 스승님네 가게에서는 거의 매일 할 수 있었다.

포션을 만들 때도 필요하니까.

"좋았어! 그럼 로레아는 목욕을 즐겨야지. 준비하고 올 테니까 조금만 기다려!"

로레아에게 기다리라고 한 다음, 나는 목욕탕으로 갔다.

아직 목욕 관련 아티팩트를 만들지 않았기 때문에 마법으로 물을 만들고 끓였다.

마력이 필요하긴 하지만, 작업 자체는 매우 간단하다. 금방 준비를 마치고 돌아왔다.

"됐어, 로레아. 들어와도 돼!"

내가 방긋 웃으며 그렇게 말하자 로레아는 당황한 표정을 지었다.

"저, 저기……, 사라사 씨. 같이 하면 안 될까요? 조금 불안해서……."

다른 사람 집, 그것도 처음 해보는 목욕이라 무슨 심정인지는 이해가 될 것 같다.

"아~, 그렇구나. 그래도 괜찮아? 내가 같이해도?"

"네, 물론이죠. 오히려 그러는 게 더 안심돼요."

나는 기숙사 생활을 하면서 다른 사람과 함께 목욕하는데 익숙해졌다. 하지만 로레아는……, 그렇게 생각했는데 괜한 걱정이었던 모양이다.

"그렇구나. 그럼 같이하자!"

"흐이~~, 역시 목욕탕은 좋다니까."

"네, 따뜻해요."

우리는 둘이서 나란히, 느긋하게, 편하게 탕에 몸을 담 갔다.

아티팩트를 만들거나 다른 용도로 쓰는 것까지 고려했는 지 꽤 넓단 말이지, 우리 집 목욕탕.

그래도 이렇게 여유가 있으니 로레아의 온몸이 내 시야에 들어오고.

──응, 발육 상태, 좋네. 나보다 연하인데.

어? 저게 표준인가? 나와 비교하니까 좋아 보이는 것뿐 이고?

난 그런 현실은 모른다. 알고 싶지도 않아.

아니, 뭐, 냉정하게 보면 별로 차이는 없지만, 나보다 연 하라는 사실을 감안하면……, 으으.

"사라사 씨, 왜 그러세요?"

"아, 아니! 아무것도 아니야!"

너무 노골적으로 봐서 그런지 조금 의아해하는 로레아를 보고 나는 허둥대며 고개를 저은 다음 천천히 어깨까지 몸 을 담그고 눈을 감았다.

"휴우……, 목욕탕은 좋네요. 도시에서는 이런 걸 다들 쓰 나요?"

"그렇진 않아. 자기 집에 목욕탕이 있는 건 부자들뿐이지. 그리고 연금술사나 일 때문에 필요한 사람들 정도?"

"그런가요?"

"그래요. 그런데 로레아, 이 목욕탕이 마음에 들었으면 언제든 와도 돼. 나는 매일 하니가. ……어라? 로레아?"

대답하지 않길래 눈을 뜨고 로레아가 있는 쪽을 보니──.

"흐에에~, 사, 사라사 씨이……, 눈이 돌아가는 것 같아요~."

"뭐어?!"

로레아가 목욕탕 가장자리에 몸을 기대고 축 늘어져 있었다.

어, 어째서? 열이 올랐나? 아직 시간이 별로 안 지났는데?

"왜, 왜 그래? 몸이 안 좋아?"

"아니요오~, 왠지이, 둥실둥실해서어, 비틀비틀……, 으헤헤."

말투가 이상해진 로레아를 부축하면서 얼굴을 보니 완전히 빨개졌고, 동공도 열렸고, 입가도 늘어졌……, 앗!

"설마 마력 멀미?!"

"마력 멀미이~?"

마력 농도가 높은 곳에 오랫동안 머무르거나 회복마법을 지나치게 많이 사용했을 때 같은 경우에 몸속의 마력이 평소보다 대폭 늘어나서 발생하는 상태.

증상은 지금 로레아처럼 몸이 달아오르거나, 머리가 어지러운 정도에 그치기 때문에 별로 해롭진 않다. 해롭진 않지만──.

"이거, 목욕탕 때문이야!"

내가 마법으로 물을 만들고 마법으로 끓인 이 목욕탕.

당연히 이 안에는 내 마력이 잔뜩 들어있고.

시간이 지나면 빠질 마력도 이번에는 끓인 다음에 바로 들어왔으니 그 마력을 로레아가 빨아들인 형태가 되어서…….

"아니, 그런 생각을 하고 있을 때가 아니지!"

나는 신체 강화를 써서 로레아를 안아 들고 급하게 목욕탕에서 나왔다.

"흐아아~, 사라사 씨이, 힘이 세시네요오~. 에헤헤."

"그래, 그래. 몸을 닦아줄게."

왠지 기쁜 듯이 나를 끌어안는 로레아를 수건 위에 내리고 잠옷을 입혔다. 그리고 바로 내 침대로 데려갔다.

마력을 빼내려면 평범한 곳에서 쉬는 게 가장 간단하고 안전하다.

그리고 내 침구에는 환경조절포를 썼기 때문에 마력을 흡수하기에 딱 좋다.

"로레아, 오늘은 바로 자자."

"알겠어요오~. 사라사 씨는 안 주무시나요오?"

"나도 잘 거야. 음……, 바닥에서 자면 되려나?"

빈방이 몇 군데 있긴 하지만, 로레아의 상황을 지켜봐야 할 것 같다.

"네~? 같이 자요오. 모처럼 자러 왔는데에."

"어……, 뭐, 괜찮겠지."

손을 잡아당기는 로레아를 보고 나도 옆에 누웠다.

다행히 게베르크 씨에게 받은 침대는 덩치가 큰 채집자도 잘 수 있는 크기였다.

몸집이 작은 우리 두 명이 누워도 좁지 않았고, 환경조절 포 덕분에 이불 속은 쾌적하다.

이 정도라면 한여름에도 파트너와 함께 잘 수 있겠네! 내 파트너는 없지만!

"에헤헤, 안녕히 주무세요오."

"그래, 잘 자."

여전히 말투가 이상한 로레아를 툭툭 두드리며 재우고 나도 눈을 감았다.

며칠 뒤, 게베르크 씨에게 부탁했던 침대와 테이블, 그리고 게시판이 왔다.

항상 그렇지만 가게 분위기에 잘 맞고 느낌이 괜찮게 나왔다.

바로 벽에 걸고 미리 만들어두었던 주의사항 전단지를 딱 붙였다.

공간이 아직 많이 남았는데, 뭘 붙이지……?

"안녕~~."

내가 게시판을 바라보며 그렇게 생각하고 있자니 문이 철 컥 열렸고, 가벼운 인사를 하며 비교적 단골인 안드레 씨가 들어왔다.

"안드레 씨, 어서 오세요."

"그래, 저번에는 진짜 고마웠어. 덕분에 짭짤하게 벌었다고. 이건 포션 빈 병이야."

안드레 씨가 카운터에 팔꿈치를 괴고 텅 빈 초급 생채기약 빈 병을 늘어놓았다.

약간 베인 상처에만 효과가 있는 초급 생채기약이긴 하지만, 크게 다칠 일은 별로 없기 때문에 제일 수요가 많은 게 이 약이다.

"아뇨, 저도 도움이 많이 되었어요. 함부로 해체하면 가치가 없어지니까요. 포션은 같은 거로 드리면 되나요?"

"그래. 그걸로 줘. 그 포션, 정말 좋아. 지금까지는 마음 편히 쓰지 못해서 상처가 끊임없이 생기곤 했으니까."

지금까지는 상처가 너무 심한 경우가 아니면 저절로 낫게 두는 게 기본이었고, 행동에 지장이 생길 때만 포션을 썼던 모양이었다.

하지만 심하지 않은 상처도 아픈 건 마찬가지고, 영향이 전혀 없을 수도 없다.

그런 상처도 지금은 매번 제대로 치료한 다음 행동할 수 있게 되었다고 한다.

"여러분께서 채집을 많이 해주시면 제게도 이익이 되니까요."

"아니, 아니, 그래도 이렇게 싸게 주는 곳은 없으니까.

──응? 이건 뭐야?"

바로 게시판을 눈치챈 것 같다.

좋았어, 은근히 밀어붙여 봐야지.

"아, 그건 오늘 설치했어요. 알림판? 같은 거로요."

"호오……, 주의사항? ──그 연금술사가 그런 녀석이었어?"

"제가 갔을 때는 그렇게 대하더라고요. 어린 여자애라고 해서 얕봤는지."

내가 붙인 주의사항 전단지를 보고 인상을 쓰고 있는 안드레 씨.

전단지에는 바가지를 쓰지 않게끔 조심하라는 내용만 적어두었다.

구체적으로는 '가게 두 곳에 같은 소재를 가지고 가보았는데 사들이는 가격에 열 배 차이가 났다'는 것뿐이다.

물론 어느 쪽이 비싸게 쳐주고 어느 쪽이 싸게 사들이려 했는지도 확실하게 적어두었다.

"아무리 그래도 열 배는 너무 심하군. 우리 같은 경우에는 '상했다'라고 해도 알아볼 수가 없으니까."

"진짜 딱 그렇게 말하더라고요."

나는 내 처리 능력에 자신이 있고, 품질 판정도 할 수 있어서 바로 가게에서 나왔지만, 채집자들은 이것저것 지적하더라도 그게 맞는 말인지 알 수가 없으니 더 악질이다.

"사라사가 연금술사라는 걸 몰랐구나! 하하하, 말도 안 되는 녀석이군. 이 가게가 있으니까 팔러 갈 일도 없겠지만, 기억해둘게."

네, 부디 기억하시고 널리 퍼뜨려 주세요.

후후후, 악덕 연금술사 가게 따위는 망해버려!

——어이쿠, 나도 모르게 진심이 나왔네.

아니, 그래도 실제로 같은 업계에 그런 사람이 있으면 폐가 되니까.

연금술사의 평판이 떨어지면 나까지 포함해서 다른 연금술사들이 피해를 입게 된다.

"그래도 사라사가 와줘서 우리 같은 채집자들은 정말 도움이 되거든? 벌이가 두 배는 늘었으니까! 뭐, 그만큼 요즘에는 경쟁상대도 늘어난 것 같지만."

"아~, 역시 채집자분들이 늘어났나요? 마을의 일원으로서는 활기가 생겨서 좋긴 한데……."

"아니, 나도 그건 괜찮다고 생각하거든? 그런데 말이지, 미묘하게 풋내기 같은 녀석들도 있어서."

팔짱을 끼고 조금 곤란하다는 듯이 끙끙대는 안드레 씨를 보고 나도 비슷한 생각을 했다.

이 숲은 사실 대수해라고 불릴 만큼 꽤 위험하거든.

적어도 아무것도 모르는 사람이 '잠깐 들어가서 돈을 벌자'라고 생각하면 목숨을 잃게 될 정도로.

내 가게에 오는 사람도 처음에는 베테랑들뿐이었는데, 최근에는 조금 어리숙해 보이는 사람도 오게 되었고……,

뭐, 무리하다가 죽어버리는 것도 채집자 자신의 책임이니까. 다른 사람들에게 폐를 끼치지만 않는다면 뭐라고 할 순 없지.

"일단 조금 신경 써주고 있긴 한데, 젊은 녀석 중에는 반발하는 녀석도 많아서……."

"힘드시겠네요, 베테랑도."

"뭐, 우리도 그런 시절이 있었으니까. 사라사도 혹시나 무슨 일이 생기면 부탁할게. 할 수 있는 범위로만 도와줘도 되니까."

"알겠어요. 이 마을에는 의사가 없으니까요."

다친 사람이나 병에 걸린 사람이 생겼을 때 나서는 것도 연금술사의 역할이다. 그가 말한 대로 '할 수 있는 범위' 안에서지만, 대처해야만 한다.

너무 까다로운 판단은 하고 싶지 않으니 그런 '혹시나' 같은 상황은 일어나지 않았으면 좋겠지만.

포션을 보충하고 돌아가는 안드레 씨를 배웅하고 카운터에 턱을 괴고 그런 생각을 멍하게 하고 있자니 다시 초인종이 울렸다.

딸랑딸랑.

그 소리를 듣고 고개를 들면서 평소처럼 말했다.

"어서 오세요——, 아니, 스승님?!"

"그래. 사라사. 잘 지내는 모양인데?"

한 손을 들고 태연하게 대답한 사람은 분명히 내 스승님,

오필리아 밀리스였다.

"잘 지내는 모양이라니……, 무슨 일로 오셨어요?!"

"어라? 제자를 살펴보러 오는 게 이상한가?"

"이상하진 않지만요……, 아니, 역시 이상해요! 여기까지 거리가 얼마나 되는데요?!"

스승님은 몇 안 되는 마스터 클래스 연금술사라서 확실히 말해 꽤 바쁘다.

일을 얼마나 받는지는 스승님의 기분에 따라 다르지만, 의뢰하려 하는 사람들은 항상 많다.

내가 여기에 오는데 한 달 정도 걸린 걸 감안하면, 왕복 두 달.

그렇게 오랫동안 가게를 닫는다니, 말도 안 되는 사태다.

"그렇겠지. 사흘이나 걸렸어."

"그렇죠! 시간이 오래 걸리죠! ──어? 사흘?"

"그래. 사흘."

"어째서요?! 제가 올 때는 마차를 갈아타면서 한 달이나 걸렸는데요!"

"나는 뛰어왔으니까."

"아니, 뛰는 게 더 빠르다니……. 아, 스승님이라면 그럴 수도 있겠네요. 그래도 사흘은 아니죠!"

"단련하면 어떻게든 돼. 사라사, 단련이 부족한 거 아니야?"

"그렇게 무인 같은 말씀을 해봤자……, 우리는 연금술사 잖아요?"

"뭐, 그렇긴 하지. 그럼 머리를 써."

"아, 알겠어요. 뭔가 특별한 아티팩트나 포션을 쓴 거죠!"

"아니, 안 썼는데."

"이봐."

이상한 말을 하니까 나도 모르게 태클을 걸어버렸잖아.

"그래도 나름대로 단련하는 게 낫다는 건 사실이거든? 연금 소재를 얻을 수가 없는 상황이 되면 직접 확보하러 갈 필요도 있으니까."

"스승님도요?"

"예전에는 그랬지. 마스터 클래스가 된 뒤로는 어떻게든 방법이 생기게 되었지만."

"아, 소재를 가져오는 손님도 있죠."

내가 아르바이트를 할 때도 어떻게든 스승님에게 일을 맡기려고 입수하기 힘든 소재를 모아서 의뢰하러 오는 손님이 꽤 있었다. 그런 상대는 귀족일 경우가 많고, 소재를 모으는 수고가 들지 않기 때문에 비교적 우선적으로 받곤 했다.

그래도 마음에 들지 않는 상대라면 쉽사리 거절해버리는 게 스승님이었지만.

그리고 그게 용납되는 것이 마스터 클래스이다.

"그러고 보니 네게 싸우는 방법을 가르친 적이 없었지."

"네, 네. 학교 실습으로 조금 했지만요."

조금이라고 해도 소재 채집 실습을 하는 이상, 어지간한 짐승에게 지지 않을 수준이고, 아마 제대로 훈련을 받지 않은 도적보다는 나을 것이다.

"실습 정도로는 부족하지. 좋아, 모처럼 왔으니까 가볍게 가르쳐줄까?"

"네? 보통 이럴 때는 연금술을 가르쳐주시는 거 아니에요?"

"막히면 생각해볼 수도 있지만, 아직은 문제가 없잖아?"

"네, 그야."

소재는 부족하지만, 기술적으로 만들지 못한 적은 아직 없다.

스스로 익힐 수 있는 범위라고 하면 할 말이 없다.

"그에 비해 무술은 선생님이 있는 편이 더 효율적이거든. 자, 가자."

"어, 자, 잠깐만요. 스승님! 기다려주세요!"

손을 잡힌 채 끌려간 곳은 가게 바깥.

내 가게와 이웃인 엘즈 씨네 집 사이에는 충분한 공터가 있었고, 그곳에서 어느 정도 운동을 할 수 있는 여유는 충분했다.

다행이라고 해야 하나, 불행이라고 해야 하나.

정말 고마운 일이긴 한데…….

"사라사는 어떤 무기를 쓰지?"

"저기, 일단 검이긴 한데……. 아, 맞다. 저는 검이 없거든요~. 실습할 때는 학교에서 빌렸으니까~. 아~, 아쉽네에."

검을 살 만한 여유는 없었으니까.

수업 때 말고는 안 쓰니까 학교에서 빌린 검으로 때웠다.

일단 여행을 하기 위해 호신용 단검을 가지고 있긴 하지만, 진짜로 가지고 있을 뿐이다.

다행히도 써야 하는 상황은 없었다.

아, 그래도 검술 실력은 같은 학년 중에서는 1등이었거든?

이유는 물론, 검술 시험에도 보수가 있으니까!

게다가 연금술 성적에는 별로 영향이 없으니까 보수금을 노리는 사람들 말고는 건성으로 했다. 그런 상황인데 내가 열심히 하지 않을 리가 없지!

제대로 하지 않는 사람들이 많은 와중에 내가 의욕을 보이니 검술 선생님도 열심히 지도해 주셨고.

그래도 목적은 보수였고, 딱히 검술을 좋아했던 건 아니다.

"뭐야, 제대로 된 무기도 없어? 어쩔 수 없지."

"그렇죠? 그러니 오늘은──."

"이걸 주마. 대단한 건 아니지만, 나름대로 쓸 만할 테니까."

내가 '그만두죠'라고 하기도 전에 스승님이 허리에 차고 있던 가방에서 스르륵 꺼낸 검을 내게 휙 던졌다.

"으아앗!"

허둥대며 그걸 받아서 살짝 뽑아보니 나타난 것은 내 얼굴이 깨끗하게 비칠 정도로 깔끔한 칼날이었다. 스승님이 준 거니까 관상용은 아니겠지.

"받아도 되나요? 꽤 비싼 것 같은데."

"상관없어. 튼튼하기만 한 게 장점이고, 대단한 검은 아니야."

'대단한 검'이 아니라니, 스승님이 그렇게 말하니까 믿을 수가 없네~.

적어도 겉으로 보기에는 비싼 것 같고……, 사양하지 않고 받긴 하겠지만.

"그럼 자세를 잡아라. 실력을 봐주마."

"저기, 이 검을 쓰라고요?"

스승님이 다시 꺼낸 것은 칼날이 뭉툭해서 척 보기에도 훈련용인 것 같은 검이었지만, 내가 들고 있는 것은 진검이다. 아무리 생각해도 훈련을 할 때 쓸 게 아니다.

"어라, 그 칼로 나에게 상처를 입힐 수 있다고 생각하는 건가?"

"끄윽……."

스승님이 씨익 웃으며 그렇게 말하자 나는 말문이 막혔다.

하긴, 맞진 않겠지만!

그래도 무섭잖아? 만약 다치게 만든다면 어쩌나 싶어서.

"뭐, 걱정하지 마라. 만약에 죽을 위기에 처해도 살아만 있으면 완전히 부활할 수 있는 포션 정도는 항상 가지고 다니니까. 그러니 사라사 너도 다치는 걸 걱정하지 말고 덤벼."

"아픈 건 싫어요! 싫은데 말이죠!"

손을 휙휙 젓는 스승님을 보고 조금 발끈해서 기습하려는 듯이 공격을 가해봤는데, 예상대로라고 해야 하나, 그 공격은 쉽사리 막혀버렸다.

그런 다음 연속 공격을 가했는데도 마치 부드러운 물체를 때리는 것처럼, 간단히 막아 내고 검을 흘려보냈다. 신체 강화를 써서 속도를 높였는데도!

"호오, 호오, 호오. 사라사, 너 생각했던 것보다 실력이 좋은데? 진짜로 수업 때만 한 거야?"

"쉽사리! 막아 내면서! 그런 말을 해봤자! 설득력이 없다고요!"

"으음, 수업만으로 이 실력이라면 의외로 소질이 있을지도 모르겠는데……."

스승님은 아무렇지도 않게 말하고 있지만, 그동안 저는 필사적으로 공격하고 있죠, 네.

솔직히 장난치지 말라고 하고 싶다.

학교에서 1등이었던 검술 따위 장난에 불과한가요? 꽤 노력했거든요?

"아~, 이거 단련시켜줄 보람이 있을 것 같은데!"

기뻐하며 내 검을 까앙, 까앙 쳐내는 스승님.

나는 이미 말을 할 여유도 없었기에 거리를 크게 벌리고 숨을 토해냈다.

"스승님, 진짜 연금술사 맞아요?"

"너도 꽤 하잖아. 어지간한 병사보다 훨씬 나은데?"

그야 그렇죠. 사실 남몰래 조금 자신이 있었으니까.

단검 한 자루만 들고 이런 시골까지 혼자 여행을 떠날 생각을 할 정도로는.

——그런 자신감도 방금 박살 났지만.

참고로 그렇게 거세게 부딪혔는데도 불구하고 검의 빛은 물론이고 칼날도 전혀 빠지지 않았다. 진짜로 '튼튼한 검'이다.

"……스승님, 계속하실 거예요?"

"무슨 소릴 하는 거야? 아직 네 실력을 잠깐 확인했을 뿐이잖아. 제대로 지도를 시작하지도 않았어. 지금부터거든?"

"말도 안 돼……."

기쁜 듯이 웃는 스승님을 보고 나는 미묘한 기분으로 검을 겨누었다.

"뭐, 한나절 정도만 해도 어느 정도는 성과가 나올 거야. 안심해."

뭘 안심하라는 건지.

하지만 상대는 스승님이다. 신세를 많이 진 건 분명하니까 하라고 하면 할 수밖에 없다.

우선 검을 휘두르는 방법부터 배워야 한다며 단순한 훈련을 시키는 대로 해나갔다.

그리고 하필이면 이럴 때, 손님이 오지 않았다.

아니, 정확히는 온 것 같긴 한데, 나와 스승님을 멀리서 보고 방해하면 미안하다는 듯이 중간에 돌아갔다.

여러분~, 사양하지 않아도 되거든요?

손님은 방해하는 사람이 아니니까! 진짜로!

——그런 내 마음의 소리는 전혀 닿지 않았는지 나와 스

승님의 훈련은 해가 져서 검이 잘 보이지 않게 될 때까지 계속되었다.

"그런데 스승님, 용건은 뭐예요? 그냥 살펴보러 온 건 아니죠?"

"첫 번째 목적은 그건데? 갑자기 이런 시골로 보내버렸으니까. 곤란한 상황인 것 같으면 데리고 가야겠지? 돌아올 여비도 없는 상태라면 내 마음도 아플 테니까."

웃으면서 그런 말을 하는 스승님을 보고 내 표정이 굳었다.

"으……, 다행히 먹고 사는 데는 문제가 없어요. 시골이라 그런지, 소재 매각이나 현금을 다루는 게 곤란하지만요."

꽤 힘든 훈련도 다행히 다치지 않고 무사히 끝났고, 목욕탕에서 몸을 씻은 우리는 함께 식탁에 앉아 있었다.

테이블 위에 올려놓은 요리 중 대부분은 스승님의 가방에서 나온 것들이다.

트집 잡을 여지가 없을 정도로 맛있다. 아마 마리아 씨가 만들었겠지.

"그렇겠지. 여기에서는 사우스 스트러그까지 팔러 간다고 해도……, 사라사라면 하루 정도는 걸리나?"

"네. 당일치기는 아직 좀 힘들 것 같아요."

"사라사는 우선 체력부터 길러야겠구나. 너는 마력으로 커버하는 버릇이 있으니까. 어느 정도 단련하면 몇 시간만에 왕복할 수 있게 될걸?"

"으윽."

'못 해!'라고 말하고 싶지만, 왕도에서 사흘 만에 이 마을로 온 스승님 앞에서 그런 말을 할 수가 없다.

실제로 근력이 부족할 때는 신체 강화에 의존하고 있으니 스승님이 한 말은 맞는 말이다.

일반적인 연금술사라면 마력이 부족할 경우에도 나는 마력량에 의존해서 일반적인 수치 이상으로 강화할 수 있기 때문에 기본 근력이 약해도 어떻게든 해버리니까.

"……열심히 단련할게요."

"그래……, 체력이나 근력을 기르기 편해지는 포션을 줄까?"

"그렇게 편리한 게 있나요?"

체력을 키우는 건 수수하고 괴로운 법인데.

"있지. 일반인이 살 수 있을 정도로 저렴하진 않지만, 부자 중에는 쓰는 녀석들도 있으니까. 땀내 나는 기사 중에는 저 포션을 '사도다!'라고 하는 녀석들도 있는데. 그 녀석들은 자기 몸을 학대하는 걸 좋아하는 마조니까."

"아니, 마조라니……."

힘든 훈련을 열심히 하는 믿음직한 사람들이라고요. 기사분들은.

실제로 우리 나라의 기사는 수준이 높다고 하는 모양이고.

"참고로 부작용은 뭐죠?"

"딱히 없어. 내가 가지고 있는 건 두세 개뿐이니까 다 쓰면 네가 직접 만들어야 하는데……, 아마 6권에 나와 있었을걸? 사라사, 지금 몇 권까지 했지?"

"아직 3권 절반도 못 했어요."

"뭐, 그 정도겠지. 돈도 많이 들 테고, 가게를 보다 보면 시간도 안 나지?"

"네, 그렇다니까요! 손님이 와주는 건 기쁘지만요."

"독립한 연금술사의 고민거리지. 연금술 가게는 일반적인 점원을 쓸 수가 없으니까."

"그렇죠."

포션을 팔기만 하는 거면 모를까, 소재를 사들이기 위해서는 눈썰미가 필요하다.

연금술사가 아니면 상태를 알아볼 수 없다는 건 당연한 거고, 그렇지 않은 소재라 해도 종류가 방대하다. 일반인들은 값을 매기는 것조차 힘들다.

"결국은 교육이지. 오랫동안 계속 일해줄 점원을 고용해서 교육시키면 꽤 많은 것들을 맡길 수 있게 돼. 우리 마리아 정도가 되면 꽤 편해지거든?"

"마리아 씨 말이죠. 꽤 오래 하셨나요?"

"그래. 내가 독립해서 바로 고용한 점원이니까."

"어……."

몇 살인지 짐작도 안 되는 스승님이 독립했을 때라면…….

스승님은 겉으로 보기에는 젊은 것 같지만, 마스터 클래스의 실제 나이가 젊을 리도 없고, 당연히 함께 지내온 마리아 씨도 마찬가지일 것이다.

조금 연상이고 예쁜 언니로만 보이는데!

"사라사 너도 그런 상대를 찾으라고. 편하거든?"

"마리아 씨는 같이 살면서 스승님의 사생활까지 돌봐주니까요. 스승님은 마리아 씨가 없으면 생활이 꽤 흐트러질 것 같아요."

"하하하! 부정할 순 없겠는데."

웃으면서 쉽사리 긍정하는 스승님.

그러면 안 되잖아요.

그런 모습을 본 건 마지막 날, 축하 파티를 열어준 다음 날 뿐이었지만, 그때 분위기를 보니 대충 예상은 된다.

아침 식사 준비도 마리아 씨가 해주었으니, 왠지 일만 하는 아버지와 돌봐주는 부인 같은 느낌이었다.

스승님은 여자지만, 예전에 돌아가시기 전 아버지와 왠지 비슷한 것 같다.

"스승님, 마리아 씨에게 버림받지 않게끔 조심하세요."

"괜찮아. 하는 일에 맞게 급료를 주고 있으니까."

"돈만 중요한 게 아니고, 마음도 중요하거든요? '항상 고마워' 같은 말을 하는 것도 필요해요."

"음……, 고려해보지."

자신의 행동을 잠깐 돌아보았는지, 스승님은 조금 진지한 표정으로 고개를 끄덕였다.

뭐, 문제가 생길 일이라면 분명 예전에 그랬을 테고, 지금까지 함께 지냈으니 마리아 씨도 스승님을 이해하고 있긴 하겠지만.

"그런데 다른 볼일은 뭔가요?"

"아, 맞다. 두 번째 목적은 여기에 전송진을 설치하는 거야."

"전송진이요?"

"그래. 알고 있지?"

"그야 알긴 하는데요……."

전송진이란 그 이름대로 두 곳 사이에서 물건을 전송할 수 있는 아티팩트다.

그 말만 들으면 편리할 것 같지만, 실제로는 별로 실용성이 없다는 게 일반적인 시각이다.

우선 첫 번째로 설치할 곳 두 군데에 같은 연금술사가 가서 양쪽을 접속할 필요가 있다.

이번 같은 경우에는 여기에서 스승님네 가게로 전송진을 접속하게 되는 건데, 그 '접속'이 단순하지 않다……, 정도가 아니라 난이도가 엄청나게 높다.

그 난이도는 양쪽 사이의 거리에 비례하기 때문에 어지간한 연금술사는 시야에서 벗어나기만 해도 접속하기가 힘들고, 어느 정도 실력이 있는 연금술사도 이웃 마을에 접속하기 힘들다.

이런 난이도를 어떻게든 뛰어넘는다고 해도, 그 다음에 문제가 되는 것은 필요한 마력.

전송할 물건의 양과 거리에 비례해서 마력이 소비되기 때

217

문에 제대로 전송할 수 있는 건 가벼운 물건뿐이다. 그리고 생물은 마력량에 상관없이 보내지 못한다.

게다가 한 번 설치하면 움직일 수도 없다.

'조금 걸리적거리니까 다른 방에 설치하자'라는 상황이 되면 처음부터 다시 설치해야 한다.

전송진은 그렇게 제한이 많이 걸려 있어서 존재 자체를 배워도 실제로 쓸 기회는 별로 없을 것이라는 게 가르쳐준 교수님 말씀이었다.

"일단 일부에서는 쓰거든? 편지를 보내는 정도지만."

"이웃 마을로 보내는 거라도 말로 보내는 것보단 낫긴 하겠죠. 그런데 여기에서 왕도까지──, 아니, 스승님에게는 소용이 없는 말이겠네요."

나는 도저히 할 수 없지만, 스승님이 불가능한 이야기를 꺼낼 리도 없고…….

"사라사라면 마력은 문제없잖아. 어느 정도 개량해서 필요한 양도 줄였으니까."

"제 마력이 남들보다 많긴 한데요……. 애초에 왜 전송진을 설치하시려는 거예요?"

"너에게 '소재를 사겠다'고 했는데, 보내기 힘들 거 아냐? 전송진을 쓰면 한순간에 끝나니까. 그리고 네가 필요한 소재도 보내줄게."

"그건 솔직히 감사하긴 한데요……."

수송 기간이 한 달이나 걸리니 들어가는 수송비도 무시할 수가 없다.

그런 데다 여기에서는 입수하기 힘든 소재를 받아볼 수 있다면 연금술 대사전을 익힐 때도 큰 도움이 된다. 확실히 말해 장점만 있다.

"알겠어요. 장소는……, 공방 구석으로 정해도 되나요?"

"걸리적거리지 않는 곳이라면 어디든 상관없는데? 아, 그래도 1층이 낫겠다. 2층은 좀 힘드니까."

"힘들다니……, 보통은 아예 불가능한데요."

전송진을 설치하는데 가장 좋은 곳은 지면과 직접 맞닿아 있는 곳이다.

돌바닥 정도라면 그렇게 큰 영향은 없는 것 같으니 바닥이 돌로 깔린 공방을 제안했는데……, 스승님에게 '일반적'이라는 말은 무의미하겠구나.

그렇다고 해서 일부러 어려운 곳을 고를 필요도 없으니 바로 공방으로 안내했다.

"이 근처면 될까요?"

"흐음, 문제없어."

작업 시간은 불과 몇 분 정도.

일반적으로 어렵다고 하는 일을 그런 느낌이 전혀 들지 않게끔 작업을 끝낸 스승님은 작은 병을 전송진 위에 놓고 마력을 담았다. 다음 순간, 그 작은 병은 사라졌다.

"좋아, 정상이구나. 사라사, 팔고 싶은 게 있으면 보내라. 왕도 시가로 사줄게. 필요한 소재는 메모해서 보내고. 얻을 수 있는 거라면 조달해주마."

"감사합니다. 그런데 괜찮을까요? 적당히 보내면 스승님 네 가게의 재고나 자금이……."

"왕도라면 어떻게든 처분할 수 있어. 뭐, 똑같은 걸 너무 많이 보내면 그에 맞게 사들이는 가격이 떨어지겠지만."

조금 떨어진다 해도 '왕도 시가'라는 점에서 매우 유리한 거래다.

기본적으로 왕도 주변에서는 소재를 별로 얻을 수 없어서 거의 모든 소재를 먼 곳에서 들여오게 되고, 수송비만큼 가격이 오른다.

다시 말해 소재 대부분은 사우스 스트러그 시가보다 훨씬 비싸다.

전송진을 설치한 건 스승님이니 수송비만큼 깎아도 될 텐데, 왕도 시가로 사준다는 건 완전히 스승님이 지원해주는 거나 마찬가지다. 감사하게도.

"자, 이제 볼일은 끝났어. 아직 자기 전까지 시간이 있지? 여기에서 네가 활약한 이야기를 들어보도록 할까?"

"활약이라고 할 만한 건 없는데요……. 그래요, 뭐부터 이야기할까요?"

결국 그날은 밤늦게까지 스승님과 잡담을 하면서 지냈다.

그리고 다음 날, 스승님은 우리 가게의 창고에 쌓여 있던 소재를 현금으로 사들였고, 그뿐만이 아니라 '선불이다'라고 하면서 현금을 잔뜩 놓아두고 돌아갔다.

그 덕분에 걱정하던 현금 부족 현상은 해소되었지만……, 멀리서 왔는데도 정말 금방 가버리셨네.

너무 오랫동안 가게를 비워둘 수는 없을 테니 어쩔 수 없겠지만.

참고로 돌아갈 때 '다음에 올 때도 검술 실력을 확인해볼 거야. 게을리하지 마라?'라는 말도 남기고 갔다.

……보통 그럴 때는 연금술 실력 아닌가요? 스승님.

"어? 사라사 씨의 스승님이 오셨었나요?"

"그렇다니까~. 그래서 어제는 피곤했고……, 근육통도 생겼어."

나는 가게 카운터 위에 '추우욱~', 늘어져 있었다.

평소에는 별로 안 움직이니까 하루 훈련을 한 것만으로도 완전히 근육통이 생겼다.

그런 상태로 놀러 온 로레아에게 어제 있었던 일을 이야기했다.

"네에……, 연금술 수업을 할 때도 몸을 혹사시키는군요."

"아니, 그게 아니야. 아, 연금술을 배울 때도 몸을 혹사시키긴 하지만, 내 근육통의 원인은 아니야."

심한 오해다.

오해하는 게 당연하긴 하겠지만.

"거의 종일 검술 대련을 했기 때문이라고."

"……네? 오신 분이 연금술이 아니라 검술 스승님이셨나요?"

로레아는 '무슨 소리지?'라는 표정으로 고개를 갸웃거렸다.

영문을 알 수가 없지? 스승님이 왔는데 검술 수행을 하다니, 진짜.

"아니, 당연히 연금술 스승님인데?"

"……사라사 씨가 무슨 말씀을 하시는 건지 이해가 안 돼요."

"나도 이해가 안 되는 것 같아. 뭐, 간단히 말하자면 연금술 스승님이 '몸도 단련해라~'라고 하면서 검술을 가르쳐줬다는 거지."

"그러니까……, 연금술사는 검도 다룰 수 있나요?"

"사실 다룰 수 있답니다. 물론 사람들마다 실력은 제각각 다르지만. 학교에서는 채집 실습도 하거든."

머리 위에 물음표를 띄우고 있는 로레아에게 간단히 학교 교육 과정을 설명했다.

일반인들이 보기에는 연금술사란 왠지 두뇌 노동자라는 이미지가 있겠지만, 사실 그게 전부가 아니란 말이지.

"참고로 우리 스승님은 그 제각각 다른 실력 중에서도 정상급. 진짜 어지간한 실력이 아니야."

"그런가요?"

"아마도~. 나도 자신이 좀 있었는데⋯⋯."

"저는 사라사 씨가 검을 다룰 수 있다는 것 자체가 신기한데요."

"뭐, 실제로 직접 소재를 채집하러 가는 연금술사는 극히 드물겠지만."

직접 채집하러 가야 하는 소재를 필요로 하는 의뢰라면, 거절하면 되는 일이다.

그렇게 무리하지 않더라도 충분히 돈을 벌 수 있으니까.

연금술사가 모두 향상심이 있는 건 아니니깐.

"그래도 스승님에게 검을 받아버렸으니까⋯⋯."

"와아, 예쁜 검이네요."

내가 꺼낸 검을 보고 로레아가 눈을 반짝였다.

쓸데없는 장식 같은 건 전혀 없고, 형태만 놓고 보면 실용적이기만 한 검이지만, 칼날의 빛은 어제 훈련을 한 뒤에도 전혀 변함이 없었고, 칼날이 빠지기는커녕, 흠집조차 나지 않았다.

이건 돈 주고 사면 분명히 비싼 녀석이다. 그냥 튼튼**하기만 한** 검은 아니다.

"먼지 쌓이게 둘 수는 없으니까 훈련은 계속해야겠지."

"연금술사인데요?"

"응. 뭐, 이 마을에 온 뒤로 조금 게으르게 굴었던 것 같으니 마침 좋은 기회라고 해야 하나?"

무사히 졸업해서 연금술사가 되어 기뻐한 나머지 조금 느긋한 나날을 보냈는데, 너무 늘어졌던 건지도 모르겠다.

실제로 학교에 다녔을 때 어느 정도 체력 단련을 계속했었으니까.

병에 걸리기라도 하면 치명적이고.

치료를 받으려 해도 돈이 필요하고, '감기에 걸려서 성적이 떨어졌어요'라는 변명은 통하지 않기 때문에 자연스럽게 퇴학당하는 것이 연금술사 양성학교의 퀄리티니까.

"게으르게, 굴어요……? 저는 사라사 씨가 노는 모습을 본 적이 없는데요."

"아니, 아니, 아무것도 하지 않은 시간도 꽤 있거든. ── 가게를 봐야만 하니까 어쩔 수 없는 부분이 있긴 하지만."

카운터에서 할 수 있는 작업은 하지만, 공방에서만 할 수 있는 작업이 더 많으니 그냥 앉아 있기만 하는 시간이 많아진단 말이지.

학교에 다닐 때는 책을 빌릴 수 있었는데, 이 마을에는 당연히 책을 빌릴 만한 곳도 없고, 가난뱅이인 내가 가지고 있는 책은 연금술 대사전뿐이다.

가게를 보는 동안에는 할 수 있는 게 별로 없다.

체력 단련을 할 수도 있겠지만, 손님이 언제 올지 모르는 상황에서 그러는 건 너무 위험하다.

가게 바닥에서 복근 운동하는 점원──, 아무리 봐도 수상쩍다.

나라면 입구에서 바로 돌아설 거야, 분명히.

"적어도 가게를 보는 사람을 고용하면 좋겠는데……, 로레아는 안 되겠지?"

"네? 아뇨, 괜찮은데요? 도움이 될지는 모르겠지만."

밑져야 본전이다 싶어서 물어봤는데, 로레아가 한 대답은 뜻밖이었다.

"어라? 그래? 가게 일은 안 도와드려도 돼?"

자주 놀러 오는 로레아도 매일 오지는 않는다.

그럴 때는 가게 일을 도와드리고 있는 것 같은데……

"부모님은 요즘 한 달에 한 번 정도만 물건을 들이러 가시거든요. 그때 맞춰서 며칠만 휴일을 주시면 괜찮아요. 급료도 받을 수 있죠?"

"그야 물론이지. 특별히 비싸게 주지는 못하겠지만."

"충분해요. 저희 가게 일을 도와드릴 때는 못 받으니까요. 형제자매가 없어서 도와야 하긴 하지만요."

뭐, 아이가 부모님 일을 돕는 건 당연하니까.

그러고 보니 로레아네 집은 형제 자매가 없구나.

이런 시골에서 외동딸이라니, 꽤 드문 일인데……, 다른 형제 자매가 죽기라도 했으면 껄끄러워지니 물어보기 좀 그렇다.

"혹시 제가 좀 부족하다면 다른 아이를 소개해드릴게요."

"아, 아니야. 로레아가 문제없다면 해주는 게 좋을 것 같은데? 서로 잘 아는 사이고."

"아~, 사라사 씨는 마을 아이들하고 친하게 지낼 기회가 없으니까요."

"그렇다니까. 그런데 이 마을에 소개할 만한 아이가 있어?"

"음~~, 지금 일을 하지 않는 아이라면 나이가 꽤 어린아이들밖에 없네요. 보통 저 정도 나이가 되면 일을 하니까요."

조금 껄끄러운 표정을 짓는 로레아.

농촌에서는 열 살이 넘으면 부모님 일을 돕는 게 당연한 거고, 로레아처럼 열세 살 정도면 어른과 거의 비슷하게 일을 한다.

만약 부모님 일을 도울 게 없다면 다른 집 일을 도와서 돈을 벌거나, 농작물을 보수로 나눠 받곤 하는 것이다.

로레아도 지금까지는 부모님 일을 도와서 가게를 봤는데, 부모님이 맡게 되자 할 일이 없어져서 슬슬 뭔가 생각해봐야겠다는 상황이었던 모양이다.

"그럼 부탁해도 될까?"

"네! 그럴게요! ──그런데 제가 할 수 있을까요? 연금술사 가게에서 일하는 건 보통 어렵지 않나……."

"그래, 꽤 힘들걸?"

내가 한 말을 듣고 로레아가 불안한 듯한 표정을 지었지만, 나는 그런 그녀의 어깨를 툭툭 두드리며 미소를 지었다.

"괜찮아. 필요한 건 확실하게 가르쳐줄 테니까. 그래도 최대한 오래 일해줬으면 좋겠는데?"

할 수만 있다면 스승님과 마리아 씨 같은 관계가 되었으면 한다.

"네! 사라사 씨가 그만두라고 할 때까지 열심히 할게요!"

"응, 성실하게 일해주기만 하면 그만두라고 하진 않을 테니까, 열심히 해줘."

내가 그렇게 말하며 내민 손을 로레아가 조금 긴장한 듯한 표정으로 꽉 잡았다.

◇ ◇ ◇

로레아는 '열심히 하겠다'고 했지만, 아쉽게도 아직 미성년자다.

나 같은 고아라면 모를까, 부모에게 허락을 받지 않고 고용할 순 없다.

그래서 바로 다르나 씨를 찾아가 로레아를 고용하고 싶다는 이야기를 꺼내자 마리 씨와 함께 반기면서 '꼭 부탁합니다!'라고 찬성해주었다.

역시 이 두 사람도 로레아가 할 일에 대해 고민해봐야겠다고 생각하던 참이었던 모양이다.

물건을 들이러 나가는 동안에 가게를 보는 일도 '필요 없으니 로레아에게 일을 제대로 시켜달라'고 했다.

오히려 다툰 것은 로레아의 임금 교섭이었다.

'너무 적게 받는다'라고 따지는 나와 '너무 많이 준다'라고 따지는 다르나 씨, 이런 구도로.

나는 왕도의 아르바이트 임금을 기준으로 잡고 글을 읽고 쓸 수 있는 데다 계산도 할 수 있는 로레아에게 맞게 금액을 제시했지만, 다르나 씨는 '어렸을 때부터 돈을 많이 받는 건 바람직하지 못하고, 주위와의 차이가 너무 크다'라고 사양했다.

음~, 도시와 시골의 임금 차이도 크겠지만, 가장 큰 문제는 역시 주위 사람들과의 차이겠지.

연금술사가 돈을 많이 버는 것은 '어려운 학교를 졸업했기 때문이다'라고 생각하며 받아들일 수 있지만, 가게를 보는 역할은 '저거라면 나도 할 수 있을 것 같다'라고 생각해 버릴 수 있으니까.

작은 마을이니까 혼자서 돈을 많이 버는 건 질투의 대상이 될 수도 있고.

그런 것들에 대해 이야기를 나눈 결과, 로레아의 임금은 같은 나이 또래보다 '조금 많이' 정도로 결정되었다. 비슷한 정도로 주라고 주장하던 다르나 씨에게 내가 밀어붙인 결과다.

글을 읽고 쓰는 능력, 그리고 계산을 할 수 있는 능력은 제대로 평가해주어야 하고, '주위보다 돈을 조금 더 많이 주면 그만두기 힘들겠지'라는 생각도 조금 있다.

목표는 스승님과 마리아 씨.

십 몇 년 뒤까지 사이좋게 지낼 수 있으면 좋겠지?

연금술 대사전 : 제3권 등재
제작 난이도 : 노멀
표준 가격 : 6,000 레어～

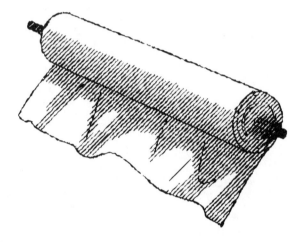

〈환경조절포〉

Hoff Vafififfky
Alfifh

여름에는 시원하고, 겨울에는 따뜻하게. 옷으로 만들면 기온에 상관없이 취향에 맞게끔 입을 수 있고, 침구로 만들면
항상 쾌적한 수면을 약속합니다. 주변의 마력이나 이용하는 사람의 미약한 마력을 이용하여 쾌적한 환경을 유지하는
천입니다.

Episode 4

위기의 전조

"어서 오세요!"

내가 점포 공간에 들어서자 로레아가 미소를 지으며 손님을 맞이하던 참이었다.

로레아를 고용한 뒤 일주일 정도.

그녀는 예상했던 것보다 훌륭했다.

계산을 할 수 있어서 상품을 파는 데 문제가 없는 건 물론이고, 기억력도 좋아서 소재를 사들이는 것도 이미 어느 정도는 맡길 수 있게 되었다.

이 지역에서는 채집자들이 가지고 오는 소재 종류가 별로 많지 않으니까.

물론 연금술사만 판단할 수 있는 소재일 경우에는 나를 부르지만, 그런 경우는 별로 없어서 느긋하게 연금술에 집중할 시간을 얻을 수 있게 되었다.

그 덕분에 연금술 대사전도 단숨에 진도를 나갈 수 있었고, 지금은 4권도 거의 끝나간다.

물론 그럴 수 있었던 건 스승님에게 작별 선물로 받은 각종 소재 덕분이다.

4권 정도면 내가 가지고 있는 돈으로 사기 힘든 소재도 많으니까.

그리고 로레아는 내 식생활도 걱정이 되었는지 '식사도 해 드릴까요?'라고 하는데……, 아직 부엌이 텅 비었단 말이지.

내가 그 사실을 말하자 로레아가 '사라사 씨, 아무리 그래도 그건 좀……'이라고 하면서 어이가 없다는 듯이 바라보

앗으니, 슬슬 채워 넣는 게 나을지도 모르겠다.

"어때? 로레아. 일은 익숙해졌어?"

"네! 괜찮아요. ……저희 가게와 비교하면 다루는 금액이 크니까 좀 불안하지만요."

로레아는 미소를 지으며 고개를 끄덕인 다음에 표정이 조금 어두워졌다.

연금술 관련 상품이 좀 비싸긴 하지. 소재를 사들일 때도 꽤 돈이 많이 필요하고.

그래도 그런 가게이기 때문에 대책도 제대로 세워두었다.

"아하하, 괜찮아. 방범 설비를 쓰는 법은 기억하고 있지? 이상한 사람이 보이면 망설이지 말고 써도 돼. ——엄청 아픈 모양이지만 죽지는 않는 것 같으니까."

로레아의 머리를 쓰다듬으면서 내가 한 말을 듣고 가게에 있던 채집자 몇 명이 깜짝 놀란 표정으로 나를 보았다. 나는 그 사람들에게 미소를 지었다.

행패를 부리지만 않으면 문제가 없거든요~.

"무슨 문제가 생기면 불러."

"네!"

응, 멋진 대답이네.

뭐, 제대로 된 채집자라면 문제를 일으키진 않겠지만.

마을 사람들과 척을 지면 잘 곳은 물론이고 식사조차 할 수가 없게 되니까.

이렇게 작은 마을에서는 나쁜 소문이 순식간에 퍼질 테고.

"그럼, 잘 부탁해——."

상품 보충을 마치고 다시 공방으로 돌아가려던 순간.

"도, 도와주세요!"

그렇게 말하며 가게 문을 부술 듯한 기세로 들어온 사람들은 남자 두 명과 여자 한 명, 그리고 업혀 있던 여자 한 명이었다.

"히익——!!"

로레아가 자기도 모르게 깜짝 놀랄 만도 했다.

그 네 사람의 상태를 한마디로 하자면 '만신창이'.

가장 심하게 다친 사람은 업혀 있던 여자였다. 온몸에 두드러기가 난 데다 얼굴에는 핏기가 없었고, 오른팔은 통째로 뜯겨 나갔다.

지혈을 해두긴 했지만, 땅바닥에는 피가 뚝뚝 떨어지고 있었다.

"바닥에 내려! 로레아, 손님들을 바깥으로 내보내!"

"네, 네!"

로레아는 새파랗게 질린 채 조금 떨면서도 씩씩하게 대답하고 곧바로 움직였다.

나도 바로 바닥에 내린 여자에게 다가가 관찰했다.

겨우 숨이 붙어있긴 했지만 매우 약했다.

배에서 심한 상처가 났는지 세게 묶은 천도 피로 새빨갛게 물들어 있었다.

그리고 왼팔은 까맣게 그을렸고, 다치지 않은 부분 피부에는 붉은 두드러기가 보였다.

"이건……, 다치기만 한 게 아니라 독도 올랐구나."

"부탁이야! 아이리스를 살려줘!"

그렇게 소리 지르는 듯이 애원한 사람은 다른 쪽 여자였다.

여자를 바닥에 내린 남자와 다른 쪽 남자는 조금 떨어진 곳에서 어쩔 줄 몰라 하며 서 있었다.

"오른팔은?"

"여기 있어!"

그녀가 내민 것은 망토로 감싸두었던 뜯겨 나간 팔이었다.

억지로 뜯어낸 것 같아서 상태가 매우 안 좋았다.

하지만 없는 것보다는 낫다.

"살릴 수는 있어."

"정말로?! 그럼——."

표정이 밝아진 여자에게 나는 손을 들어 말을 가로막은 다음 그녀의 얼굴을 보며 확인했다.

"그런데! 알겠어? 돈이 꽤 많이 들 텐데?"

시간적인 여유는 없다.

하지만 확인하지 않으면 안 되거든. 연금술사로서는.

"너! 긴급 상황인데 돈 같은 걸——."

"풋내기는 입 다물고 있어!!"

끼어든 남자에게 여자가 쏘아붙였다.

"우리는 풋내기가——!"

"아이리스가 다친 것도 당신들이 멋대로 달려들었기 때문이잖아!"

"".......""

여자가 노려보자 남자들은 껄끄럽다는 듯이 눈을 피하며 입을 다물었다.

그렇구나, 이 네 사람은 원래 두 사람씩 다니다가 임시로 뭉친 느낌인 건가?

"부탁해. 살려줘."

"응. 방법은 두 가지야. 목숨만 살린다. 완전히 낫게 한다. 알고는 있겠지만——."

"돈은 내가 반드시 낼 거야! 그러니 최대한 완전하게!"

"알았어. 그럼 우선, 당신——."

"케이트야."

"케이트 씨는 물을 떠 와. 뒤뜰에 우물이 있으니까. 로레아, 안내해줘."

"알았어!"

손님들을 다 내보낸 로레아와 함께 케이트 씨가 뒤뜰로 향했고, 나는 포션을 가지러 창고로 갔다.

이번에는 다치기만 한 게 아니라 조금 골치 아프다.

우선 팔을 붙이고 부족한 부분을 재생시킬 때 쓸 포션, 그 다음은 병을 예방해주는 포션, 체력을 회복시켜주는 포션, 마지막으로 독을 없애주는 포션을 쓸 필요가 있다.

상처를 입은 데다 독까지 올라서 체력이 대폭 감소했다는 게 특히 위험하다.

둘 중 하나라면 포션 하나나 두 개 정도로 끝날 텐데…….

필요한 포션과 도구를 주머니에 담아서 돌아와 보니 케이트 씨와 로레아가 통에 물을 떠서 돌아와 있었다. 그 통에 담긴 물을 절반 정도 새로 가지고 온 통으로 옮겼다.

"케이트 씨, 그 뜯어진 팔의 상처 부분을 깨끗하게 씻어. 할 수 있어?"

"그래! 해볼게."

익숙하지 않은 사람에게는 꽤 힘든 작업일 텐데, 케이트 씨는 씩씩하게 고개를 끄덕이고는 뜯겨 나간 팔을 들었다. 손놀림이 의외로 침착해 보였다.

그동안에 나는 다친 여자——, 아이리스 씨의 어깨 쪽 옷을 자르고 그 근처를 씻었다.

그런 작업을 하는 동안에도 아이리스 씨는 거의 반응을 보이지 않았다.

——바이탈이 좀 좋지 않은데. 서둘러야겠어.

케이트 씨에게 팔을 받고 양쪽 상처에 포션을 절반 정도 뿌린 다음, 나머지를 입으로 먹여주자 뜯겨 나간 팔이 점점 깔끔하게 이어지기 시작했다.

이 정도의 치유를 본 건 세 번째인데, 역시 효과가 터무니 없구나.

그리고 해독용 포션을 먹이고 체력 회복용 포션은 조금씩 시간을 들여 입에 머금게 하는 식으로 먹였다.

"쳇! 목숨이 위험한 상황에서 돈을 챙기나?"

"돈의 망자 같으니. 이러니까 연금술사는."

왠지 구경꾼들이 시끄럽게 구는 것 같다.

도움이 되지도 않으니 다른 곳으로 갔으면 하는데.

"당신들! 까불지——."

나는 소리를 지르며 달려들려던 케이트 씨를 말리고 그 남자를 손가락으로 가리켰다.

"거기 당신. 다음부터 대수해에서 채집한 건 전부 우리 가게로 가져와. 전부 다른 사람들을 구하는 데 써줄 테니까. 물론 공짜로 가져다줄 거지? 목숨이 걸린 문제니까."

"뭐? 그거하고 이건 다른 문제잖아!"

"맞아! 맞아! 목숨을 걸고 가져온 걸 공짜로 줄 순 없지!"

"뭐가 다른데? 목숨이 위험한 경우에는 공짜로 치료해준다, 그런 소문이 나면 사람들이 얼마나 많이 몰려들 것 같은데? 애초에 당신들 같은 채집자들이 대수해에 들어가는 건 연금술사가 적절한 가격에 사들여주기 때문이잖아? '사람을 구하는 데 썼으니 이번에는 돈을 내지 않겠다'라고 말하면 받아들일 수 있어?"

내가 그렇게 말하자 남자들은 말문이 막힌 것 같았다.

이 사람들은 연금술사는 돈을 무한대로 만들어낸다고 생각하는 건가?

이번에 쓴 포션에 들어간 소재만 해도 원래는 지금 내가 살 수 있을 만한 것도 아니다.

우연히 스승님이 작별 선물로 줬기 때문에 만들 수 있었을 뿐이고, 보통은 가게에 항상 갖춰둘 만한 포션이 아니다.

"미안해. 바보 같은 녀석들이라. 내가 사과할 테니까 용서해줘."

"케이트 씨가 사과할 필요는 없는데……, 있어봤자 도움도 안 되니까 나가는 게 낫지 않을까?"

내가 그렇게 말하고 출구를 손가락으로 가리키자 남자 두 명은 뭔가 불만스러운 듯한 표정을 지었지만, 케이트 씨가 노려보자 풀 죽은 채 나갔다.

정말 제멋대로 군다니까.

나한테는 불평하는 주제에 곧바로 돈을 내겠다는 케이트 씨와는 달리 돈을 한 푼도 내지 않았고, 부담하겠다는 말도 하지 않았으니까.

"로레아, 문을 잠궈. 창문 커튼도 치고."

"네."

로레아가 재빠르게 움직여 문을 잠그고 커튼을 쳤다.

그리고 조금 어두워진 가게 안에 마법으로 불을 밝히고 아이리스 씨의 옷을 나이프로 찢은 다음 배에 두르고 있던 천도 떼어냈다.

"이건 발톱 자국이야?"

"그래, 곰처럼 생겼고, 앞다리가 네 개 달린 짐승이었어. 불꽃까지 내뿜었고……."

"앞다리가 네 개, 독이 있고, 불꽃……, 헬 플레임 그리즐리?"

이 주변에서 나올만한 녀석이 아닌 것 같은데.

나는 그런 의문을 품으면서 배에 난 상처를 물로 깨끗하게 씻어냈다.

어느 정도 체력이 회복되고 있는지, 상처를 만질 때마다 조금씩 반응을 보여주는 아이리스 씨.

"그런데 꽤 심하네. 보아하니 하나 더 쓸 수밖에 없겠어."

처음에 썼던 재생용 포션으로 많이 회복되었을 텐데, 그럼에도 상처가 아물지 않는 걸 보니 거의 배가 없어질 정도로 크게 다친 거 아닌가……?

처음에 썼던 것 정도는 아니지만 나름대로 비싼 포션을 다시 상처에 뿌렸다.

"체력을 소모하니까 별로 쓰고 싶진 않지만."

엄청난 효과를 발휘하는 포션이지만, 아무리 많이 써도 문제가 없는 건 아니다.

여러 종류의 강력한 포션을 한꺼번에 쓰는 건 원래 매우 위험한 행동이다.

효과가 각각 간섭하면서 뜻밖의 부작용이 생길 위험성도 있다.

하지만 쓰지 않으면 죽는 상황에서는 쓰는 것밖에 방법이 없다.

할 수 있는 건 그런 부작용이 최대한 생기지 않게끔 조정하는 것뿐이다.

나는 상처 치료용 포션을 뿌린 다음 다시 아이리스 씨의 입에 체력 회복용 포션을 조금씩 머금게 했다.

그러자 아이리스 씨의 두드러기가 가라앉았고, 안색도 점점 좋아졌다.

그 모습을 보고 케이트 씨도 그제야 안심했는지 숨을 내쉰 다음 내게 고개를 숙였다.

"저 사람들은 풋내기인 것 같거든. 기분이 많이 상했지?"

"아뇨, 포션이 비싸다고 생각하는 건 어쩔 수 없으니까요."

미안하다는 듯한 표정을 지으며 나를 보는 케이트 씨에게 나는 고개를 저었다.

솔직히 발끈하긴 했지만, 실제로 연금술사가 파는 물건들은 꽤 비싸고, 이익률도 높다.

하지만 쉽사리 가격을 깎아줄 수는 없다.

좀 전에 내가 말한 것처럼 누군가가 싸게 팔면 그곳에 사람들이 모여들고, 다른 연금술사들에게도 가격을 낮추라고 압박을 가하게 된다.

그렇게 가격을 깎다 보면 이익률이 낮아지고, 고생하면서까지 연금술사가 되려 하는 의욕이 사라지게 된다.

그건 연금술사의 숫자를 늘리려 하는 나라로서는 용납할 수 없는 상황이고, 당연히 그렇게 가격을 낮추는 행위가 용납되지도 않는다.

그리고 애초에 연금술에 사용하는 소재는 기본적으로 비싸다.

채집자가 위험을 무릅쓰며 채집해오기 때문에 당연하다.

비싸지 않으면 채집자들의 의욕도 생기지 않고, 소재도 모이지 않는다.

이익률이 높다는 것도 '그 상품 하나만 놓고 보면' 그렇다는 것이고, 연성이 실패했을 때 사라지는 소재까지 계산하면 실제로는 그렇게까지 높지도 않다.

팔고 남은 것들이나 재고를 생각하면 성공률 7, 8할 정도까지가 아슬아슬한 손익분기점이다.

비싼 소재를 사용해서 만드는 고난이도 아티팩트를 취급할 예정이라면 꽤 많은 자금을 모아두어야 한다. 그렇지 않으면 한 번 연성에 실패한 것만으로도 파산하게 된다.

그렇기에 성실하게 일하는 연금술사일수록 자금이 부족한 경우가 많다.

안타깝게도 일반인들은 좀처럼 이해해주지 않지만.

나도 학교에 들어가서 공부를 하기 전까지는 '연금술사는 돈을 정말 많이 번다!'라는 이미지밖에 없었고.

뭐, 계산을 할 수 있는 사람 자체가 별로 없으니까 이익률 같은 소리를 해도 소용없겠지.

"저 사람들은 같은 파티 아닌가요?"

"오늘 처음 만난 사람들이야. 나하고 아이리스가 둘이서 함께 오늘 처음으로 대수해에 들어가게 되어서 익숙하다던 저 사람들하고 갔는데……, 완전히 걸리적거리기만 하더라."

"로레아, 저 남자들, 본 적 있어?"

"아뇨, 처음 보는 얼굴이에요. 아마 새로 온 사람들이겠죠."

"그렇겠지."

나도 본 적이 없다.

대수해에 들어가면서 우리 가게에 오지 않는 채집자는 거의 없을 테니까 '익숙하다'는 말도 거짓말이겠지.

적어도 이 마을에서 대수해에 간 적은 없을 테고.

"역시 그런 거야?"

"적어도 베테랑은 아니에요. 꽝을 뽑았네요."

"에휴……, 움직임이 풋내기 같은 걸 봤을 때 돌아와야 했어."

케이트 씨는 이마에 손을 대고 크게 한숨을 쉬었다.

"뭐, 버리고 도망치지 않았다는 것만 해도 그나마 낫죠."

그런 이야기를 하던 동안 체력 회복용 포션을 다 먹였기에 이번에는 질병 예방용 포션을 꺼냈다.

이건 단번에 먹여도 문제가 없어서 다시 입으로 먹여주고 살짝 입가를 닦았다.

상처가 아물었지만, 피가 부족해서 그런지 아이리스 씨의 얼굴은 창백했다.

하지만 온몸에 났던 두드러기는 이미 가라앉았고, 호흡도 꽤 차분해졌다.

맥박도……, 겨우 정상 범위에 들어왔고.

마력이 좀 줄어들긴 했지만 문제는 없는 정도다.

마법으로 살짝 진찰을 해보고 이상이 없다는 걸 확인한 다음, 나는 가슴을 쓸어내렸다.

"휴우……, 일단 이제 괜찮을 것 같네요."

"고마워! 정말, 이제 틀린 줄 알고……."

울음을 터뜨릴 것 같은 미소를 지으며 내 손을 잡은 케이트 씨에게 나도 미소를 지었다.

실습해봤지만, 실제로 나는 이렇게까지 심하게 다친 사람을 치료한 건 처음이다.

하지만 '치료하는 사람은 초조해하거나 불안한 듯한 모습을 보이면 안 된다'는 원칙에 따라 필사적으로 냉정한 척하고 있었다.

──잘 해냈지? 분명히. 응, 괜찮을 거야.

"우선 몸을 깨끗이 씻기고 눕히죠. 갈아입을 옷은 있나요?"

"저기, 여관에……."

"그럼 이쪽으로 가지고 와주세요. 생각 있으시면 저희 가게에서 주무실래요? 방은 있거든요."

"그래도 돼? 솔직히 대금을 치르려면 절약하고 싶으니까 고맙긴 한데."

"네. 한동안은 아이리스 씨의 상태를 보는 게 좋을 것 같으니까요."

아마 괜찮을 것 같긴 하지만, 부작용이 있을 수 있다.

나도 근처에 있어주는 게 안심이 된다.

"알았어. 짐을 챙겨올게!"

케이트 씨는 그렇게 말하자마자, 가게에서 뛰쳐나갔다.

그때 가게 바깥에서 기다리고 있던 남자 두 명이 슬쩍 보

였는데, 케이트 씨는 완전히 무시했고 들어와도 곤란하기 때문에 다시 문단속을 제대로 했다.

"로레아, 이 통을 씻어다 줄래?"

"알겠어요."

로레아가 돌아오기 전에 아이리스 씨의 옷을 벗기고 알몸으로 만들었다.

일단 다른 상처가 없는지 온몸을 확인했다.

일반적인 상처라면 포션으로 회복되었겠지만, 독침 같은 게 남아있으면 그곳에는 해독약 효과도 안 통하니 주의할 필요가 있다.

모처럼 해독했는데 다시 그곳에서 퍼져버리니까.

헬 플레임 그리즐리의 독은 발톱에 있으니까 괜찮긴 하겠지만, 확인할 필요는 있다.

"……응. 문제없네. 그런데 몸매가 꽤 좋다?"

방금까지는 신경 쓸 여유가 없었는데, 꽤 예쁜 사람이다.

채집자라서 그런지 몸매도 날씬하고, 얼굴도 단정하다.

지금은 피로 얼룩져 있지만, 머리카락도 윤기 있는 검은 색이다.

그러고 보니 케이트 씨도 미인이었지.

──아까 그 남자들은 분명히 외모를 보고 다가왔겠구나.

"사라사 씨, 씻어왔어요."

"고마워. 여기 놔줘."

로레아가 가져다준 통에 이번에는 마법으로 따뜻한 물을

만들었다.

그 따뜻한 물로 천을 적셔서 온몸을 깔끔하게 닦기 시작했다.

원래는 목욕을 시키고 싶지만, 아이리스 씨는 꽤 크단 말이지.

들어 올리는 건 신체 강화로 어떻게든 되겠지만, 체격 차이는 어떻게 할 수가 없다.

그러니 혼자서 움직일 수 있게 될 때까지는 참으라고 해야겠다.

피로 얼룩진 머리카락도 깔끔하게 닦아내고 2층에 있는 침대에 눕혔다.

"휴우. 로레아도 도와줘서 고마워."

"아뇨, 별로 대단한 건 못했으니까요……."

눈을 살짝 내리깔면서 그렇게 말한 로레아의 안색은 아직 조금 안 좋았다.

생각해보니 그렇게 크게 다친 사람을 볼 기회는 거의 없다.

그럼에도 멍하게 서 있지도 않고, 떠들어대지도 않고 제대로 도와주었으니 그것만으로도 대단하다. 엄청 유능하다.

"로레아에게는 자극이 좀 강했지?"

"네, 놀랐어요. ──연금술사는 그런 치료도 할 수 있군요."

"뭐, 치료해달라고 하는 경우도 있으니까. 실습도 했고. 그렇게까지 심하게 다친 사람을 치료한 건 처음이지만."

"그런가요? 침착하신 것 같던데."

신기하다는 듯이 말하는 로레아를 보고 나는 쓴웃음을 지었다.

로레아가 그렇게 봤다면, 나도 연기를 제대로 한 모양이다.

"아슬아슬했지. ──그래도 케이트 씨가 돈을 내겠다고 말해줘서 다행이야. 나도 저버리고 싶진 않았으니까."

"……만약에 케이트 씨가 돈을 내지 않겠다고 했으면 사라사 씨는 치료하지 않으셨을까요?"

로레아가 내 안색을 살피는 듯이 물어보자 나는 한순간 말문이 막혔다.

"──어려운 질문인데. 그래도 연금술사로서는 그럴 필요가 있거든. 더 많은 사람을 구하기 위해서."

지금 한 사람을 구할 수 있다 해도 연금술사와 채집자라는 구조가 사라져버린다면 더 많은 사람이 피해를 보게 된다.

그 때문에 구할 수단이 있다 해도 구하지 않는다는 선택지를 고를 수밖에 없는 경우도 있다. 그 '수단'이 무한대로 존재하지 않는 이상.

"실망했어?"

생각에 잠긴 것 같은 로레아에게 내가 말을 걸었다.

방침을 바꿀 생각은 없고, 바꿀 수도 없지만, 할 수 있다면 로레아는 이해해줬으면 좋겠다. 앞으로도 사이좋게 지내기 위해서.

하지만 그런 불안한 마음과는 달리 로레아는 바로 고개를 저은 다음 끄덕였다.

"아, 아뇨. 사라사 씨가 무슨 말씀을 하시는 건지는 알겠어요. 저도 '목숨이 달려 있으니까'라는 건 변명에 불과하다고 생각하니까요. 오히려 구두 약속만으로 그렇게 많은 포션을 쓴 사라사 씨가 대단하다고 해야 하나……, 비싼 거였죠?"

"어? 아, 응. 비싸지. 로레아가……, 10년 정도 필사적으로 일해야 살 수 있을 것 같은데?"

실제로는 10년간의 급료를 전부 더해도 소재 가격도 안 나오겠지만.

"그렇겠죠. 그런 포션을 처음 만난 사람에게 쓰다니……, 치료비를 떼어먹을 거라는 생각은 안 하셨나요?"

"음~, 그 남자들 상대로는 안 썼을 것 같은데? 하지만 케이트 씨라면 믿을 수 있을 것 같다는 생각이 들었거든."

그냥 직감.

하지만 아이리스 씨를 위해서 망설이지 않고 고개를 끄덕였으니까.

분명히 케이트 씨에게 아이리스 씨는 소중한 사람일 것이다.

"뭐, 떼어먹고 도망친다면 내가 보는 눈이 없었던 거겠지."

나는 로레아에게 그렇게 말하고 웃었다.

아이리스 씨가 깨어난 것은 다음 날 오후 무렵이었다.

아무리 체력 회복용 포션을 함께 썼다 해도 내가 예측했던 것보다 빨랐다.

그렇게 크게 다친 뒤에 재생시켰을 경우에는 보통 며칠은 더 잠들어 있을 텐데……, 원래 체력이 대단한 건가? 내 예측은 일반인이 그랬을 경우니까.

치료할 때 봤던 몸도 상당히 단련된 몸이었으니까.

"점장님, 폐를 끼쳐서 대단히 미안하군. 그리고 구해주어서 정말 고맙네."

케이트 씨에게 부축을 받으며 2층에서 내려온 아이리스 씨는 내 앞에 앉아서 고개를 크게 숙였다.

그 모습이 매우 아름다운 걸 보니 아이리스 씨는 좋은 가문 출신일지도 모르겠다.

"신경 쓰시지 않아도 돼요. 공짜로 구해드린 것도 아니니까요. 치료비는 케이트 씨에게 받을 테니까."

내가 그렇게 말하고 케이트 씨를 보자 케이트 씨도 고개를 힘차게 끄덕였다.

그 모습을 보고 아이리스 씨가 허둥대며 소리쳤다.

"아, 아니, 그건 내가——."

"점장 씨에게 부탁한 건 나야. 그러니까 이 빚은 내가 져야지."

"하지만 다친 건 나인데."

"그 상처도 우리를 지키기 위해서 입은 거잖아?"

"그래도——."

그런 느낌으로 누가 낼지 다투는 두 사람.

다행이 양쪽 다 '자기가 내겠다'고 하니까, 빚을 서로 떠넘

기려고 싸우는 게 아니라 다행이다.

모처럼 구해줬는데 싸우는 모습을 보고 싶진 않으니까.

하지만 여기서 그래봤자 나만 곤란하고, 딱히 혼자서 떠안을 필요는 없지.

"자!"

'짝짝', 손뼉을 쳐서 두 사람의 대화(?)를 중단시켰다.

그 소리를 듣고 무슨 상황인지 생각난 모양인지, 두 사람이 나를 보고 껄끄러운 표정을 지었다.

"아, 점장님. 미안하군."

"미안해, 점장 씨."

나는 고개를 숙인 두 사람에게 고개를 저으며 제안했다.

"저는 케이트 씨의 의뢰를 받고 구해드렸으니 케이트 씨에게 청구할게요. 하지만 두 분께서 협력하시는 게 좋을걸요? 치료비가 저렴하지 않다는 건 알고 계시죠?"

"그렇지. 솔직히 그렇게 심하게 다쳤는데 살아있다는 게 믿기지 않아. 하루밖에 안 지났는데 뜯겨 나간 팔도 문제없이 움직일 수 있다니."

내가 한 말을 듣고 아이리스 씨는 고개를 연달아 끄덕이며 자기 팔을 문지르고 움직였다.

그 움직임에 부자연스러운 느낌이 없는 걸 보니 딱히 문제없이 회복되고 있는 것 같다.

이론상 괜찮을 거라는 걸 알고 있긴 했지만, 실제로 확실하게 회복된 모습을 보니 안심이 되네.

"나도 보면서 믿을 수가 없었어! 설마 이런 시골 가게에 그런 포션이 있을 줄이야! ──앗, 미, 미안해, 점장 씨."

이 마을을 깔보는 듯한 말실수를 한 케이트 씨가 허둥대며 사과를 했지만, 나와 로레아는 부정할 수 없는 사실이었기 때문에 쓴웃음만 지었다.

"아뇨, 솔직히 저도 시골이라고 생각하니까요. 참고로 그 포션은 이제 없으니까 그렇게 또 다치더라도 치료할 수가 없거든요?"

"그렇겠지? 그런 포션이 잔뜩 있다면 깜짝 놀랄 거야."

뭐, 사실 그것보다 랭크가 하나 높은 포션을 남겨두긴 했지만.

물론 그걸 만들 때 쓴 소재도 스승님에게 받은 작별 선물이다.

너무 비싼 소재라 솔직히 쓸 때는 손이 떨릴 뻔했다고.

그렇다고 해서 방치해도 의미가 없고, 제자로서는 안 쓰는 게 죄송스러워서 썼지만.

"그런데……, 얼마나 하지?"

침을 꿀꺽 삼키며 나를 바라보는 케이트 씨와 아이리스 씨를 보니 조금 망설여지긴 했지만, 사용한 포션의 가격을 솔직하게 말하기로 했다.

"그게요……, 보통은 치료 자체에도 비용이 발생하긴 하지만, 그쪽은 그냥 서비스해드리는 거로 하고, 포션 값만 쳐서 대충──."

내가 그렇게 말한 금액을 듣고 케이트 씨, 아이리스 씨뿐만이 아니라 옆에서 듣고 있던 로레아도 깜짝 놀랐다.

그리고 모처럼 좋아졌던 아이리스 씨의 안색도 점점 안 좋아지고 있었다.

"그, 그렇군. 이, 이거 일을 열심히 해야겠는걸. 응."

"그, 그래. 둘이서 열심히 하자, 아이리스."

방금까지 누가 갚을지 말싸움을 벌이던 두 사람은 갑자기 서로 얼굴을 마주 보면서 손을 잡고 몸을 조금씩 떨면서 고개를 끄덕이고 있었다.

사이좋게 지내는 건 좋은 거지.

그래도 꽤 깎아준 건데, 그 가격도. 그냥 사려고 하면 더 비싸거든?

"'검에 잘린 것' 정도라면 더 싼 포션으로도 어떻게든 치료할 수 있었겠지만……. 배도 꽤 많이 다쳐서요."

"아, 아니다. 점장님. 절대 가격에 불만이 있는 건 아니다. 그 상태에서 완전히 회복시켜 주었으니 고맙다는 말밖에 할 말이 없군."

"그래. 겨우 회수해오긴 했지만, 솔직히 그 팔을 붙일 수 있을 거라는 생각은 안 했으니까."

"그럼 케이트에게도 고마워해야겠군. 용케 그런 상황에서 회수해주었어."

아, 나도 그렇게 생각했는데.

꽤 위험한 상황이었던 것 같은데, 용케 팔을 주울 여유가

253

있었다고.

"그래도 잃어버린 부위를 재생시키는 건 불가능하다는 이야기를 들었으니까. 팔이 있으면 조금이나마 가능성이 있지 않을까 하고 필사적으로……, 아이리스의 팔이 없어지는 건 싫으니까."

케이트 씨는 그렇게 말하면서 붙어있는 걸 확인하려는 듯이 뜯겨 나갔던 아이리스 씨의 팔을 쓰다듬었다.

아이리스 씨도 케이트 씨의 손에 자기 손을 얹고 다시 '고맙다'고 인사했다.

그래, 그래, 아름다운 우정. 좋다!

친구가 별로 없는 나는 좀 부러운데?

"저기, 사라사 씨. 잃어버린 팔을 재생시킬 수는 없나요?"

아, 신경 쓰이긴 하겠지.

일반인들이 보기에 연금술은 뭐든 할 수 있는 이미지니까.

하지만 평범한 마을 사람이었던 로레아보다 여러모로 지식이 있는 아이리스 씨와 케이트 씨는 쓴웃음을 지으며 '그건 불가능해'라는 듯한 표정을 짓고 있었다. 짓고 있긴 한데…….

"아니, 할 수 있는데?"

""뭐?!""

로레아가 한 질문에 아무렇지도 않게 대답한 나를 보고 로레아가 아니라 아이리스 씨와 케이트 씨가 깜짝 놀라며 내 얼굴을 빤히 바라보았다.

무슨 심정인지는 이해가 되지만.

"그래도 '불가능하다'는 말은 맞을걸? 내 스승님──까지는 아니더라도 고위 연금술사와 비싼 재료가 필요하고, 물론 이번에 케이트 씨와 아이리스 씨에게 청구한 금액과는 차원이 다른 돈이 필요하니까. 평범한 사람에게는 '불가능' 하겠지?"

그렇게 설명하자 깜짝 놀란 표정을 짓고 있던 아이리스 씨도 이해가 된다는 듯이 고개를 끄덕였다.

"그럼 불가능하겠네요. 저는 이번 치료비도 내지 못할 테니까요."

"서민이라면 그렇겠지?"

아무리 애를 써도 마련할 수 있는 금액이 아니고, 빚을 내도 갚을 수가 없다.

몸을 팔아봤자 그런 액수를 마련할 순 없다.

죽을 때까지 일해도 일반적인 직업으로는 모을 수가 없을 정도로 많은 금액.

그래서 서민은 재생시킬 수 있는 방법을 안다 해도 '포기한다'.

불쌍하다고 따져봤자 귀중한 소재가 필요하다는 건 사실이고, 그걸 모으기 위해서는 누군가가──, 구체적으로는 채집자가 위험을 무릅쓸 필요가 있으니까.

'불쌍하니까 공짜로 일해줘'라고 하면 일을 해줄 리가 없다.

"역시 그렇겠죠. 당연하다고 하면 당연하겠지만……."

"괜찮아, 로레아는 우리 종업원이니까 만약에 그렇게 되면 구해줄게."

"……그런데, 치료비는요?"

"급료에서 빼야지."

"죽을 때까지 공짜로 일해야 하는데요?!"

"안심해. 종업원 할인은 해줄 테니까."

"어느 정도 할인해서 어떻게 될 만한 금액이 아닌 것 같은데요……."

그렇게 말하며 한숨을 쉬는 로레아를 보고 나도 쓴웃음을 지었다.

뭐, 그렇긴 하지. 보통은 낼 수가 없는 금액이지.

그래도 로레아가 스승님네 가게의 마리아 씨 정도로 성장하면 아마 가능할 것이다.

그러니 부디 열심히 해줬으면 한다. 나도 로레아를 잃고 싶진 않으니까.

"확실하게 치료해줄 테니까 안심해."

"으으……, 기쁜 것 같기도 하고, 기쁘지 않은 것 같기도 하고……."

"후후후후……."

구해준다는 말은 기쁘지만, 빚을 지고 사는 생활은 싫다는 뜻인가?

괜찮아, 만약 그렇게 되더라도 급료를 전부 빼앗지는 않을 테니까.

죽지 않을 정도로는 살려둬야 회수할 수 있잖아?

──농담이지만.

"저, 저기, 점장님. 우리 빚은 어느 정도 속도로 갚아야 할까?"

내 미소를 보고 불안해졌는지, 아이리스 씨가 조심조심 손을 들며 그렇게 물어보았다.

"그건 의논을 해봐야죠. 아이리스 씨하고 케이트 씨의 실력을 모르니까요."

"우리는 나름대로 실력이 있──다고 생각하는데…….."

"크게 다쳐서 업혀 왔으니 설득력이 없겠군. 허심탄회하게 열심히 노력해야겠어."

약간 굳은 표정으로 그렇게 선언하는 아이리스 씨.

대수해에 들어갈 정도니까 나름대로 자신이 있어서 이 마을에 온 거겠지만. 첫날에 크게 다쳐버렸으니까……., 운이 있는 것 같긴 하지만.

"뭐, 무리하게 갚으라고 재촉할 생각은 없으니 안심하세요."

"그, 그렇군. 미안하다, 폐를 끼치게 되었어."

아이리스 씨가 숨을 내쉰 것과 동시에 '꼬르르르르륵~', 소리가 들렸다.

그리고 붉게 물드는 아이리스 씨의 얼굴.

"……아, 배가 고프신 모양이네요."

"아, 아니, 그게…….."

"뭐라도 먹을까요? 사다 놓은 음식밖에 없지만."

"그, 그래도 그건 너무 미안한데!"

"그래! 잘 곳을 빌려준 것만으로도 충분한데……. 바깥에서 먹고 올게."

"그래도 돈을 절약해야 하잖아요? 대단한 건 아니니까 사양하지 마세요."

"그래도 되는 건가……?"

"네. 로레아, 부탁할게. 그리고……."

부엌으로 가는 로레아를 보다가 다시 아이리스 씨와 케이트 씨를 돌아보고, 온몸을 살펴보았다. 음……, 응, 더러워졌네.

"아이리스 씨는……, 아니, 케이트 씨도 식사하기 전에 목욕하고 오세요."

"아니, 그렇게까지 신세를 질 수는……."

"저희 집에서 생활을 하려면 사양하지 마시고——, 아니, 반드시 하고 오세요. 불결한 건 싫어하니까."

"으……, 내가 더러운가."

딱 잘라 말하는 나를 보고 조금 상처를 입었는지 울상을 짓는 아이리스 씨.

하지만 사정을 봐주진 않는다. 애초에 연금술에 더러움은 금물이니까.

"일단 닦아드리긴 했지만, 깨끗하다고는 할 수가 없잖아요."

"크헉! 혹시 내 몸을 닦아준 게……?"

"저예요. 더럽길래 옷을 다 벗기고 닦아드렸죠."

"케, 케이트가 닦아준 것 아니었나?"

힘없이 바라보는 아이리스 씨에게 케이트 씨가 고개를 저으며 부정했다.

"나는 잠옷을 입혔을 뿐인데? 내가 봤을 때는 알몸으로 시트를 덮고 있었으니까."

"으으……."

다른 사람에게 알몸을 보여줘서 충격을 받은 건가?

아이리스 씨는 어깨를 축 늘어뜨렸다.

남자에게 보여준 것도 아닌데?

일단 풀죽은 그녀는 내버려 두고, 목욕할 준비를 시작했다. 마법으로 재빨리 마친 다음 돌아오니 케이트 씨에게 무슨 말을 들었는지, 아이리스 씨가 부활해 있었다.

"그럼 두 분 다 목욕하고 오세요."

"수고를 끼쳐서 미안하군. ……몸을 닦아준 것까지 포함해서."

"뭐, 연금술사도 의사 같은 거니까 환자나 다친 사람을 돌봐주는 건 당연한 거예요. 신경 쓰실 필요 없어요."

"아니, 알고 있긴 한데……."

아이리스 씨는 그렇게 말하며 쓴웃음을 지었다.

지식으로 알고 있더라도 부끄러운 건 부끄러운 건가? 이해가 전혀 안 되는 건 아니다.

나도 처음에는 다른 사람의 알몸을 보는 게 부끄러웠으니까.

하지만 그것도 잠시뿐이었다.

연금술사 양성학교의 실습은 그렇게 어설프지 않다.

부끄럽다거나, 그런 느긋한 말을 할 수 없는 상황이 되자 그런 감정은 금방 사라졌다.

지금은 남자의 알몸을 보더라도 아무렇지 않다──, 의료 행위를 할 때는 말이지.

"아이리스, 그건 이제 신경 쓰지 말자고 아까 정했잖아? 그럼 점장 씨, 목욕탕을 좀 쓸게."

"네. 깨끗하게 씻고 오세요."

나는 그렇게 말하고 케이트 씨에게 부축을 받으며 목욕탕으로 가는 아이리스 씨를 바라보았다.

"자. 케이트 씨 일행이 마주쳤다는 짐승에 대해 물어봐도 될까요?"

목욕과 점심 식사를 마치고 모두가 숨을 돌렸을 때, 나는 그 이야기를 꺼냈다.

대충 예측은 되지만, 일단 확인해야지.

"그래. 겉으로 보기에는 곰하고 비슷하게 생겼는데, 앞다리가 네 개 있었어. 크기는 나보다 좀 더 컸지. 덩치가 꽤 컸다고."

아이리스 씨가 일어서서 이 정도라며 손을 들어 알려주었다.

그 크기는 키가 좀 큰 편인 아이리스 씨보다 더 컸고, 가로 폭은 1미터에 가까웠다.

"모피가 붉은색이었고, 입에서 불을 토해냈어. 아이리스가 베었는데도 좀처럼 상처가 나지 않았고, 발톱도 튼튼해서 아이리스의 검을 간단히 튕겨냈지."

"앗! 내 검은?!"

케이트 씨가 설명하자 아이리스 씨가 그렇게 소리를 질렀고, 케이트 씨는 조금 껄끄럽다는 듯이 고개를 저었다.

"미안해, 그것까지 회수할 여유는 없었어."

"──그렇겠지. 에휴……, 설마 잃게 될 줄이야……."

아이리스 씨는 한순간 말문이 막혔고, 힘없는 표정을 지으며 크게 한숨을 쉬었다.

그런 상황에서도 팔만은 회수해 왔으니 케이트 씨는 충분히 대단하다.

그런데 이 특징, 역시 그거구나.

"그 특징에 독을 가지고 있다면 역시 헬 플레임 그리즐리가 확실한 것 같아요. 마주친 곳은 이 마을에서 얼마나 떨어진 곳이었죠?"

"별로 먼 곳이 아니었지?"

아이리스 씨는 고개를 살짝 갸웃거리면서 확인하려는 듯이 케이트 씨를 보았다.

케이트 씨도 마찬가지로 잠시 생각하고 나서 고개를 끄덕였다.

"그래. 먼 곳에서 마주쳤다면 아이리스는 살아나지 못했을 거야. 필사적으로 달려오긴 했지만, 20분은 안 걸린 것 같아."

"꽤 가깝네요⋯⋯, 사라사 씨, 괜찮을까요?"

"음~⋯⋯, 마물 중에서는 그렇게까지 강한 편이 아니긴
한데⋯⋯."

내가 그렇게 말하자 아이리스 씨가 깜짝 놀랐다.

"뭐?! 그게 그렇게까지 강한 편이 아니라고?!"

"네, 마물 중에서는요."

마물과 다른 짐승.

명확하게 정의된 것은 아니지만, 일반적으로는 사냥군이
쓰러뜨리지 못하는 생물이고 인간에게 위협이 되는 생물을
한꺼번에 '마물'로 분류한다.

간단히 말하자면 '강하면 마물'인 것이다.

헬 플레임 그리즐리도 그런 마물의 일종인데, 아이리스 씨
가 알려준 크기는 헬 플레임 그리즐리 중에서 중간 정도다.

힘 자체는 그렇게까지 강하지 않으니 내가 보기에는 위협
적이라고 할 정도는 아니다.

"마물은 무섭구나⋯⋯."

"아이리스 씨하고 케이트 씨는 마물과 마주친 게 처음인
가요?"

"그래. 이래 봬도 실력에 조금 자신이 있었는데⋯⋯."

내가 묻자 고개를 끄덕이면서 조금 풀죽은 모습을 보여주
는 아이리스 씨와 케이트 씨.

하지만 처음 마주쳤다면 그럴 만도 하겠지.

마물이 '위협'이라고 인정받는 건 사실이니까.

"보통은 더 안쪽에 살고 있을 텐데……, 마을에 들어오기라도 하면 위험하겠죠."

"사, 사라사 씨, 어떻게 하죠? 마을로 오진 않겠죠?"

"아니, 글쎄……?"

"네에?!"

불안한 표정을 짓고 있는 로레아를 안심시켜주고 싶긴 하지만, 거짓말을 할 순 없다.

내가 솔직하게 대답하자 로레아는 초조한 듯한 표정을 지었고, 안절부절못하기 시작했다.

로레아는 실제로 헬 플레임 그리즐리를 보지 않았지만, 피해를 입은 아이리스 씨의 상처를 보았다.

나름대로 싸움 실력이 있는 듯한 그녀가 죽을 뻔했다는 것을 감안하면 동요해버리는 것도 어쩔 수 없다.

"이, 이런 경우에는 영주님께 부탁해야겠죠?"

"일단 그렇긴 하겠지만, 움직여줄지……."

지금은 '숲속에 마물이 있다'는 단계이고, 피해를 입은 사람은 숲에 들어간 채집자뿐이다. 채집자는 그런 위험도 감안하고 숲으로 들어가는 것이기 때문에 그것 자체는 영주가 보기에 별다른 문제가 안 된다.

병사를 움직이려면 돈이 들기 때문에 '위험할 것 같으니까'라는 이유만으로는 좀처럼 대처해주지 않는 것이다.

유능한 영주라면 마을이 피해를 입기 전에 대처한다.

평범한 영주라면 마을 사람이 피해를 입고 나서 대처한다.

무능한 영주라면 마을 사람이 피해를 입은 뒤에도 방치한다.

하지만 마을이 하나 사라진다면 큰 실수이고, 임금님에게 처벌을 받을 수도 있기 때문에 그렇게까지 방치하는 건 정말 무능한 사람이겠지만…….

"여기 영주님은 어떤 느낌이야?"

내가 묻자 로레아는 고개를 저었다.

로레아처럼 어린아이는 그런 것까지는 모르겠구나.

그 대신 내 질문에 대답한 사람은 아이리스 씨였다.

"내가 본 인상으로는 '무능 쪽에 가까운 평범'일 거야. 아마도."

"그럴 수가…….."

아이리스 씨가 사정없이 그렇게 평가하자 로레아가 우울하게 고개를 숙였다.

내가 보기에는 피해자가 아는 사람**일지도 모르는** 상황이지만, 이 마을에서 태어나서 자란 로레아는 잘 아는 사람 중 누군가가 피해를 입게 되는 거니까…….

하지만 나도 그 피해자가 아는 사람일 확률이 낮은 건 아니지.

가능성이 가장 큰 사람은 사냥꾼인 재스퍼 씨. 숲에 드나드니까.

이웃을 저버리는 건 너무 찜찜하니까…….

"좋아, 잠깐 가서 소재를 챙겨올까?"

"""……어?"""

내가 한 말을 듣고 세 사람이 한목소리로 깜짝 놀란 듯한 목소리를 냈다.

"아니, 아니, 점장 씨. 그렇게 마음 편히 할 이야기가 아니잖아?"

케이트 씨가 정신이 번쩍 들었는지 손을 저으면서 '말도 안 된다'는 듯한 표정을 짓고 있다가 내 태연한 모습을 보고 중간부터 '어라?'라는 표정으로 바뀌었다.

하지만 로레아는 그럴 여유도 없었는지 울상을 지으며 내게 매달렸다.

"맞아요! 누군가가 다치는 것도…… 싫지만, 사라사 씨도!"

로라에는 만에 하나 헬 플레임 그리즐리가 마을에 쳐들어오면 다치기만 하고 끝날 리가 없다고 생각했는지 말을 조금 더듬으면서도 나를 걱정해주었다.

그렇게 말해주니 고맙긴 한데, 그렇게까지 심각하게 말하니 조금 곤란하다.

"아니~, 그렇게까지 걱정해줄 필요는 없는데……."

"점장님은……, 혹시, 강한가?"

"스승님에게는 전혀 상대도 안 되니까 스스로 강하다고 하긴 쑥스럽지만, 그런 곰 한 마리 정도라면 문제없을 것 같은데요?"

문제는 어떻게 쓰러뜨릴까인데.

마법을 써도 되겠지만, 요즘에는 검술 훈련도 다시 시작했으니 이번에는 검으로 사냥을 해볼까?

하지만 소재를 생각하면 쓰러뜨리는 방식도 고려해야만 한다.

심장을 찔러버리면 심장을 소재로 써먹을 수 없게 되고, 머리를 공격하면 눈알 같은 소재를 얻을 수 없게 된다.

적당히 베어서 과다출혈로 죽는 걸 노리면 연금술 쪽 소재는 나쁘지 않겠지만, 죽을 때까지 날뛰게 되기 때문에 식용 고기의 맛은 떨어진다.

단숨에 피를 빼내기 위해 머리를 잘라내면 금방 죽겠지만, 모피의 가치가 떨어진다.

전부 얻는 건 힘들 테니 무언가를 포기할 필요가 있단 말이지.

──그렇게 설명하자 세 사람의 시선이 깜짝 놀란 눈초리에서 어이가 없다는 듯한 느낌으로 점점 바뀌었다. 왜지?

"으음……, 연금술사가 강하다는 소문은 사실이었나?"

"아, 아뇨, 사람마다 다를걸요? 실기에서 겨우 합격한 사람도 있으니까요."

연금술사는 고도의 마력 제어가 필요해서 모두 마법 실력은 일정 이상이고, 그 제어 능력은 공격마법을 사용할 때도 영향을 준다.

하지만 싸울 수 있는지 여부는 사람마다 다르다.

학교에서는 공격마법을 거의 배우지 않으니까.

그런 반면, 무기를 다루는 법은 교육 과정에 들어가 있긴 하지만, 별로 중시하진 않기 때문에 최소한 자신의 몸을 지킬 수만 있다면 학점은 딸 수 있다.

기준은 호위를 고용해서 채집하러 갈 때 걸리적거리지 않을 정도.

그 이상은 알아서 하게끔 맡기기 때문에 실력은 사람마다 제각각 다르다.

"저 같은 경우에는……, 뭐, 같은 학년에서는 좋은 편이었죠."

"그, 그런가……. 하지만 점장님을 혼자 보낼 수는……."

"아, 그래도 혼자 가면 시체를 가지고 올 수가 없으니까 짐을 들 사람을 고용할 거예요."

무게만 놓고 보면 신체 강화로 어떻게든 되겠지만, 체격 차이는 어떻게 할 수가 없다.

모처럼 사냥하는 거니까 잘게 잘라서 배낭에 넣는 것도 아깝다.

"그, 그렇다면 내가!"

"어? 그래도 아이리스 씨는 아직 제 실력을 발휘하실 수가 없잖아요?"

"아니! 괜찮다! 짐을 드는 것 정도라면 문제없어."

"음……."

조금 곤란해져서 케이트 씨를 보니 케이트 씨는 '알겠다'는 듯이 고개를 끄덕였다.

다행이다. 많이 다쳤던 사람을 데리고 가는 건 좀——.

"내게 맡겨. 나도 참가할 테니까."

"네에?!"

아니야! 내가 원했던 건 그런 게 아니라고!

말려줬으면 했던 거라고!

어떻게 할까, 그렇게 고민하던 내게 로레아가 물었다.

"그런데 사라사 씨. 사라사 씨라면 괜찮은 거죠? 만약 위험하다면…….

조금 불안해하는 로레아를 보고 나는 허둥대며 힘차게 고개를 끄덕였다.

"물론이지! 내가 보기에는 그 정도 곰은 식은 죽 먹기야. 그냥 벌컥벌컥 마실 수 있는 수준이지! 걸리적거리는 사람이 있다 해도 문제없어."

"……걸리적거리는 사람."

"앗…….

나도 모르게 그렇게 한 말을 듣고 아이리스 씨가 축 늘어져서 풀죽은 표정을 지었다.

"아~~, 점장 씨. 우리가 따라가지 않는 게 나을까?"

"아, 아뇨. 곰을 옮길 사람이 필요하니까……. 저기, 아이리스 씨, 일단 오늘은 푹 쉬세요. 내일 가도록 하죠! 잘 부탁드릴게요! 자, 어서 주무셔서 체력을 회복하셔야죠!"

"어? 어?"

이럴 때는 밀어붙여서 넘겨야지.

풀죽은 아이리스 씨를 재촉하면서 침대에 밀어붙이며 둘러댔다.

나는 쓴웃음을 짓고 있는 케이트 씨와 로레아에게 등을 돌린 다음, 내일 사냥할 준비를 하기 시작했다.

◇ ◇ ◇

"그럼 곰을 퇴치하러 가죠! 재스퍼 씨, 오늘은 잘 부탁드릴게요."

"그래, 내게 맡겨. 나도 남 일이 아니니까."

곰을 사냥하러 가는 멤버는 나와 케이트 씨, 아이리스 씨, 그리고 사냥꾼인 재스퍼 씨.

재스퍼 씨가 참가한 이유는 이웃이라 부탁하기 편했기 때문이기도 했지만, 가장 큰 이유는 사냥꾼의 추적능력을 기대했기 때문이다.

쓰러뜨리는 건 문제없다 해도, 찾아내지 못하면 의미가 없으니까.

나는 그런 쪽에 능력이 없고, 아이리스 씨와 케이트 씨도 마찬가지인 것 같아서 프로에게 부탁한 것이다.

이 마을의 유일한 사냥꾼인 재스퍼 씨라면 분명 찾아내 줄 것이다.

"사라사, 그냥 물어보는 건데, 괜찮은 거겠지? 내가 사냥꾼이긴 하지만, 일반적인 곰이라면 모를까, 마물은 어떻게

269

해볼 수가 없어."

"네. 저 혼자 싸울 테니 위험해지면 도망치세요."

"그런 짓을 하면 마누라한테 죽는다고! 부탁이니까 위험해지면 도망쳐라?"

"아하하……, 괜찮아요. 정말로."

의외로 잡혀 사는구나, 재스퍼 씨.

엘즈 씨는 강할 것 같긴 하지.

"그럼 케이트 씨, 안내 부탁해요."

"알겠어. 음……, 이쪽이야."

케이트 씨의 안내를 받아 우선 습격당한 곳으로 향했다.

그녀도 확실하게 기억하지는 못하는 것 같았지만, 도망칠 때는 한쪽 팔을 잃은 아이리스 씨를 업고 뛰어왔기 때문에 당연히 그 경로에 피가 뚝뚝 떨어져 있었다.

사냥꾼인 재스퍼 씨가 보기에는 알아보기 쉬운 안내판 같았는지, 케이트 씨가 망설일 때마다 도와주었다.

그리고 마을을 나선 지 30분 정도.

"여기! 여기에서 습격당했어!"

이곳이 참극의 현장이라는 건 문외한인 나도 알 수 있었다.

부러진 나뭇가지와 짓밟힌 풀, 무언가가 그을린 듯한 흔적, 그리고 여전히 남아있는 검붉은 핏자국.

"이거……, 사라사, 이 녀석은 꽤 큰데? 적어도 나는 쓰러뜨릴 수가 없어. 그냥 크기만 한 곰이라면 모를까."

근처 나무에 묻은 발톱 자국 같은 것들을 살펴보던 재스퍼 씨가 조금 질린 듯한 표정으로 고개를 저었다.

아이리스 씨가 해준 이야기로는 '조금 컸다'고 했는데, 재스퍼 씨가 보기에는 그보다 더 큰게 분명하다고 한다.

"뭐, 괜찮을 거예요. 문제는 어떻게 깔끔하게 쓰러뜨릴지——."

"여기 있다! 내 검!!"

그때, 무언가를 찾으려는 듯이 주위를 이리저리 둘러보고 있던 아이리스 씨가 기뻐하며 소리쳤고, 풀숲 안에서 검 한 자루를 주워들었다.

그러고 보니 검을 회수하지 못했었지.

"잘됐네요."

"앗, 점장님……."

내가 말을 걸자 기뻐하며 검을 끌어안고 있던 아이리스 씨가 조금 껄끄러운 듯한 표정을 지었고, 허둥대며 손을 흔들기 시작했다.

"이건, 저기! 결코 짐을 들겠다고 따라오면 안전하게 검을 회수할 수 있겠다고 생각한 게 아니라! 뭔가 은혜를 갚아야겠다고 생각해서!"

"네? 아, 딱히 상관없어요. 검이 없으면 일을 할 수가 없잖아요."

왜 그렇게 허둥대나 싶었는데, 그런 거였구나.

딱히 부담을 느끼지 않아도 되는데.

내가 이 마을에 올 때 가지고 있지 않았던 것처럼, 검이라는 건 꽤 비싸서 간단히 살 수 있는 물건이 아니다.

특히 지금 빚을 떠안고 있는 아이리스 씨와 케이트 씨에게는 심각한 문제일 것이다.

검이 없으면 일을 할 수 없고, 나도 채집자가 아니기 때문에 빌려줄 만한 검은 없다.

아무리 그래도 스승님에게 받은 검을 빌려줄 순 없으니까.

"미안해, 점장 씨. 나도 깜빡하고 있었어. ──아이리스, 검을 회수하고 싶었다면 미리 말해두는 게 예의 아니야?"

"윽…… 점장님. 미안하군. 짐을 나르겠다고 지원했을 때, 검을 염두에 두고 있었던 건 부정할 수 없어."

껄끄러운 듯한 표정을 지으면서 내게 고개를 숙이는 아이리스 씨와 함께 고개를 숙이는 케이트 씨.

"아, 아뇨. 진짜 신경 안 쓰셔도 되는데요? 찾아서 다행이네요."

"으으. 이렇게 착한 점장님에게 내가……."

"아뇨, 정말이에요."

힘없는 표정을 짓는 아이리스 씨를 겨우 달래서 추슬렀다.

"재스퍼 씨, 추적은 가능한가요?"

"내게 맡겨. 이렇게 덩치가 커다란 놈을 추적할 수 없는 사냥꾼은 없지."

"덕분에 도움이 되네요. 그럼 잘 부탁드릴게요."

"그래."

힘차게 고개를 끄덕인 재스퍼 씨의 안내를 받으며 우리는 곰의 흔적을 쫓아갔다.

하지만 바로 뒤를 쫓아가는 걸 중단하고 다른 쪽으로 진로를 바꾸었다.

"이거……, 우리가 운이 좋았던 건가?"

"그래. 곰은 사냥감으로 인정하면 끈질기게 쫓아오니까. 그……, 헬 플레임 그리즐리라고 했나? 그 녀석도 그런지는 모르겠지만."

"마물은 꽤 끈질긴데요? 호전적인 녀석들이 많으니까 일반적인 동물과는 다르게 먼저 덤비는 녀석들도 많은 것 같고요."

일반적인 야생동물은 인간과 마주치면 우선 도망친다.

어지간히 굶주리지 않는 한, 적당히 소리를 내면서 걸어가기만 해도 동물이 알아서 피한다.

하지만 마물로 분류되는 생물은 그렇지 않다.

그쪽이 먼저 다가와서 습격하는 경우도 꽤 있다.

꽤 애매한 구분이긴 하지만, 이런 부분은 나름대로 확실한 차이일지도 모르겠다.

물론 마물도 뭐든지 걸리는 대로 습격하는 건 아니지만, 그렇게 자세한 생태는 알려지지 않단 말이지.

"뭐, 헬 플레임 그리즐리가 중간에 포기해줘서 다행이에요. 마을까지 쫓아왔다면 위험했을 테니까요.""우리 마을에서는 대처할 수 있는 녀석이 없으니까……, 사라사 말고."

"아마 베테랑 채집자라면 문제가 없을 것 같긴 한데……,

뭐, 마을을 위해서 싸워줄지는 다른 문제죠."

"나, 나는 싸울 건데?"

"아니, 아니, 아이리스 씨, 당해버렸잖아요."

"마음, 마음만은."

마음보다는 목숨을 소중히 여기세요.

임시 파티인 데다 발목까지 잡았던 채집자 두 명도 버리지 않았던 걸 보니 정말 좋은 사람인 것 같긴 한데, 좀 위태롭다.

"이 방향, 점점 마을 쪽으로 다가가고 있는데."

"네. 오길 잘한 것 같네요."

흔적은 갈지자를 그리면서도 마을 쪽을 향해 이동하고 있었다.

방치했다면 꽤 높은 확률로 마을에 쳐들어왔을 것이다.

"음, 이건 얼마 안 된 흔적인데. 지금부터는 조심히 나아가자."

"그렇군요. 그럼……."

근처까지 왔다면 걸리려나? 탐지마법으로 주변을 찾아보았다.

"──아, 이거네. 찾았어요. 그럼 다녀올게요. 따라와도 괜찮긴 하지만, 들키면 골치 아프니까……."

재스퍼 씨는 괜찮을 테고, 뒤에 있는 두 사람은…….

"정말 혼자서 싸워도 괜찮아?"

"네. 이래 봬도 연금술사니까요."

"나는 연금술사가 강하다는 생각이 안 드는데……."

무슨 생각을 하는지 알겠어요. 그래도 강한 사람은 강하거든요?

특히 우리 스승님 같은 경우에는 부조리할 정도로 강하고.

그건 분명히 검술만으로 싸워도 왕국 기사 이상일 것 같다.

스승님과는 비교도 안 되겠지만, 나도 체력이 필요 없는 단시간 전투라면 꽤 강하다.

나는 탐지마법으로 찾아낸 방향으로 몰래 다가갔다.

그 뒤로 조금 떨어진 거리를 유지하며 재스퍼 씨와 다른 사람들이 따라왔다.

중요한 것은 기습하는 것. ──좋은 소재를 얻기 위해서 말이지.

발견했다.

이쪽으로 등을 돌린 채 나무 줄기에 발톱으로 상처를 내고 있다.

"점장님, 어떻게 쓰러뜨릴 거지?"

"쓰러뜨리는 것만 생각하면 뭐든 상관없는데요……, 이번에는 목이죠."

"목?"

"네. 목을 부러뜨리는 게 소재를 제일 많이 얻을 수 있으니까요."

"어……?"

"하앗!"

나는 고개를 갸웃거리고 있는 아이리스를 내버려 두고 곰의 뒤쪽을 향해 있는 힘껏 뛰어올랐다.

때려넣은 발.

'으득', 울리는 둔탁한 소리.

부러져서 늘어진 헬 플레임 그리즐리의 두꺼운 목.

나는 그 커다란 덩치를 발로 차서 쓰러뜨린 다음 뒤쪽에 착지했다.

헬 플레임 그리즐리의 몸은 땅바닥에 쓰러졌고, 꿈쩍도 하지 않게 되었다.

"휴우."

"어어? 으어어? 어어어어어어?!"

"……네?"

"믿기지 않는군…….."

땅바닥에 내려선 나와 움직이지 않게 된 헬 플레임 그리즐리를 번갈아가며 보면서 혼란스러워하는 아이리스 씨와 케이트 씨, 재스퍼 씨.

"식은 죽 먹기라고 했잖아요."

"아니, 점장님이 그렇게 말하긴 했지만. 설마, 이럴 수가, 아니, 응?"

응? 이라고 물어봤자.

"나는 그 검으로 쓰러뜨릴 거라 생각했는데."

"보험으로 가지고 오긴 했지만, 베지 않는 편이 소재를 더 많이 회수할 수 있으니까요."

애초에 나는 체술 쪽을 더 잘한다. 돈이 없었으니까.

무기는 쓰면 닳고, 손질하는데도 돈이 든다.

그런 면에서 마법이나 체술은 좋다.

비용이 안 든다. 필요한 것은 자신의 체력, 정신력뿐이지! 정말 경제적이야!

뭐, 그래서 실습할 때도 기본적으로는 체술로 쓰러뜨렸지.

모피 같은 것들도 깔끔하게 회수할 수 있으니까.

참고로 체술 쪽 스승님은 학교의 검술 선생님.

체술 같은 건 시험을 보지 않지만, 그 선생님도 고아였던 모양인지 같은 처지인 나를 동정하며 열심히 지도해주었다.

"그럼 바로 소재를 회수할까요. 신선도가 높으면 좋은 소재를 얻을 수 있으니까……, 응, 화염주머니도 잔뜩 들어있네."

화염주머니는 헬 플레임 그리즐리처럼 불꽃을 내뿜는 마물이 가지고 있는 기관이고, 안에는 액체가 들어있다.

이것을 회수하기 위해 필요한 것은 단숨에 쓰러뜨리는 것.

불꽃을 내뿜어버리면, 모처럼 쓰러뜨렸는데도 안이 텅 비어있을 경우도 생기니까.

며칠 전에 아이리스 씨 일행하고 전투를 벌였을 때는 그렇게 많이 소비하지 않았던 모양이다.

"호오, 사라사, 손재주가 좋은데?"

"저도 프로니까요. 이 정도는 해야 연금술사라고 할 수 있죠."

적어도 마물의 해체 실력만 놓고 보면 재스퍼 씨에게 지지 않을 자신이 있다.

"으으, 내가 고생했던 적을 이렇게 쉽사리 소재로 만들다 니……."

왠지 복잡한 듯한 표정을 지은 아이리스 씨가 지켜보는 가운데, 소재를 회수해나갔다.

이렇게까지 신선한 소재는 좀처럼 얻을 수가 없으니까, 가격 쪽도 기대할 수 있을 것 같다.

절반 정도는 스승님에게 보내거나, 사우스 스트러그에 팔 고…….

"자, 마지막은 눈알이에요. 나머지는 돌아간 뒤에 회수해 도 충분하니까."

"벌써 끝났어? 정말 빠르구나."

"신선할수록 가치가 있거든요……, 어? 설마, 이건……."

보통은 하얀색인 헬 플레임 그리즐리의 눈알.

하지만 내가 꺼낸 그것은 새빨간 색으로 물들어 있었다.

"헬 플레임 그리즐리의 광란?"

"네. 그럴 위험성이 매우 높아요."

'헬 플레임 그리즐리의 광란'.

그것은 헬 플레임 그리즐리가 무리 지어 근처 마을이나 도시를 습격하는 상황을 일컫는 말이다.

그 원인은 여러 가지 가설이 있지만, 가장 유력한 가설은 '화염석의 부족'이다.

화염석은 말 그대로 불꽃의 힘이 깃든 돌이고, 이 부근에서는 대수해 안쪽, 일부 산의 중턱에서 난다.

헬 플레임 그리즐리는 이 돌을 즐겨 먹곤 하는데, 어떤 이유로 충분한 양을 확보할 수 없게 되면 마치 이성을 잃어버린 듯이 폭주하기 시작하는 것이다.

그 징조가 붉게 물든 눈알.

이번에 내가 쓰러뜨린 개체는 척후 같은 것이고, 시간이 조금 지나면 무리 본체가 온다.

적어도 10마리 정도, 많으면 100마리가 넘는 경우도 있다고 들었다.

"그, 그럴 수가……."

촌장님은 내 설명을 듣고 깜짝 놀랐다.

그 이후로 급하게 마을로 돌아온 우리는 촌장님의 집으로 와서 광란에 대해 말했다.

한두 마리라면 내 저금이 늘어날 뿐이지만, '광란'에 혼자 대처하는 건 불가능하다. 자랑은 아니지만, 내게 오랫동안 싸울 수 있는 체력은 없으니까.

"어, 어떻게 할꼬……, 재스퍼, 어떻게 할 수 있나?"

"나는 한 마리도 못 쓰러뜨린다고. 영주님에게 구원 요청을 한다고 해도 시간이――."

"이르면 당장 내일, 늦어도 엿새 안에는 올 거예요."

"안 돼! 연락조차 제때 닿지 않을 게야……. 애초에 영주님이 병사를 보내줄지도……."

촌장님은 새파랗게 질린 채 머리를 감싸 쥐었다. 엘즈 씨가 세금을 받는 것밖에 할 일이 없다고 했는데, 그래서 위기에 익숙하지 않은 모양이었다.

믿음직한 걸로 따지면 외모도 그렇고 침착한 태도도 재스퍼 씨가 압도적으로 더 나았다.

"사라사, 어떻게 안 되겠어?"

"재스퍼 씨, 아까는 간단히 쓰러뜨리긴 했지만, 그건 기습이었고 한 마리였기에 가능한 거였거든요?"

양을 한 마리 죽이는 것과 양 열 마리가 나란히 돌진해오는 것을 똑같은 상황으로 보는 거나 마찬가지다.

비교가 전혀 안 되는 상황이다.

"물론 할 수 있는 범위 내에서 협력하겠지만……, 마을 사람 중에서 싸울 수 있는 사람은 얼마나 되죠?"

"확실히 말해서 재스퍼 정도밖에 없지. 아마 도움이 안 될 거다."

"그래. 대부분은 그냥 농민이니까."

"그래도 돌을 던지거나 물을 끼얹는 것 정도는 할 수 있을 것 같지만, 역시 채집자들에게 협력을 부탁할 수밖에 없을 것 같네요."

"하지만 마을에는 돈이 없어……."

곤란하다는 듯이 말꼬리를 흐리는 촌장님에게 바로 대답한 사람은 함께 따라왔던 아이리스 씨와 케이트 씨였다.

"나, 나는 협력하겠다! 부족한 몸이지만."

"나도 할 수 있는 일이 있다면 도울게."

"오오, 고맙군. 다른 고참 채집자들이라면 협력해줄지도 모르겠다만⋯⋯."

"보수는 헬 프레임 그리즐리를 쓰러뜨리면 그 소재로 어떻게든 될 거예요. 제가 사들일 테니 그 돈으로 고용하죠."

채집자와 용병은 다르지만, 자신이 머무르고 있는 마을이니 보수를 지불하면 협력 정도는 해줄 것 같다.

문제는 베테랑이 아니면 헬 플레임 그리즐리를 쓰러뜨릴 수 없다는 건데, 안드레 씨 같은 사람이라면 아마 괜찮을 것 같고.

"그래도 마을 전체를 지키기에는 사람이 부족하지?"

"네. 그래도 방법은 있어요."

나도 책에서 보기만 한 거지만, 화염석을 좋아하는 헬 플레임 그리즐리는 불의 마력이 담긴 마정석을 써서 어느 정도 유도할 수 있는 것 같다.

마을 전체를 지킬 수 없다면 적을 한곳에 모을 수밖에 없다.

"울타리를 만들고 그곳으로 유도해서 한꺼번에 해치우죠. 싸울 수 없는 사람도 망을 보거나 사전 준비에 협력해주면 어떻게든 될⋯⋯지도 몰라요."

한 마리도 남김없이 모으지 못한다 하더라도 여러 방향에서 제각각 쳐들어오는 것보다는 나을 것이다. 따로 떨어진 녀석들은 누군가가 돌아다니면서 대처할 수밖에 없겠고.

"물론 결정은 촌장님이 하셔야 하니까, 모두 함께 어딘가로 피난가는 방법도 있긴 하겠지만요…….”

“피난을 가긴 힘들지. 마을 사람 중 대부분은 농민이니 농지를 버리면 살아갈 수가 없다. 이곳 영주님에게 지원을 기대해봤자 소용없을 테고…….”

“이곳 영주는 무능하니까.”

한숨을 쉬는 촌장님과 완전히 딱 잘라 말하는 재스퍼 씨.

하지만 마을이 사라져버릴 위기라면 일반적인 영주는 지원을 해줄 텐데……, 아, 그렇구나. 극단적으로 따지면 그 마을에 사는 게 그 마을 사람일 필요는 없지.

텅 빈 마을에 다른 곳에서 사람을 데려와서 살게 하는 방법이 있긴 하니까.

데려온 김에 땅값 같은 것도 받으면 영주에게 돈이 되니까…….

“오히려 사라사야말로 이 마을에 온 지 얼마 안 되었으니까, 이곳에 얽매일 필요는 없을 텐데.”

“음~, 아무리 그래도 친구를 버리고 도망칠 수는 없죠.”

로레아는 몇 안 되는 내 친구고, 엘즈 씨 같은 사람들에게도 신세를 졌다.

승산이 전혀 없다면 모를까, 어떻게든 해볼 방법이 있다면 도망칠 생각은 없다.

“고맙구나. 이런 시기에 사라사가 와준 건 신께서 인도해주신 거야.”

“미안하다. 그래도 덕분에 살았어. 나도 이 마을에는 애착이 있으니까 할 수만 있다면 버리고 싶지 않아."

"아뇨, 아뇨. 제가 할 수 있는 건 제힘이 닿는 범위까지만 이니까요. 그런 건 됐고 자세한 방침에 대해 정해보죠."

그 이후로 우리는 울타리를 만들 범위와 전투 구역, 유도 하는 방법 등을 자세하게 정하기 위해 한동안 이야기를 나누었다.

일단 그런 쪽 지식도 학교에서 공부한 나는 그렇다 치더라도 아이리스 씨와 케이트 씨가 생각했던 것보다 많이 알고 있다는 게 뜻밖이었지만, 그 덕분에 이야기가 잘 풀린 건 불행 중 다행이었다.

"사라사 씨, 제가 도울 만한 건 없을까요?"

"그래. 그럼 뜰에서 약초를 따와서 씻어줄래?"

"알겠어요!"

그렇게 대답하고 바로 집에서 나간 로레아를 보낸 다음 나는 불의 마력이 담긴 마정석을 만들기 시작했다.

마정석이라고 해도 아티팩트에 사용하는 것처럼 순도가 높을 필요는 없기 때문에 마정석 가루를 부숴서 마력을 담기만 하는 것이다.

단, 유도하기 위해서는 꽤 넓은 범위에 뿌려야만 하기 때문에 양이 많이 필요하다.

"이렇게 했는데 실패하면 완전 적자겠는데……."

소비한 마정석 가루와 제공할 포션 대금은 쓰러뜨린 헬

플레임 그리즐리 소재로 회수할 예정이지만, 그것도 성공할 때 이야기다.

만약 실패해서 마을 밖으로 도망치게 되면, 나는 왕도로 돌아가서 스승님네 가게에서 일하게 될 것이다. 그것만은 피하고 싶다.

그리고 어차피 알게 될 거라서 로레아에게는 사정을 설명했다.

깜짝 놀란 그녀도 금방 정신을 차리고 할 수 있는 일을 하려고 하니 대단하다.

아이리스 씨와 케이트 씨에게 부탁한 것은 울타리 만드는 걸 돕는 것이다. 헬 플레임 그리즐리를 모을 곳에 만들 튼튼한 울타리, 그리고 숲에 맞닿아있는 마을 주위에 만들 간이 울타리.

얼마나 넓은 범위에 만들지는 언제 습격당할지에 따라 다르지만, 우리 뜰의 울타리를 만들어준 게베르크 씨와 협력자 분의 실력을 보니 그리 걱정할 필요는 없을 것 같다.

최소한, 전투 구역의 울타리만 튼튼하게 만든다면 어떻게든 될 것……이라고 생각해도 되겠지?

아니, 안 돼, 안 돼. 비관적으로 생각하면 안 되지.

할 수 있다고 생각하며 노력해야지.

나는 머릿속에 떠오른 부정적인 생각을 떨쳐내려는 듯이 마정석 가루를 부수고 있는 망치에 힘을 주었다.

◇ ◇ ◇

"미안해, 점장님. 상황이 안 좋아졌어."

헬 플레임 그리즐리 대책을 시작한 지 이틀째.

집으로 돌아온 아이리스 씨가 한 말은 그렇게 불길한 말이었다.

"채집자가 거의 다 떠났어."

"……네?"

자세히 물어보니 최근에 이 마을에 온 채집자 대부분, 그리고 예전부터 있었던 채집자 일부가 마을에서 도망치듯이 나가버린 모양이었다.

아니, 실제로 도망친 거겠지, 헬 플레임 그리즐리 이야기를 듣고.

"우리와 파티를 짰던 그 두 사람, 그 녀석들이 얼마나 무서운지 떠들고 다닌 모양이라……."

촌장님이 광란에 대해 밝히고 채집자들에게 협력을 요청한 건 어제였다.

그날 밤, 그들은 자신들이 경험한 이야기를 조금 거창하게 여관 식당에서 떠들어댄 모양이었다.

그 이야기를 들은 채집자들은 겁을 먹고 오늘 아침에 마을을 떠났다.

그들이 한 이야기를 곧이곧대로 받아들이지 않았던 채집자도 아이리스 씨와 케이트 씨에게 물어보고 사실이라는 걸 알게 되자 대부분 마찬가지로 떠났다.

아이리스 씨도 팔을 잃을 뻔했던 건 사실이라 부정할 수 없었던 모양이다.

"자기 목숨이 제일 소중하니 도망치는 건 어쩔 수 없지만……, 조금 힘들지도 모르겠네."

"미안하다. 내가 그렇게 다치지만 않았더라도!"

아이리스 씨는 인상을 찌푸리며 주먹을 꽉 쥐고 있는데, 아무리 그래도 너무 신경 쓰는 것 같다.

"아뇨, 아이리스 씨 책임이 아니에요. 오히려 아이리스 씨 일행이 마주치지 않았다면 갑자기 습격당할 수도 있었으니 준비를 할 수 있다는 것만 해도 다행이죠."

"네! 오히려 아이리스 씨 같은 사람들은 저희 마을 사람도 아닌데 도와주셔서 기뻐요."

"그렇게 말해주니……."

나와 로레아가 한 말을 듣고 아이리스 씨의 표정도 조금 부드러워졌다.

"그런데 점장 씨, 채집자가 떠나도 괜찮아?"

"조금 바빠지긴 하겠지만, 어떻게든 되……면 좋겠네요."

조금 힘이 없는 내 말을 듣고 로레아와 다른 사람들이 조금 불안해했다.

하지만 이런 경우엔 나 혼자서 어떻게든 할 수 있는 게 아니니까.

체력 쪽에는 자신이 없고……, 체력 회복용 포션을 많이 만들어두는 게 나을지도 모르겠다.

◇ ◇ ◇

헬 플레임 그리즐리가 접근한다는 피리 소리가 들린 것은 준비하기 시작한 지 나흘째 되는 날이었다.

그 소리를 들은 나는 바로 검을 들고 바깥으로 달려갔다.

"사라사 씨! 저는──."

"로레아는 이곳 2층으로 피해 있어! 헬 플레임 그리즐리가 다가오면 피리를 불고!"

"알겠어요!"

채집자의 숫자가 부족해졌기 때문에 마을 사람들에게 피리를 나누어주고 전투 구역에서 벗어난 헬 플레임 그리즐리를 발견하면 불어서 알려달라고 부탁했다.

그 소리를 듣고 오히려 달려들 위험도 있긴 하지만, 마을 전체에 배치할 만한 전력이 없으니 어쩔 수 없다.

내가 급하게 전투 구역으로 달려가 보니 그곳에는 이미 채집자들과 체력에 어느 정도 자신이 있는 마을 사람들이 모여 있었다.

울타리를 만드는 작업 등을 돕고 있던 아이리스 씨와 케이트 씨도 도착해 있었다. 케이트 씨는 건물 위에서 활을 겨누고 있었고, 아이리스 씨는 울타리 앞에서 채집자들과 함께 서 있었다.

나는 비교적 친하게 지내는 사람을 발견하고 말을 걸었다.

"안드레 씨, 그리고 길 씨하고 그레이 씨도 계셨네요. 남아주셨군요?"

"당연하지. 우리는 사라사보다 훨씬 예전부터 이 마을을 거점으로 삼고 있었거든?"

"맞아, 맞아. 아는 사람이 위험해졌는데 도망칠 순 없지."

"사라사 같은 어린아이가 열심히 싸운다니 더더욱 그렇고."

"아뇨, 이래 봬도 저는 성인인데요……. 그래도 감사합니다."

내가 고맙다는 인사를 하자 안드레 씨 일행은 쑥스러운 듯이 멋쩍게 웃었다.

"인사를 할 필요는 없어. 사라사야말로 포션을 잔뜩 제공해줬잖아."

"조금 힘들긴 했지만, 잘 버텨내면 자금을 회수할 수 있으니까요."

일반적인 생채기약뿐만이 아니라 해독약도 필요했기에 작업량이 꽤 많았다.

약 자체는 그렇다 치더라도, 역시 병을 만드는 게 문제였다.

이번 일이 끝난 다음에 병을 회수하면 한동안 병을 만들 필요가 없을 정도로 열심히 만들었다.

힘들었다.

하지만 할 수 있는 준비는 모두 마쳤다.

울타리는 완전히 완성되지 않았지만, 전투 구역은 확실하게 만들었고, 물을 넣을 수 있는 것에는 전부 물을 넣어서 화재에도 대비했다.

어린아이와 여자들은 튼튼한 건물에 대피했으니 만에 하나 쳐들어온다 해도 잠깐 동안은 버틸 수 있다.

"이봐, 이봐. 사라사. 안드레뿐만이 아니라 우리도 있거든?"

"그래. 우리는 최근에 왔던 얼간이들과는 다르니까!"

"솔직히 얼마나 도움이 될지는 모르겠지만 말이지! 크하하하!"

역시 남아있던 채집자 중 대부분은 내가 얼굴을 알고 있는 베테랑들이었다.

그렇게까지 강하지 않은 사람도 있긴 하지만, 경험이 있는 만큼 루키들과는 안심이 되는 느낌이 달랐다.

"괜찮아요! 울타리를 잘 이용해서 여러 명이 덤비면 충분히 쓰러뜨릴 수 있는 상대예요! 열심히 싸워보죠!"

"""그래!!"""

내가 외치자 주위 사람들이 믿음직스러운 목소리로 대답했다.

……어라? 왠지 내가 지휘하는 것처럼 되었는데?

어차피 나 같은 건 어린 여자애밖에 안 되는데……, 으음, 이게 연금술사의 사회적 신뢰도인가? 압박감이 느껴지는데.

그렇다고 해서 그 촌장님에게 맡기는 것도 불안하고.

재스퍼 씨나 안드레 씨에게 맡기려 했는데, 이미 늦었나?

탐지마법으로 확인해보니 마정석을 뿌린 곳을 따라 헬 플레임 그리즐리가 다가오고 있다는 걸 알 수 있었다.

──아니, 너무 많지 않나? 스무 마리는 되는 것 같은데.

하지만 이런 상황에서는 할 수밖에 없다.

"여러분! 슬슬 나올 거예요! 조심하세요!"

그리고 잠시 후, 숲속에서 헬 플레임 그리즐리가 모습을 드러냈다.

처음에는 한 마리, 그 뒤에서 한 마리, 그리고 한 마리 더…….

튼튼한 울타리를 둘러서 반원 형태로 만든 전투 에리어 한가운데에는 불의 마력이 담긴 마정석을 놓아두었는데, 적은 그쪽보다 울타리 바깥에서 무기를 겨누고 있는 우리 쪽을 신경 쓰고 있었다.

"이봐, 이봐……, 저렇게 크냐고……."

그렇게 말한 사람은 누구였을까.

헬 플레임 그리즐리의 크기 자체는 며칠 전에 내가 쓰러뜨린 녀석과 비슷하지만, 일반적인 곰 같은 동물과 비교하면 압도적으로 더 크다.

처음 본 채집자들, 그리고 마을 사람들에게는 충분히 위협적일 것이다.

약간 겁먹은 분위기를 느꼈는지, 선두에 있던 한 마리가 '크어어어어어엉!!' 포효한 것과 동시에 돌진해왔다.

큰일이다.

돌진 한 번으로 망가질 정도로 울타리가 약하진 않지만, 겁이 나서 공격하지 않으면 언젠가는 망가지게 된다.

지금 할 수 있는 건——, 기세를 제압한다!

"'포스 불릿(역탄)'!"

고개를 숙인 채 돌진해오는 헬 플레임 그리즐리의 얼굴에 마법을 때려 넣었다.

말 그대로 기세를 제압하기 위해 정면으로.

때려 넣은 마법이 헬 플레임 그리즐리의 턱을 솟구쳐, 속도가 약간 느려졌다.

그런데 이거, 평범한 성인 남자라면 날아가서 뼈가 부러질 정도로 강한 마법인데…….

조금 충격이다.

공격마법을 연습해야 할지도 모르겠다.

그래도 그건 이번 위기를 넘기고 나서.

나는 단숨에 앞으로 나서며 검을 뽑아 든 것과 동시에 헬 플레임 그리즐리의 목을 내리쳤다.

서걱.

그야말로 일도양단.

스승님에게 받은 것은 별다른 저항도 없이 상대방의 머리를 그대로 잘라냈다.

그리고 절단된 머리와 몸통은 돌진하던 기세를 못 이기고 지면에 데굴데굴 굴러가 울타리에 부딪힌 뒤 멈췄다.

그리고 절단면에서 뿜어져 나오는 대량의 피.

"……우와."

아무리 마력으로 신체능력을 강화했다고 하지만, 뜻밖의 결과로 나도 모르게 목소리가 새어 나왔다.

아니, 목을 벨 생각이긴 했는데, 그렇게 쉽게 잘려나갈 줄이야.

역시 스승님의 검이다. 장난이 아니네.

아군도 그렇고, 헬 플레임 그리즐리들까지 움직이지 않고 있었다.

"음, 으음! 충분히 쓰러뜨릴 수 있는 적이에요! 겁내지 말고 공격해요!"

내가 헛기침을 하고 소리치자 채집자들과 마을 사람들은 정신이 번쩍 들었다는 듯이 돌멩이나 화살을 날리기 시작했다. 그에 맞서려는 듯이 적들도 차례차례 숲에서 나오고 있었다.

효과가 있는 공격은 그중 일부에 불과했지만, 어느 정도라도 겁을 먹으면 의미가 있다.

──아, 솜씨가 좋네. 저건 케이트 씨인가?

정확하게 화살로 급소를 노리고 있다.

눈에 박힌 화살도 있는데……, 눈알은 비싸게 팔린단 말이지.

아니, 우선 살아남는 게 중요하다는 건 알고 있지만.

불을 뿜어대는 적도 있었지만, 제대로 적신 울타리는 간단히 타지 않고, 싸울 수 없는 사람들이 물을 계속 끼얹고 있기 때문에 지금까지는 큰 피해가 생기지 않았다.

"으랴! 여러 명이 덤비면 쓰러뜨릴 수 있어! 불안한 녀석들은 울타리를 잘 이용하라고!"

그렇게 소리치고 있는 사람은 안드레 씨.

길 씨 같은 사람들과 함께 이미 한 마리를 쓰러뜨렸다.

나도 분투하고 있긴 하지만, 체격 때문에 공격 범위가 짧고, 적이 늘어난 것으로 인해 움직일 수 있는 범위의 감소된 데다 위험해 보이는 사람들을 도와주느라 추가로 쓰러뜨린 건 아직 세 마리에 불과했다.

게다가 처음에 그랬던 것처럼 즉사시키지 못하고 있었기에 숨이 끊어질 때까지 마구 휘두르는 팔을 피하거나 밀어내느라 체력을 꽤 많이 소비했다.

체력이 약한데!

그리고 땅바닥에 굴러다니는 시체 때문에 움직임도 제한되어서 다섯 마리째를 쓰러뜨린 다음 울타리 뒤로 후퇴하게 되었다.

"안드레 씨, 상황은 어때요?"

"모르겠어. 우리는 아직 두 마리밖에 못 쓰러뜨렸는데——."

"절반은 쓰러뜨렸어!"

그때, 지붕 위에 있던 케이트 씨가 우리에게 그렇게 소리쳤다.

내 키로는 주위를 둘러볼 수가 없으니 정말 도움이 된다.

"고마워요! 지금까지는 순조롭네요. 그런데⋯⋯."

"그래. 울타리가 위험한데."

축적된 대미지뿐만이 아니라 울타리 앞에 굴러다니는 시체.

그게 걸리적거려서 울타리를 방패로 삼아 싸우기 힘들어지고 있었다.

"울타리를 이중으로 만들 걸 그랬네요."

"시간이 없었잖아. 그리고 어설프게 만들었다면 이미 망가졌을 테고——."

콰아아아아앙!

마치 안드레 씨가 그렇게 말한 게 계기가 된 것처럼 주위에 굉음이 울렸고, 나무 조각이 이리저리 튀었다.

그와 동시에 튕겨져나간 듯이 아이리스 씨가 우리가 있는 곳까지 굴러왔다.

그 너머에 있던 것은 한층 더 커다란 헬 플레임 그리즐리.

두 다리로 일어선 그 녀석의 키는 내 두 배 정도는 되었고, 팔의 두께는 내 허리보다 더 두꺼울 것 같았다.

그 적에게 케이트 씨가 화살을 날렸지만, 마치 나뭇가지를 털어내려는 듯이 팔로 쳐내버렸다.

"미안하다! 막아 내지 못했어!"

"아이리스 씨, 그 검⋯⋯."

"그래, 방금 부러져 버렸지."

그때, 아이리스 씨가 숲에서 회수해온 그 검은 끄트머리

쪽이 3분의 1 정도 부러져 있었다.

게다가 아이리스 씨가 장착하고 있는 갑옷과 옷에 찢어진 상처가 잔뜩 나 있었다.

그녀에게는 포션을 꽤 많이 줬기 때문에 상처가 남아있진 않았지만, 달라붙어 있는 핏자국이 전투가 얼마나 격렬했는지 알려주고 있었다.

"이거, 무리의 보스가 나선 건가?"

"그런 모양인데. 우리 셋이서 쓰러뜨리긴 힘들겠어."

"모두 함께 맞서죠."

"나, 나도! ──아, 검이."

"이걸 써라. 내 예비 검이야."

"고맙다!"

다른 사람들은 물러나게 하고, 안드레 씨 일행 세 사람과 나, 안드레 씨에게 예비 검을 빌린 아이리스 씨까지 다섯 명이 함께 보스를 포위했다.

보스도 이쪽을 경계하는 듯이 멈춰 섰고, 우리는 서로 노려보았다.

삐익~, 삐익~, 삐익~!

그때 갑자기 피리 소리가 들렸다.

세 번. 다른 방향에서 침입을 알리는 소리.

"──윽! 안드레 씨! 가실 수 있으세요?"

"가도 되는 거야?!"

"안정적으로 쓰러뜨릴 수 있는 사람들은 안드레 씨 일행밖에 없는 것 같고, 제가 여기를 떠나기는……, 힘들 것 같으니까요."

처음에 내가 일격에 쓰러뜨린 모습을 봤는지, 보스는 나를 꽤 경계하고 있는 것 같았다.

만약 내가 떠나면 쫓아올 것 같을 정도로.

"그런 것 같군. 알았어. 최대한 빨리 돌아오지! 이봐, 너희들! 사라사를 다치게 하면 안 된다!"

"'네!!'"

안드레 씨가 그렇게 말하자 다른 채집자들이 굵은 목소리로 대답했다.

하지만 오히려 도와주러 나서는 게 더 위험하다.

"다른 녀석들이 방해하지 않게끔, 그것만 부탁드릴게요."

"알겠지! 너희들! 다른 적이 다가오게 하지 말라고!"

안드레 씨 일행은 그렇게 말하고 나서 피리 소리가 들린 쪽을 향해 달려갔다.

다행히 그들이 떠났는데도 보스는 움직이지 않은 채 나를 바라보고 있었다.

"아이리스 씨도 다른 쪽으로 가주세요. 다수로 제압하지 못하는 상태가 되면 오히려 위험해요."

"……알겠어."

내가 그렇게 말하자 아이리스 씨는 한순간 입을 다물고 분한 듯한 표정으로 고개를 끄덕인 다음 천천히 내 곁에서 멀어졌다.

직접 맞서는 상대가 나 혼자 남았기 때문인지, 보스도 조금씩 움직이기 시작했지만, 나도 마찬가지로 다른 사람들에게서 멀어지는 쪽으로 조금씩 물러나며 거리를 유지했다.

그런 내 움직임을 보고 인내심이 바닥났는지, 보스가 입을 크게 벌렸다.

불꽃 브레스.

상황에 따라서는 위험하지만, 1대1로 맞서면 대처할 수 있다.

"'워터 볼(수구)'!"

크게 벌린 입속에 내 머리 크기 정도 되는 물덩이가 세차게 날아들었다.

"캬아악!"

보스가 역류한 물을 코에서 뿜어내며 괴로워하고 있었다.

그 틈을 타서 뛰어든 다음 검을 휘둘렀다. ——하지만 얕았다.

네 개 달린 앞다리 중에 왼쪽 아래에 있는 것을 잘라냈지만, 몸통까지는 닿지 않았다.

원래는 목을 노리고 싶었지만, 그 높이는 내 머리보다 훨씬 위쪽에 있다.

고개를 숙이고 돌진해오면 어떻게든 할 수 있을 텐데, 처음에 쓰러뜨린 헬 플레임 그리즐리를 기억하고 있는 건지, 앞다리가 잘려나간 뒤에도 고개를 숙이려 하지 않았다.

이거, 소재 같은 걸 따지고 있을 상황이 아닌 것 같은데.

내가 가지고 있는 검이 강력하긴 하지만, 나도 저 굵은 앞다리로 날린 공격을 한 번이라도 맞으면 아마 끝장일 것이다.

체력이 바닥나서 신체 강화를 하지 못하게 되어도 끝장이다.

그나마 다행인 건 다른 사람들이 열심히 싸워주고 있는 덕분에 방해를 받지 않는다는 것 정도?

"──윽!"

보스가 움직였다.

내 머리 위에서 날아드는 앞다리.

그 앞다리를 빠르게 피하자 날카로운 발톱이 땅바닥에 꽂혔고, 쿠웅, 그런 소리와 함께 지면이 폭발한 것처럼 흙과 돌이 이리저리 튀었다.

그게 몸에 맞아서 아팠기에 얼굴을 찡그리며 그쪽으로 발을 내디디며 검을 휘둘러 올렸다.

보스도 앞다리를 거두려 했지만, 조금 늦었다.

오른쪽 위 앞다리, 그것을 잘라내는 데 성공했고, 어린아이 키만한 앞다리가 땅바닥에 떨어졌다.

"크오오오오오!"

분노인가, 아픔인가.

보스는 길이가 절반으로 줄어든 앞다리에서 피를 뿜어내며 몸을 비틀었다.

이제 남은 앞다리는 두 개.

공격력도 절반으로 떨어졌나?

아니, 출혈량을 감안하면 그 이하일지도 모른다.

하지만 방심하진 않는다.

내게는 죽기 직전까지 0과 1밖에 없다. 맞으면 죽는 건 마찬가지다.

이럴 줄 알았다면 제대로 된 방어구를 준비해둘걸.

하지만 이미 늦었다.

나중에 그 교훈을 살리기 위해 지금 살아남는다.

"'포스 불릿'!! '포스 불릿'!!"

날뛰는 보스에게서 조금 거리를 벌린 다음 마법을 연타했다.

체격 차이는 어떻게 해볼 수가 없으니 쓰러뜨리지 않으면 치명상을 입힐 수도 없다.

꽤 강한 위력이 담긴 '포스 불릿'을 코에 두 방 맞은 보스는 첫 번째 포스 불릿을 맞았을 때 턱이 올라갔고, 두 번째 포스 불릿을 맞았을 때 뒤로 크게 기울었다.

그 순간에 파고들었다.

무방비해진 뒷다리. 거기를 노린다.

나는 왼쪽 다리는 완전히 잘라내고, 오른쪽 다리를 절반 정도 벤 다음 거리를 크게 벌렸다.

쿠우웅!

묵직한 소리를 내며 그대로 뒤쪽으로 쓰러진 헬 플레임 그리즐리 보스.

완전히 잘라낸 앞다리와 뒷다리 하나씩, 그리고 반쯤 베어낸 앞다리와 뒷다리 하나씩.

그곳에서 뿜어져 나오는 피가 엄청나게 많았고, 점점 그 주위가 피의 연못이 되어가자 보스의 움직임도 둔해지기 시작했다.

"허억, 허억, 허억……."

나는 그쪽에서 눈을 돌리지 않고, 힘이 빠질 것 같은 무릎을 두 손으로 받치면서 허리에 차고 있던 주머니에서 꺼낸 체력 회복용 포션을 마셨다.

응. 맛없어.

못 먹을 정도는 아니지만, 지쳤으니까 단맛이 더 나을 것 같다.

맛있게 만들면 더 잘 팔릴지도 모르겠다.

사용자의 눈높이에 맞추는 거지.

나는 조금씩 회복되어가는 체력을 느끼면서 보스의 움직임이 멈춘 것을 확인하고 숨을 내쉰 다음 주위를 둘러보았다.

아직 전투는 계속 이어지고 있었다.

한 마리당 서너 명이 포위하며 대처하고 있었기에 치명적인 상처를 입은 사람은 없는 것 같지만, 이탈한 사람은 몇 명 있는 것 같았다.

포션으로 상처를 낫게 할 순 있어도 체력까지 회복되진 않고, 소재 때문에 체력 회복용 포션을 많이 나눠줄 수는 없었다.

"일단 뒤쪽에서 기습해서 숫자를 줄이고——."

삐익~, 삐익~, 삐익~!

"또?! 게다가 이번에는——."

피리 소리가 들린 건 우리 집이 있는 방향이었다.

재스퍼 씨네 집도 있지만, 재스퍼 씨 본인은 물론이고 엘즈 씨도 여기에 와서 도와주고 있다. 다시 말해 지금 그 근처에 있는 사람은——.

"로레아!"

"점장 씨! 가봐!"

"그래도!"

"점장님, 나머지는 우리들끼리도 어떻게든 할 수 있다!"

"그래! 이 정도도 도와주지 못하는 녀석은 남자가 아니지! 안 그래?"

"그렇고말고!"

아이리스 씨가 그렇게 말하자 재스퍼 씨가 맞장구를 쳤고, 다른 채집자들도 소리쳤다.

"——부탁할게요!"

나는 굴러다니고 있는 헬 플레임 그리즐리의 시체 사이를 빠져나가 집으로 향했다.

어느 정도 흩어질 줄은 알았지만, 설마 우리 집 쪽에서 올 줄이야.

뒤쪽이 숲하고 맞닿아 있으니 전혀 생각지도 못한 건 아니지만——.

숲 가장자리를 따라 엘즈 씨네 집 뒤쪽을 지난 다음 우리 집 뒤쪽으로.

"——아앗!!"

얼마 전에 게베르크 씨 일행이 만들어준 새 벽.

그 뒤쪽에는 드나들기 편하게끔 문이 달려 있었는데, 지금은 커다란 발톱 자국만 남기고 박살 난 채 무참하게 땅바닥에 굴러다니고 있었다.

그런 데다 주위 벽에도 파괴된 흔적이 있었다.

"크으으윽, 모처럼 만들어달라고 한 건데!"

급하게 뒤뜰로 발을 내디디자 그곳에 펼쳐져 있던 것은 더욱 무참한 광경이었다.

내가 열심히 키우던 약초밭. 자라던 걸 정성껏 회수한 비싼 약초.

그것들이 전부 짓밟혀서 척 봐도 써먹을 수 없게 되어 있었다.

그리고 그런 짓을 한 것은 집의 뒷문을 부수고 그 안에 머리를 들이밀고 있는 헬 플레임 그리즐리 두 마리.

좁은 입구 안에 억지로 들어가려 하는 모양인지 문 주위의 벽까지 부숴져 있었다.

"내 집이……."

——곰, 처죽인다.

그때 내 속도는 지금까지 살면서 최고였을지도 모른다.

이쪽으로 뻗어 있는 두 마리의 뒷다리 네 개, 그것들을 모조리 잘라내고, 그중 한 마리의 모피를 잡아 내던지며 머리를 잘라냈다.

그리고 다른 한 마리는 배를 걷어찬 다음 몸이 떠 있을 때 마찬가지로 목을 베었다.

그리고 그대로 집 바깥으로 후려쳐서 날려 보냈다.

"로레아, 무사해?!"

"사라사 씨! 괜찮아요."

파괴된 부엌으로 뛰어들어서 소리치자 2층에서 들린 것은 기운찬 로레아의 목소리였다.

그 목소리를 듣고 나는 안도의 한숨을 쉬었다.

"로레아, 이쪽으로 온 건 두 마리밖에 없어?"

"네! 여기에서 보이는 범위 안에서는요."

"알았어. 조금만 더 여기에 있어!"

"알겠어요~."

나는 체력 회복용 포션을 하나 더 마신 다음 마을을 둘러보기 위해 다시 달려가기 시작했다.

하지만 다행이라고 해야 하나, 내가 집을 나선 시점에서 이미 나머지 헬 플레임 그리즐리는 모두 쓰러뜨렸고, 결국 내 최후의 노력은 헛수고로 끝났다.

no.002

연금술 대사전 : 제4권 등재
제작 난이도 : 하드
표준 가격 : 500,000 레어~

〈공음 상자〉

ΉϝiϝႩოϝႮiϝႮϝ ßϝႮႮϝϝi Aϝχ

먼지 떨어진 곳에서 살면서 상대방을 그리는 두 사람. 이야기를 나눌 수가 없고, 편지도 좀처럼 보낼 수가 없다······.
그런 두 사람의 구세주. 이 상자를 쓰면 곁에 있는 것처럼 이야기를 나눌 수 있습니다. 쓸쓸한 밤이 두 사람만의
소중한 시간으로 바뀔 것입니다. ※이용 가능 거리는 사용자의 마력에 따라 다릅니다.

epilogue

에필로그

"으으~, 로레아, 물 좀 부탁해~~."

"네, 네. 잠깐만 기다리세요."

마을 사람들과 채집자들, 모두의 노력으로 헬 플레임 그리즐리를 물리친 다음 날, 나는 혼자 침대 위에 누워 있었다.

하지만 딱히 다친 건 아니다.

그냥 근육통.

단, 온몸에.

정말 힘들어요.

전체적으로 열심히 싸운 건 물론이지만, 가장 큰 요인은 말할 필요도 없이 마지막 두 마리였다.

내 몸에는 문제가 생길 정도로 강대한 마력을 사용하여 억지로 신체 강화를 걸었다.

그 결과가 지금 같은 상태다.

원인이 원인이라 일반적인 포션으로는 치료할 수가 없고, 그렇다고 해서 치료할 수 있을 만한 포션을 쓰는 건 너무 아깝다.

그래서 이러고 있다.

일단 헬 플레임 그리즐리 중에서 서둘러 처리할 필요가 있는 부위는 회수를 마쳤는데, 그게 끝날 때쯤에는 몸 전체가 욱신거렸으니 정말 아슬아슬했다.

끈기만으로 해냈습니다!

그걸 소홀히 했다가는 재건 자금이나 열심히 싸워준 사람들에게 나누어줄 보수에 영향이 생기니까.

──그렇다, 재건.

헬 플레임 그리즐리 중 대다수는 모아서 섬멸할 수 있었지만, 안드레 씨가 대처하러 간 곳에는 헬 플레임 그리즐리가 세 마리나 있었다.

안드레 씨 일행은 채집자들에게 빌려주기 위해 확보해둔 빈집을 이용해서 겨우 셋이서 전부 쓰러뜨리는 데 성공했지만, 그 대가로 벽이 부서진 집이 몇 채, 반쯤 무너진 집이 한 채, 불타버린 집이 한 채. 꽤 큰 피해를 보았다.

하지만 실제로 가장 큰 피해를 본 건 우리 집이지.

벽뿐만이라면 모를까, 완전히 망쳐버린 고급 약초밭, 파괴된 뒷문과 벽.

그중에서 가장 큰 문제는 벽이 부서져버린 것이다.

우리 집은 '각인'을 사용하고 있으니 거기에 포함된 벽을 수리하는데 드는 비용이 그냥 벽을 고치는 비용하고는 자릿수가 다르단 말이지…….

벽이 부서진 집들과 마찬가지로 우리 집에도 마을에서 돈을 내준다고 했지만, 아무리 그래도 전액을 다 받을 수는 없을 테니 적자가 날지도 모르겠다.

참고로 왜 우리 집에 헬 플레임 그리즐리가 왔는가 하면, 아마 유도하기 위해 만든 마정석 때문일 것 같다.

일단 전부 가지고 나가서 집 안에는 남아 있지 않았지만, 자잘하게 부숴서 옮겼기 때문에 중간에 뒷문부터 뒤뜰, 벽의 문, 숲으로 이어지는 경로로 조금씩 떨어졌다고 해도 이상하진 않다.

다시 말해……, 응, 내 실수. 진짜로 그런 건지는 모르겠지만.

"사라사 씨, 가지고 왔어요."

"고마워~. 으으, 아파……."

"아, 부축해드릴게요."

로레아가 가져다준 물을 마시기 위해 몸을 일으키려 하자 몸 전체가 땡기는 듯한 아픔이 느껴졌다.

그런 내 몸을 침대에 앉은 로레아가 부축하며 일으켜주었다.

"미안해애."

"이 정도는 신경 쓰지 마세요. 사라사 씨 덕분에 우리 마을을 구해낼 수 있었던 거니까요."

"모두가 노력한 덕분이야. 남아준 채집자들이 있었던 것도 평소에 마을 사람들이 잘해줬기 때문일 거고."

머물러 사는 게 아닌 안드레 씨 같은 사람들이 보기에는 무리하면서 이 마을을 지킬 필요는 없고, 나간 채집자들과 마찬가지로 위험을 피한다 해도 비난당하진 않는다.

그럼에도 머물러 준 것은 이 마을 사람들을 저버릴 수가 없었기 때문일 것이고, 그렇게 생각하게 만든 건 마을 사람들이 지금까지 해온 행동 덕분일 것이다.

내가 열심히 하자고 생각한 것도 로레아가 있었기 때문이니까.

"로레아도 무서웠지?"

"조금요. 그래도 금방 사라사 씨가 와주셨고, 이 집의 벽은 꽤 튼튼했으니까 그렇게 많이 무섭진 않았어요."

"'각인'을 썼으니깐. 인간의 힘으로는 부수지 못할 정도로는 튼튼할 텐데."

그래도 헬 플레임 그리즐리의 괴력에는 견디지 못했고.

뭐, 그렇게 앞다리가 굵으니 어쩔 수 없지.

"그래도 아무도 크게 다치지 않았던 건 사라사 씨 덕분이에요. 포션이 없었다면 죽었을 거라고 하는 사람이 여러 명 있던데요."

"아~, 그건 좀 열심히 만들었지. 응. 로레아에게도 도움을 받았지만."

자는 시간까지 줄여가면서 만든 포션.

특히 독은 포션이 없으면 대처할 수가 없기 때문에 미리 준비할 수가 있어서 정말 다행이다.

그것들을 대량으로 나누어 주었기에 인명 피해가 발생하지 않은 상황에서 마무리 지을 수 있었다.

어느 정도 상처가 남았던 사람들도 포션으로 치료했기 때문에 오늘, 지금, 움직이지 못하는 사람은 아마 나 혼자일 것이다.

조금 한심하게도.

그래도 어쩔 수 없다. 나는 이래 봬도 두뇌 노동자니까.

나는 다시 로레아에게 부축해달라고 해서 침대에 누웠다.

"휴우⋯⋯. 그래도 이렇게 연하인 애한테 간호를 받으니 조금 쑥스러운데."

"그런 건 신경 안 쓰셔도──."

"그렇다면 그 역할, 내게 맡겨주시지!"

문을 쾅 열고 그런 말을 하며 뛰어들어 온 사람은 마을 뒷 정리 등을 도우고 있는 줄 알았던 아이리스 씨였다.

보아하니 기운이 매우 넘치는 것 같았다.

며칠 전에 죽어가던 사람이었다는 게 거짓말 같다.

어제도 힘들었을 텐데, 참 대단하다.

"아이리스 씨, 작업은 끝났나요?"

"으, 뭐, 그렇지."

아이리스 씨는 로레아가 물어보자 눈을 살짝 피하며 대답했지만, 바로 뒤따라 들어온 케이트 씨가 아니라고 말했다.

"'그렇지'는 무슨. 쫓겨났잖아, 손재주가 너무 없어서."

"으으⋯⋯, 어쩔 수 없잖아. 그런 작업은 잘 못 한다고."

케이트 씨가 진실을 폭로하자 아이리스 씨는 조금 토라진 듯이 입술을 삐죽댔다.

그런 그녀가 뭘 하고 있었냐 하면, 헬 플레임 그리즐리를 해체하는 작업이었던 모양이다.

오늘은 아침부터 필요가 없어진 울타리나 부서진 집을 정리하고 있었던 것 같은데, 그 작업은 금방 끝났고 그 뒤에 한 작업이 그거였다.

하지만 헬 플레임 그리즐리는 엄청 큰 데다 숫자도 많았다.

전부 다 세어보니 스물여덟 마리나 되었다.

사냥꾼인 재스퍼 씨가 주도해서 마을 사람들이 전부 나서서 해체하며 가죽과 고기를 회수했다.

아이리스 씨도 그런 작업에 참여한 모양인데……, 케이트 씨가 말한 대로 '아이리스 씨에게 작업을 시키면 가치가 떨어진다'며 쫓겨난 모양이다.

뭐, 가죽을 벗기는 것도 나름대로 요령이 있으니까.

어쩔 수 없지.

"그러는 케이트도 돌아왔잖아."

"나는 작업을 다 마치고 온 거야."

참고로 케이트 씨는 고기를 소금에 절이는 작업을 한 모양이었다.

그쪽은 사용할 통 같은 게 부족해서 일시적으로 중단한 것 같았다.

그런데 헬 플레임 그리즐리 고기는 먹으면 맛있나?

연금술 소재로는 못 쓰니까 그런 쪽은 잘 모른다.

"케이트 씨도 어제는 고생 많으셨어요. 활 실력이 예상했던 것보다 뛰어났고, 위쪽에서 상황을 파악해주셔서 도움이 많이 되었으니까요."

"이번에는 미리 접근한다는 걸 파악하고 있었고, 사격할 지점을 확보할 수도 있었으니까. 아이리스가 습격당했을 때도 그 녀석들이 쓸데없이 말을 걸지만 않았어도 갑자기 당하진 않았을 텐데……."

"하하하……, 그거 안 됐네요."

"그래, 정말 그렇다니까. 그래도 이제 돌아오진 않겠지, 그 녀석들도. 그런데 이번에는 돈이 될 만한 부위가 많이 상해버렸지?"

"그건 어쩔 수 없죠. 우선 쓰러뜨리는 게 중요했으니까."

급소에 공격하는 걸 피하다가 우리가 죽기라도 하면 소용이 없다.

돈벌이 같은 이야기를 할 상황이 아니다.

"아이리스 씨는 설욕할 수 있었죠?"

"그렇지. 혼자서 쓰러뜨릴 수 없었던 건 조금 아쉽지만, 여러 마리를 쓰러뜨렸으니까! ……그 결과로 내 검이 희생되었지만. 으으으……."

처음에는 의기양양한 표정으로 자랑하던 아이리스 씨도 잃은 검을 떠올렸는지 표정이 어두워졌다.

전투가 끝난 다음에 부러진 칼 끝도 회수해서 깨끗하게 씻은 다음 가지고 온 걸 보니 사실 뭔가 사연이 있는 검일지도 모르겠다.

"괜찮아, 괜찮아, 아이리스. 이번 일로 보수도 받을 수 있으니까 새 검도 살 수 있잖아?"

"그야 그렇지만! 그래도 이 검은 내가!"

"부러진 걸 계속 신경 써봤자 소용없잖아? 아니면 고쳐서 쓸 거야? 부러진 검을."

그럴 수는 없잖아, 그렇게 말하려는 듯이 어깨를 으쓱이는 케이트 씨를 보고 아이리스 씨는 멍한 표정을 지었다.

"아니, 고치는 게 힘들다는 것 정도는 알고 있어."

"그럼 결론이 나왔네. 애초에 그렇게까지 비싼 검도 아니었으니까."

"으, 그건 나도 안다. 그래도 그렇게 말할 필요는 없잖아."

"이분들이 정말! 사라사 씨는 피곤하시니까 떠들지 말아주세요!"

"아니, 그래도."

아이리스 씨는 나를 간호해주려고 온 거 아니었나?

딱히 상관없지만.

조금 시끌벅적하지만, 적어도 혼자서 쓸쓸하게 누워있는 것보다는 훨씬 낫다.

──응. 이 마을에 오길 잘했는지도 모르겠다.

나는 세 사람이 그렇게 떠드는 소리를 들으며 몸을 치료하기 위해 이불 안으로 파고들었다.

후기

처음 뵙겠습니다, 이츠키 미즈호라고 합니다.

혹시 다른 작품이나 웹 버전을 읽으신 여러분, 항상 응원해주셔서 감사합니다. 덕분에 두 번째 작품을 출판할 수 있게 되었습니다.

이 서적 버전은 웹 버전을 읽으신 여러분께서도 즐기실 수 있게끔 로레아의 귀여움을 듬뿍 담아서 보내드리고 있습니다. 곱빼기입니다.

구체적으로는 일러스트.

후미 씨, 멋진 캐릭터 디자인, 감사합니다!

물론 본문에도 귀여움 성분이 듬뿍 들어가 있지만, 부족한 부분은 일러스트를 보고 상상해주시길 바랍니다.

당신의 상상력이 시험받고 있습니다.

반대로 귀엽지 않은 성분은 절반으로 줄였습니다.

구체적으로는 (젠더 쪽으로 이러쿵저러쿵 자율규제) 입니다.

그리고 또 한 가지, 웹 버전에서 크게 바뀐 점으로 아이리스의 외모가 조금 괜찮은 느낌으로 변했습니다. 일러스트 덕분에요.

후미 씨, 멋진 캐릭터 디자인, 감사합니다!!

참고로 변경한 것은 머리카락 색입니다.

……어? 눈치채지 못하셨다고요?

네, 언급한 부분은 꽤 적게 나오니까요.

항상 장면을 상상하며 읽으시는 분이 아니라면 눈치채기 힘들 것 같습니다.

괜찮습니다.

자유로움이 소설의 장점이니까요.

왠지 일러스트 이야기만 하는 것 같네요.

본문, 본문 이야기를 하죠.

굳이 들자면 역시 주인공인 사라사겠죠.

그녀는 나라에서 제일 뛰어난 학교를 거의 수석으로 졸업했기 때문에 여러 면에서 우수합니다만, 뭐든지 다 할 수 있을 정도는 아닙니다.

기본적으로는 노력형 천재이고, 좋은 교육 환경과 본인의 노력으로 이루어낸 결과입니다.

하지만 학교에 가지 않은 사람들과 비교하면 압도적으로 지식이 많고, 강합니다.

격차사회네요!

그 학교에 들어가기 위해 사라사가 이용한 것이 교본 대출 제도입니다만, 이건 지방 거주자들도 이용할 수 있습니다.

단, 연금술사를 통해야 하니 요크 마을처럼 연금술사가 없으면…….

지역격차네요!

로레아도 왕도에 살았다면 학교에 들어갈 수 있었을지도

모르겠습니다.

　마지막으로 일러스트레이터인 후미 씨, 담당 편집자분, 그리고 이 책이 완성되는데 힘써주신 관계자 여러분, 그리고 구입해주신 독자 여러분, 감사합니다.
　여러분 덕분에 이 책이 나올 수 있었습니다.
　그럼 다음 권에서 만나 뵐 수 있기를 기원하겠습니다.

　　　　　　　　　　　　　　　　　　이츠키 미즈호

Special Short Story

그것은 로레아가 목욕탕에서 쓰러진 다음 날.

"어라……? 나……, 여긴?"

침대 위에서 깨어난 로레아는 한순간, 자기가 어디에 있는지 이해하지 못했다.

급하게 몸을 일으키다가 바로 옆에 최근에 친구가 된 사람의 얼굴이 있다는 걸 보고 안심한 다음 다시 침대에 누웠다.

"아, 그렇구나. 어젯밤에 목욕탕에서……, 헉?!"

그렇게 기억을 더듬어보다가, 급하게 이불을 들추어내고 안을 들여다보니…….

"다행이다, 입고 있어."

로레아가 기억하고 있는 건 목욕탕까지.

그런 다음 누군가에게 안긴 것 같은 기억이 있긴 한데, 그 이후로는 모르겠다.

"……아니, 사라사 씨겠지. 옮겨다 준 것도, 옷을 입혀준 것도."

아무리 동성이라고는 해도 알몸을 보인 것뿐만이 아니라 알고 지내게 된 지 얼마 안 된 사람에게 온몸을 닦게 하고, 옷을 입히게 했다고 생각하니 조금 창피해졌기에 로레아는 볼을 붉히며 이불 안으로 조금씩 파고들었다.

"으으……, 설마 열이 오르다니……, 목욕탕은 위험해요."

처음 경험한 거라 로레아는 구별하지 못했지만, 실제로는 열이 오른 직접적인 원인은 사라사의 부주의였다.

목욕탕에 채운 게 평범한 물이었다면 아무리 목욕탕에 익숙하지 않은 로레아라 해도 그렇게까지 금방 열이 오르진 않았을 것이다.

"그래도 목욕, 기분 좋았지……, 피부도 예뻐진 것 같기도 하고."

여름에는 샤워, 겨울에는 천으로 닦는 것밖에 경험이 없었던 로레아에게는 뜨거운 물을 잔뜩 써서 몸을 깨끗하게 씻는 데다, 그 안에 몸을 담그기까지 하는 건 터무니 없는 사치였다.

아무렇지도 않게 그런 목욕을 하는 사라사가 새삼스럽게 존경스러웠다.

"사라사 씨는 대단하네. 나하고 두 살 차이인데……, 2년 뒤에 나는 뭘 하고 있을까?"

로레아는 멋을 내는데 흥미가 있긴 하지만, 그렇다고 해서 도시로 나가 바느질 일을 하거나, 이 마을에 옷가게를 낸다는 생각은 해본 적도 없다.

부모님이 상인이기 때문에 아직 성인이 안 된 로레아도 그게 얼마나 비현실적인 이야기인지 알고 있다.

그런 그녀가 보기에 사라사는 한참 앞에서 걸어가는 인생의 선배다.

희귀한 기술을 제대로 익혀서 자립하고, 아는 사람이 아무도 없는 먼 마을에서 자신의 힘으로 가게를 낸다.

불과 2년 만에 내가 얼마나 따라잡을 수 있을까…….

"우리 마을 누군가하고 결혼하고, 잡화점을 이어받고……,

한다고 해도 취미로 만든 옷을 잡화점에 진열하는 정도밖에 못 하겠지, 나는."

자기 힘으로 가게를 내기는커녕, 부모님의 가게를 제대로 이어받는 것조차 힘들다.

로레아는 그런 생각을 하며 살짝 한숨을 쉬었다.

"정말, 이렇게 보면 나보다 연하처럼 보이는데……."

사라사의 얼굴은 동안까지는 아니더라도 나이에 맞게 어린 얼굴이다.

몸집이 조금 작고, 가슴도 크지 않아서 결코 어른스럽게 보이진 않는다.

그에 비해 로레아는 순조롭게 자라고 있기 때문에 두 사람이 나란히 서 있으면 어느 쪽이 연상인지 맞추는 건 쉽지 않을 것이다.

"엄청 귀여운 건 분명한데. 피부를 가까이에서 봐도 예쁘고……. 연금술사라서 미백 포션 같은 걸 쓰나? 용돈으로는 못 사겠지?"

사라사가 자는 틈을 타서 로레아는 자신의 볼과 사라사의 볼을 만져서 비교해 보았다.

로레아의 손이 살짝 닿자 사라사가 뒤척이는 듯이 얼굴을 움직였지만, 그게 전부였다.

애초에 해가 지면 자고, 해가 뜨면 일어나는 농촌 사람들과는 달리 마법으로 조명을 켤 수 있고, 연성 작업이 오래 걸릴 경우도 많은 연금술사는 밤늦게까지 일하거나 아예 밤을 새우는 경우도 일상다반사라서 생활 시간이 엉망진창인 사람도 많다.

최근까지 학교에 다닌 사라사는 비교적 규칙적으로 생활하는 편이었지만, 그래도 최근 환경의 변화나 개점 준비 등, 피로가 쌓일 요소는 많았다.

깊게 잠든 것도 당연하다.

"머리카락도 찰랑찰랑해…… 역시 자주 목욕을 하기 때문인가?"

아직 깨어나지 않는 사라사를 보고 로레아는 조금 대담하게 머리카락의 감촉을 즐겼다.

처음 만났을 때부터 세련된 모습을 동경했던 그녀에게 사라사의 머리카락은 선망의 대상이었다.

어제 꼼꼼하게 씻었기 때문에 로레아의 머리카락도 오늘은 윤기가 있었지만, 사라사의 머리카락과는 차이가 있었기 때문에 로레아는 조금 풀 죽었다.

"속눈썹도 길고, 콧등도 예쁘고……, 사라사 씨의 얼굴은 근처에서 봐도 예쁘네."

가까운 곳에서 빤히 바라보자 뭔가 느꼈는지, 사라사는 인상을 쓰면서 조금 불쾌한 표정을 지었지만, 로레아의 관찰은 끝나지 않았다.

"가슴은……, 내가 더 큰 것 같은데? 어제 기억이 조금 애매하긴 하지만……."

마을의 다른 아이들과 비교해서 로레아가 특별히 큰 건

아니지만, 어제 함께 목욕탕에 들어갔을 때 본 기억을 끄집어내면서 자신의 가슴에 손을 대고 생각에 잠겼다.

"딱히 크지 않아도 괜찮긴 하지만, 어느 정도는 커야 어른스러운 여자 같은 느낌이지."

자기 가슴을 주물거리면서 이불 속으로 파고들어서 사라사의 가슴을 관찰했다.

"──잘 모르겠어."

하늘을 보고 누워있는 데다 잠옷이 헐렁하다.

그런 상태에서 알아볼 수 있을 정도로 사라사의 가슴은 훌륭하지 않다.

"잠깐 실례……."

그곳에 살짝 손을 대보는 로레아.

오른쪽 손은 자기 가슴, 왼쪽 손은 사라사의 가슴.

"크기는……, 내가 좀 큰가? 그런데 부드러운 건 마찬가지네."

한동안 만지고 만족했는지, 로레아는 '응'이라고 하면서 고개를 끄덕이고는 천천히 움직여서 이불 밖으로 '푸핫', 얼굴을 내밀었다.

그리고 시선이 딱 마주쳤다.

눈을 똑바로 뜨고 있는 사라사의 시선하고.

"아……, 저, 저기……, 조, 좋은 아침이에요, 사라사 씨."

"그래, 좋은 아침이야. 로레아는 뭐 하고 있었어?"

"…………거, 건강진단?"

로레아가 오랫동안 침묵하다가 땀을 줄줄 흘리며 겨우 그렇게 말하자 사라사는 한숨을 쉬었다.

"오히려 그게 필요한 건 어제 쓰러져버린 로레아 아닐까?"

"아, 아으……."

"뭐, 다른 사람과의 차이가 신경 쓰이는 나이니까? 캐묻진 않겠지만."

학교에 다닐 때, 목욕하면서 동급생들과 비교하며 일희일비하던 사라사는 로레아의 수상쩍은 행동을 관대하게 용서해주었다.

"죄, 죄송해요……."

껄끄럽다는 표정으로 사과하는 로레아에게 사라사는 고개를 끄덕인 다음, 이번에는 반대로 로레아의 얼굴에 손을 대고 안색을 관찰했다.

"로레아, 몸에 이상한 느낌은 안 들어? 원인을 생각하면 아마 괜찮을 것 같긴 한데."

"네, 괜찮아요. ──그런데, 원인요?"

"아~, 어제 목욕탕에는 내 마법으로 뜨거운 물을 만들었으니까……, 익숙하지 않은 사람이 오랫동안 몸을 담그고 있으면 함유된 마력에 멀미가 나버리거든. 탕에서 나와 시간이 좀 지나면 괜찮아지지만. 미안해."

"그랬군요. 처음이라서 조금 놀라긴 했지만 괜찮아요. 저야말로 사라사 씨에게 수고를 끼쳐드린 것 같고요."

"내 책임이니까 신경 쓰지 마. 다음부터는 조심할 테니까

목욕하고 싶어지면 말하고. ──아, 같이 들어가면 내 알몸
도 볼 수 있는데?"

"아, 아니에요~. 저는 딱히 여자애의 알몸을 좋아하는 게
아니라고요!"

허겁지겁 아니라고 하는 로레아를 보고 사라사는 '후후후'
라고 웃은 다음 한마디를 덧붙였다.

"참고로 연금술로 만든 화장품은 있지만, 이 피부는 그냥
원래 그런 거예요."

"네에?! 사, 사라사 씨~."

그 말이 무슨 뜻인지 이해한 로레아는 힘없이 그렇게 말
했다.

역자 후기

안녕하세요, 천선필입니다.

『초보 연금술사의 점포경영』 1권, 재미있게 읽으셨는지 모르겠습니다.

이번 1권은 주인공의 졸업, 이사, 준비, 개점, 그리고 사건 해결로 깔끔하게 마무리된 느낌이었습니다. 아무래도 작품을 시작하는 1권이다 보니 기승전결 구조로 따지면 기와 승에 비중을 많이, 전과 결 부분에는 비중을 비교적 적게 들여서 읽는 사람들에게 새로운 세계와 캐릭터를 받아들이기 쉽게끔 한 게 아닐까 하는 생각이 드네요. 독자 여러분께서는 어떻게 느끼셨을지 궁금하기도 합니다.

아무래도 주인공의 직업이 연금술사다 보니 주인공이 만드는 포션, 아티팩트들이 눈에 띄는 소재일 텐데, 그중에서도 저는 환경조절포가 마음에 드는 상품이었습니다. 여름에는 시원하게, 겨울에는 따뜻하게, 말은 쉽지만 실현시키기는 힘든, 그야말로 연금술이라 가능한 상품이겠죠. 계절이 바뀔 때마다 침대 시트와 이불을 바꾸고 있는 입장에서 볼 때는 정말 부러운 상품입니다. 잠은 개운하게 자고 싶으니까요. 하나만으로 1년 내내 쾌적하게 잘 수 있다니, 집 근처에 있는 마트에서 팔면 할부로라도 바로 샀을 것 같습니다.

그리고 캐릭터 중에서는 아이리스와 케이트가 신경이 좀 쓰입니다. 주인공과 스승님, 로레아는 1권 내용이 진행되면서 어느 정도 자리가 잡힌 것 같은데, 이 두 캐릭터는 아직 확실하게 자리가 잡히지 않은 듯한 느낌이라고 해야 할까요. 묘사된 모습을 보면 두 캐릭터에게 뭔가 사연이 있는 것 같기도 해서 궁금증을 유발하는 것 같습니다. 그래도 주인공에게 큰 빚을 지게 되었으니, 금방 사라지지 않고 계속 나올 것 같아 어떻게 활약하게 될지 기대가 되네요. 대충 짐작이 가는 게 몇 가지 있긴 합니다만, 제 예상은 빗나가는 경우가 많아서…….

이런 생각을 하면서 이번 『초보 연금술사의 점포경영』 1권을 번역하였습니다. 매번 그랬듯이 감사의 말씀 드리고 후기를 마치려 합니다.

항상 신경을 많이 써주시는 담당 편집자분, 그리고 책을 내는 데 도움을 많이 주신 소미미디어 관계자 여러분, 그리고 가족 여러분. 감사합니다.

그 누구보다 감사드리고 싶은 분은 독자 여러분입니다. 제가 이렇게 무사히 번역을 마치고 후기를 쓸 수 있는 것도 독자 여러분 덕분이라 생각합니다. 진심으로 감사드립니다.

다시 찾아뵙게 될 때까지 행복한 하루 보내시길 바랍니다. 감사합니다.

천선필

SHINMAI RENKINJUTSUSHI NO TEMPOKEIEI Vol.1 OMISE O TENIIRETA!
©Mizuho Itsuki, fuumi 2019
First published in Japan in 2019 by KADOKAWA CORPORATION, Tokyo.
Korean translation rights arranged with KADOKAWA CORPORATION, Tokyo.

초보 연금술사의 점포경영 1

2021년 5월 15일 1판 1쇄 발행

저   자 이츠키 미즈호
일 러 스 트 후미
옮 긴 이 천선필
발 행 인 유재옥
본 부 장 조병권
담당편집자 김민지
편집 1팀 이준환 박소연
편집 2팀 정영길 김민지 조찬희
편집 3팀 오준영 김혜주 곽혜민
미   술 김보라 서정원
라이츠담당 한주원
디 지 털 박상섭 최서윤 이성호
물   류 허석용
발 행 처 ㈜소미미디어
등   록 제2015-000008호
제 작 처 코리아피앤피
주   소 서울시 마포구 토정로222, 403호(신수동, 한국출판콘텐츠센터)
판   매 ㈜소미미디어
마 케 팅 한민지 이주희
전   화 편집부 (070)4164-3962, 3963 기획실 (02)567-3388
            판매 및 마케팅 (070)4165-6688, Fax (02)322-7665

ISBN 979-11-6611-780-0
ISBN 979-11-6611-779-4 (세트)